清朝奇案丛书

张研/主编　张浩/副主编

惊回首 清朝第一贪污巨案
郭燕红／著

狂沙漫 贩卖玉石案
祁美琴／著

山西出版集团　山西人民出版社

图书在版编目(CIP)数据

惊回首 狂沙漫/张研主编.-太原:山西人民出版社,2001.3(2009.1重印)
(清朝奇案丛书)
ISBN 978-7-203-03600-5

Ⅰ.惊… Ⅱ.张… Ⅲ.历史故事-作品集-中国-当代 Ⅳ.Ⅰ247.8

中国版本图书馆CIP数据核字(2009)第000833号

惊回首 狂沙漫

主　　编	张　研
责任编辑	冯　昭
装帧设计	赵　源
出 版 者	山西出版集团·山西人民出版社
地　　址	太原市建设南路21号
邮　　编	030012
发行营销	0351-4922220　4955996　4956039
	0351-4922127　(传真)　4956038(邮购)
E-mail	sxskcb@163.com　发行部
	sxskcb@126.com　总编室
网　　址	www.sxskcb.com
经 销 者	山西出版集团·山西人民出版社
承 印 者	太原市方正印刷有限公司
开　　本	850mm×1168mm　1/32
印　　张	9.25
字　　数	206千字
印　　数	3001-9000册
版　　次	2001年3月　第1版
印　　次	2009年1月　第2次印刷
书　　号	ISBN 978-7-203-03600-5
定　　价	15.00元

如有印装质量问题请与本社联系调换

目　　录

惊回首——清朝第一贪污巨案

案发 ……………………………………………（ 3 ）
　　疑云大起/敲山震虎/乾隆的准确判断

审案 ……………………………………………（ 20 ）
　　人算不及天算/"三千射箭"的王亶望/"从来未有的奇贪异事"/几多贪官情急自尽/"一片白茫茫大地真干净"

结案 ……………………………………………（ 95 ）
　　不忍贪官"骈首就戮"/到底还有五十六颗人头落地/法网恢恢偏漏吞舟之鱼/谁是罪魁祸首/官官相护——滋生腐败的温床

案中案 …………………………………………（125）
　　抽金易银为哪般/儒雅天子关心米帖石刻/封疆大吏竟然鼠窃狗偷/"与其有聚敛之臣,宁有盗臣"

尾声 ……………………………………………（149）

狂沙漫——贩卖玉石案

引子 ·· (155)

虽是冰清玉壶,难抵贪官污吏 ··············· (157)
 一封奏折五十个元宝／四天之内十二道圣旨／查抄高家

乾隆喜玉,玉却无情 ······························ (185)
 玉中极品／寻机揭发／永贵究审

灵秀美玉,丑陋人间 ······························ (219)
 皇帝包衣／小人肚肠／抛尸荒野

关隘重重,利为路石 ······························ (251)
 寻踪追捕／肃州刑讯／起获玉石

玉终为玉,石就是石 ······························ (270)
 南追玉犯／案中之案／石破天惊

惊回首

——清朝第一贪污巨案

郭燕红 著

案　发

乾隆四十六年(1781)，甘肃发生了苏四十三领导的反清起义。兰州城被围，情势危急。陕甘总督勒尔谨因贻误军机，被解至京城在刑部候审。乾隆帝派遣钦差大学士阿桂、尚书和珅率兵前往甘肃，镇压起义。就在阿桂向乾隆帝奏报筹办"剿匪"情形的密折中，有一段这样的话："本月(六月)初六日，大雨竟夜，势甚滂沛。初七、初八，连绵不止，直至初九日始晴。"尚书和珅亦奏："一入首站，即遇阴雨。"这两位大臣所奏雨水情形与甘省大吏所奏常年被旱之言迥不相符。岂有年年均有旱灾，今年雨水独多之理？一向精明过人的乾隆帝顿时对甘肃盛行的纳粮捐监打了一个大问号。

甘肃捐监,由来已久。该省素来地瘠民贫,是全国最穷的省份之一。每年中央户部都要调拨巨额款项,采买粮食,赈恤灾民,供应当地满汉驻军,以及接济新疆之需。为了节省国库开支,乾隆二十五年(1760),清政府特准甘肃及外省商民缴粮捐纳监生,以就地解决缺粮之急。监生,即国子监学生的简称。甘肃省内外商民赴甘买来监生头衔后,并不被要求千里迢迢进京入国子监读书肄业。但是,一旦捐纳监生,他们便已享有了与秀才同等的权利,可以直接参加乡试,步入官场,也可以监生资格加捐官职。因此,捐监一途是当时富裕商民子弟入仕的终南捷径。加之甘肃开捐定价较低,每名只需麦豆四五十石,外省商民更是趋之若鹜。不料行之数年,诸弊丛生。不外是经手的地方官吏借机贪污、挪用捐监粮,甚至干脆折收银两,更便于中饱私囊。清政府迫于当时情弊,只好下令中止甘肃收捐。停捐之后,户部仍旧每年拨银一百数十万两,解至甘肃采买粮食,然而甘肃大小官员仍为缺粮而叫苦不迭。乾隆三十九年(1774),陕甘总督勒尔谨奏请恢复捐监旧例,兼管户部军机大臣于敏中从中斡旋,户部遵旨会议,以为可行,乾隆帝也就很快允许了。鉴于以往积弊多端,乾隆帝特意选调精明能干、善于理财的浙江布政使王亶望为新任甘肃布政使,专责办理该省收捐监粮事宜。

王亶望,山西临汾人,自举人捐纳知县,累任知县、知府、布政使、巡抚。此公上任伊始,便向乾隆帝保证"随时随处实心实力,务期颗粒均归实在"。

开捐半年,甘肃口内各州县竟收捐监生一万七千二百九十七名、捐粮达八十二万余石,这不能不引起乾隆帝的怀疑:甘肃人民艰窘者多,安得有两万人捐监?若系外地商民到那里报捐,则京城现有捐监之例,众人何以舍近而求远?而且甘省向称地瘠民贫,户鲜盖藏,本地民众食用尚且不敷,安得有如许之多余粮供人采买?如果说商贾从他处搬运至边地上捐,则沿途脚价花费不菲,商人利析秋毫,岂肯为此重价捐纳?若收自近地,则边地素无储蓄,又何以忽然丰盈起来呢?乾隆帝百思不得其解,遂于乾隆四十年(1775)春特派刑部尚书袁守侗等人前往甘肃检查盘验库存情况。检验结果竟是所收监粮"俱系实储在仓,委无亏缺,并核对几年动用数目,亦相符合",此事也就放在了一边。至乾隆四十二年(1777),王亶望因收捐卓有实效,省去每年部拨白银一百数十万两的烦费,且"弊绝风情,仓储充裕",被擢升为浙江巡抚。王廷赞继任甘省布政使,专责捐监事务。

光阴荏苒,七年过后,统观甘省自乾隆三十九年开捐起,至乾隆四十六年(1781)上半年止,甘省全省共捐监生近三十万名,按每名收本色麦豆四五十石来算,至少也在千余万石之上,扣除每年赈灾以及拨发军需所用,剩余也应有数百万石,然而仅凭甘肃现有仓库之数,岂能存贮这许多粮食?这始终是深存乾隆帝心中的一个疑团。

甘省连年具奏雨少被旱,百姓年年需要中央赈恤,惟独今年阿桂、和珅一入甘境,二人均称雨势连绵且雨量充沛,这一悖谬常理的事实使乾隆帝疑云大起,怀疑其中必然有诈!乾隆帝联想到现任甘肃布政使王廷赞不久前曾上奏认缴积存俸银四万两以资兵饷,并且据和珅说:"王廷赞莅任甘省藩司(即布政使一职)有年,其家计充裕,即使再增加数倍,亦属从容"。由王廷赞的捐资助饷,进而又联想到王亶望不久前于捐办浙省海塘工程案内竟然捐银至五十万两之多,以二王有限的薪俸收入而论,这又如何解释?

清承明制,内外文武官员赖为日用之资的俸禄极其微薄。文武京官的俸禄,自正、从一品俸银一百八十两,禄米一百八十斛以下,按品递减银二十五两、米二十五斛,至七品县令俸银四十五两、米四十五斛。显然,此项菲薄收入对官员的浩繁开支来讲,无异于杯水车薪,内外文武官员皆另有生财之道,而最高统治者皇帝则予默许。

雍正初年对固有的薪给制度作了根本性的改革,地方文职官员除俸银外,加给养廉银。养廉银比俸银多数十倍至百数十倍,如总督兼尚书衔为从一品,不兼者为正二品,其养廉银最多的川陕总督达三万两,最少的直隶总督亦有一万二千两;巡抚为从二品,其养廉银最多的为西安巡抚二万两,最少的为广西巡抚八千四百两。乾隆十二年(1747)对督抚养廉银裁多补少,加以调剂。总督大体在一万五千两至两万五千两;巡抚约一万至一万二千两;知县官七品,最高达二千两,少亦五六百两,一般在千两上下;布按两使、道员、知府则自二千两至九千两不等。根据这一薪俸制度,布政使每年除领取有限的俸银外,最多仅能拿到万八千两的养廉银。王亶望、王廷赞在藩司任上不过数年,扣除历年办公、家用等消耗,所剩不会太多,岂会一次就能拿出数万乃至数十万的银两?

乾隆帝由此怀疑王亶望、王廷赞所拥巨资必与折收捐粮、贪污中饱有关。

以上种种疑窦,促使乾隆帝下定决心:彻底究查千余万石捐监粮下落!于是传旨命钦差大学士阿桂、新任陕甘总督李侍尧严密访查,定要将王亶望、王廷赞因何家道充裕,是否与捐监一事有所染指搞个水落石出。

应该说,皇帝欲查办王亶望蓄意已久。半年前,即乾隆四十六年正月,钦差大臣阿桂奉乾隆帝之命赴江浙一带勘查修筑海塘工程情况。一到杭州,阿桂一面亲自视察海塘事宜,一面履行钦差之职派人四处访查当地吏治。不久,即发现现任杭嘉湖道员王燧有种种贪纵不法行为。

据阿桂调查核实,王燧此人未任杭州知府时,即在省城奎垣巷置有一所住房,待其调任杭州府后,又倚恃知府声势,陆续添买杨有林等民人的房屋,并在此基础上渐次开拓宽阔,建造诸多花园、屋宇。临街一带房子,王燧全部作为铺面房租给民人经商,自己坐收租息。后来,因街道狭窄,又将邻居民房地基买去,拆毁后拓宽道路,以利当地商人经营。阿桂询问当地原业户,大家称王燧虽未短价强占,然而并非情愿出售,皆因王燧是知府,平民百姓谁敢与知府势力抗衡?从这点来看,王燧勒买民房已无疑义。另外,王燧还自恃积有厚资,在西湖西泠桥及海塘潮神庙二处建有房屋;买民女为妾,并出银数万两与民人何永利在省城合伙开有银号,牟利营私。钦差大臣阿桂以为,作为杭嘉湖道,王燧已蒙皇帝恩典升至监司大员,理应奉公守法,然而此人骄奢放纵,价买部民之女已经有玷官吏声誉,竟又敢在所辖地方建造私宅,拆毁民居添盖花园、屋宇,以致当地民怨沸腾。况且现在正值潮势北趋,章家庵一带海塘工程处于极端危险之时,王燧身为海防道,并不实力督办塘工,却于潮神庙及海宁州衙署兴建私人屋宇,实在是太无人心了!更有甚者,王燧还以监司大员的身份,与市井小民伙开银号,私置房产取租牟利,似此失职贪纵劣员,断难一日姑容。正月二十三日,阿桂联合闽浙总督富勒浑、浙江巡抚李质颖具折奏参,请乾隆帝降旨将杭嘉湖道兼管海防事王燧革职拿问。

另据阿桂详查访问得知,上一年,即乾隆四十五年皇帝南巡之时,差局总理(负责办差、接待)本由原任嘉兴府知府陈虞盛同王燧共同承办,自陈虞盛告病回家后,旋即身故,总局里虽还有几人却只是挂名而已,其实遇事皆由王燧一人做主。阿桂由此怀疑,既然王燧一人做主,办差过程中难保没有虚报浮开情弊。阿桂再次请旨将王燧财产查封,以便为下一步审明案子找出确凿证据。

正月二十九日,乾隆帝通过内阁发出谕旨:"王燧著革职拿问,交与阿桂等严审,定拟具奏。"

接奉皇帝谕旨后,阿桂与富勒浑、李质颖一面派人摘取王燧官印并将其看守起来,讯问他在经手钱粮之时有无未清情节,一面亲赴位于省城的王燧私宅,严密查抄,同时另派人速赴海宁道署查办王燧任所资财。王燧原籍江苏如皋县,与扬州相近,想必在扬州还会置有产业。阿桂立即飞咨江苏巡抚和两淮盐政一并查抄办理王燧资财,决不能任凭王燧有丝毫隐匿寄顿。由此,一场大规模的抄家行动顷刻间在江浙一带秘密展开了。

阿桂会同陈辉祖、富勒浑、李质颖带衙役前往王燧在杭州的私宅严密搜查,竟意外地收获甚丰。查出王燧家有现银九万余两,银器二千余两;在王燧借出的四万余两银子中,有二万两交苏州蒋余庆作为生息银,这一笔款项已据江苏巡抚闵鹗元查明,数目相符,另外二万二千两放在如皋作生息银;在王燧原籍如皋亦查出其契纸内田房产业约值银八万余两,这项家产数目,江苏巡抚闵鹗元已委派臬司塔琦逐项查实。富勒浑等人将从王燧家抄出的所有金玉铜瓷器、衣服绸缎各项开具清单,并挑选办事妥当之人迅速解交京城崇文门查收,至于收缴的粗旧衣服、粗重什物以及位于省城西湖海塘的房屋公所,照例交地方官估价变卖。王燧在海宁的衙署及海塘公所,阿桂也命官员前往查抄,所查衣服等项全部归案办理。

乾隆帝看了阿桂等人具奏查抄王燧家产的折子后,极为震惊。王燧由知府擢用道员,每年所得的养廉银不过数千,除去一切用度外,家中何以积有二十四万两之多的资财?如果不是平日贪污所得,一定是在上年办理南巡大差时侵蚀冒销而来。乾隆帝传谕阿桂即行严加查问,并尽快据实奏上。

乾隆四十五年,乾隆帝南巡至杭州时,曾发觉那里添设行宫景点非常多。今据阿桂查办当时情形后才得知,那些增添的诸多屋宇点缀则是王燧、陈虞盛借办差为名,肆意侵蚀,"外博见长之巧,阴遂贪纵之私"。由此看来这二人平日必有剥蚀民膏劣迹,以致天理昭彰,今日因办差之事而败露。乾隆帝进一步断定,此事皆由他们的上司——浙江巡抚王亶望主张。

王亶望于乾隆四十五年丁母忧,竟将家眷留在杭州而未回原籍山西服丧,此事触怒乾隆帝,被革职留在浙江海塘工程上效力。至于其在办差中有无染指,还要等阿桂进一步审明后才见分晓。

根究王燧巨额家产由何处得来,始终是乾隆帝特别关心的问题。况且,惩办王燧,还有借此波及王亶望之意。王燧系王亶望倚重举荐之人,王燧获罪,王亶望自然逃不出干系。这下,一向办事狡黠不留痕迹的王亶望在王燧一案中似已露出了一点儿"尾巴"。这年二月,乾隆帝再次传谕阿桂、陈辉祖立即在浙江严讯王燧,确实讯明后,迅速复奏。他特别密谕阿桂:彻查王燧"即可连及王亶望"。阿桂接旨后,连日提审应讯人犯,严加鞫讯。

其实,此事阿桂办来并不轻松,王燧为王亶望平素信用之人,难保无交通勾结之事。但是二人往来亲密,即便有交通染指之事,亦属私相授受,本无形踪,实在不能获取确凿证据。这里不妨举个例子来说明一番。阿桂于乾隆四十六年正月刚到浙省,便听现任浙江巡抚李质颖禀称,王亶望上年自原籍赴杭州路过苏州时曾娶妾二人,从前王亶望曾经收受过王燧馈送的婢妾。当阿桂就此事询问王亶望时,他坚称并无其事;阿桂又传王燧质讯,王燧否认并矢口不移。阿桂再令李质颖拿出确实凭据,李质颖这才称本系得自传闻,并无确据。此暧昧之事亦只能不了了之。

同年二月,王燧贪纵一案审结,刑部拟了"绞监候",也就是绞刑,但不立行处决,留待当年秋审处置。乾隆帝批准就此结案,但他并不满意。"连及"王亶望,敲山震虎的目的毕竟没有实现;不过,且待以时日,还怕找不到机会吗?

果然,当年夏天,和珅、阿桂带兵入甘奏报雨水连绵,这对乾隆帝来说,真无异于天赐良机!现在终于可以层层剥开王亶望这只老狐狸的画皮了。

乾隆四十六年五月,赴甘办理"剿洗逆番诸事"之钦差大学士阿桂、新任陕甘总督李侍尧,将甘省收捐监粮有无情弊以及应否停办捐监之事据实奏闻于乾隆帝。

阿桂是满洲正蓝旗人,其时以大学士兼首席军机大臣。如果说乾隆帝对臣下有过尊重之意的话,那么,恐怕只有对阿桂一人而已。此次乾隆帝希望把甘省之案搞个水落石出,自然要依赖阿桂了。

阿桂、李侍尧先后到达兰州,随即听说这里弊实多端。经初步查访,二人以为甘省捐监一事如果经理妥当,原可对仓储有益;但是如果办理不善,则由此滋生弊端也是必然的。想当年立法之初,未尝不严定章程,命令各下属全部收取本色粮食,商民出具甘结,州县随时申取,道府不时盘量,层层稽核,以杜绝发生折收本色(即收银两)亏空挪用诸弊。逐年实行下来,各地捐监粮石之多寡、地方之远近、价格之贵贱俱多不齐,捐监者势不能纷纷跋涉远省,亲自到各报捐处买粮交纳,其中或许会有一些揽捐之人包纳代捐,以银交官,而后由当地官吏随时买补粮食还仓,然而不肖官吏不免从中挪移侵用,以致发生亏缺种种弊窦。阿桂、李侍尧在调查中得知,甘省在办理捐监粮时也不讳言有蹈其故辙之事。甘省监粮向来是由各州县分收,而近来全归首府(兰州府)办理,据说也是因各州县贪收折色,图用现银而不计较银数之多寡、粮价之贵贱。上司害怕长此下去必然导致亏缺太多,因而擅自改归首府经理。如果这是实情,二人以为甘省收捐监粮有无情弊自然容易稽查,但是否真正如此或者另有别情,还须等待勒尔谨、王廷赞到京再行严加询问后才能证实。

阿桂、李侍尧进一步推测,当年勒尔谨奏请开捐例时,即系王亶望任甘省藩司之日,总督办事未必不受藩司王亶望怂恿。经查访,甘省开捐例之始,就一面奏立条规,一面又公然折色包捐，因此王亶望在甘省拥厚资离任而去时，众人多有议论。但是当钦差、总督再细加询问其中隐情时，众人又不能指实。至于继任藩司王廷赞，阿桂等人从甘肃属员那里得知，这任藩司于钱粮出入尚属认真，每遇各州县如有公家款项未清之处，即于领银时坐扣，因此属员多有怨言。据说，王廷赞此人性情粗率，即便是同寅中也没有什么朋友，但是却没有听说他有名声不好之处，而事实上其家计充裕，从何积存，阿桂、李侍尧一时还不能查访确实。不久前，甘肃地方发生反清起义，除总督外，藩司也不能辞咎，况且王廷赞又有办事错谬之处，王廷赞已经情愿捐银四万两，作为军营犒赏兵丁之项。据王廷赞在甘省时称，省城自"逆匪"滋事以来，为犒赏兵丁银两，除受钦差尚书和珅饬令，已捐出绸缎并八千两银外，又犒赏过满汉官兵以及回民老教民夫等银五千四百余两，王廷赞还表示将来所需一切赏项于四万两内动支，如有不够，还可另行措缴。这样看来，的确证实了和珅面谕皇帝时所言"即使再加数倍，亦属从容"之语了。王廷赞系奉天（今沈阳）人，阿桂、李侍尧推测其历任所得资财必然运回原籍置买田产，因此他二人一面请旨让盛京将军索诺穆策凌秘密访查王廷赞原籍田产及营运生息银两数目外，一面令王廷赞家属搬出衙属居住，并留心查看，预防其事先挪移匿藏财产。

就在阿桂、李侍尧奉旨在甘省严密访查王亶望、王廷赞于办理捐监粮一事是否有取巧及染指分肥情弊线索之时，留京办事王大臣及京城刑部堂官也正在紧锣密鼓地严加审讯原陕甘总督勒尔谨，因王廷赞此时已到达行在热河候旨面询，军机大臣会同大学士亦遵旨询问了甘肃省藩司王廷赞。

在甘省时,钦差大臣阿桂就曾与勒尔谨打过交道,那时的总督神魂失据,束手无策。俟解京后,军机大臣会同大学士九卿审讯时,勒尔谨惟俯首认罪,却不供出种种贻误军机情节。而当刑部堂官英廉等人提讯甘省收捐监粮一事时,勒尔谨却井井有条地将数年来违例折银收捐之处供吐明白。据勒尔谨供称:"我从前奏请恢复收捐监粮时,并无折银之事,后来风闻有折色之处,因王亶望说并无其事,遂误信以为真,直到王廷赞继任后告诉我王亶望在任时私收折色,我才知道。又恐各州县折色收捐不肯买粮,王廷赞说不如专交兰州府承办,后来大家公议每名捐监生收银五十五两。这笔款项即从首府分发,各州县并不解交,各司院里更不经手。"

按说乾隆三十九年复准甘省收捐监粮,原意是为充裕边地仓储而考虑的。发展至今日,竟公然以折色包捐且并未奏明,这实在是殊干例禁之事。从勒尔谨的供词来看,此事既是王亶望任藩司时怂恿办理,改收折色又出自他的主意,王亶望借此作为分肥入己之计已昭然若揭了。此事既已发觉,不可不彻底根究!乾隆帝遂传谕钦差侍郎杨魁赴浙会同闽浙总督陈辉祖,在杭州就近严刑讯问王亶望,令其据实供出,不得稍存徇隐,如果审明确有通同舞弊情节,立即将王亶望交刑部治罪。为方便审案,乾隆帝还命人将刑部讯问勒尔谨的口供寄予杨魁、陈辉祖等人阅看。

对王廷赞的审讯由大学士嵇璜主持。嵇璜本是王廷赞的亲家,如此亲近的关系,例应回避,但仍奉命严审王廷赞,心中自然更是诚惶诚恐,如履薄冰,诘讯之时自然不敢有半点含糊。

下面我们来看一看当时的审讯情形:

惊回首

嵇璜讯问：你由宁夏守旋即擢授甘凉道，皇上因你是关东人尚有良心，所以即由道员又破格擢用为藩司。从前甘省捐监折色之事虽系王亶望主意，但你受皇上深恩，一经接任即应当据实陈明，方为良心不昧。然而你既不将王亶望办理错谬之处据实陈奏，又将各府州县向例分捐之监俱归首府收纳。况且藩司与首府最近，颐指气使，何弊不可为？皇上已将你前两款罪过姑置不究，你若不将此项监粮因何私行归入首府，从前因何改为折色之处据实供出，再心存回护，罪将更大，皇上不能再为宽宥了。况且折收银子收买粮食，自然不比让各捐生自行交纳粮食来的妥当。既然是由官吏经手办理，一定也是按照官价采买，这不是你两头都占便宜，独令百姓吃亏吗？

王廷赞供称：收捐监粮一事，自详请开捐之后，王亶望即改收折色，并不是自我任内开始的。我到任后曾就此事禀过总督，说这样做是违例的，后来我就通饬各属不许改收折色。这样实行之后，各州县不见具报捐监的了，我当即询问各州县原因。据称定要收本色（粮食）则无人报捐，恐于仓储无益。事后我又与总督商量，只好仍然采用折色（银子）。但因王亶望在任时各州县办理捐银数多寡不一，恐不免有私自分肥及短价勒买粮食之事，因而酌定每名捐生收银五十五两。由于各省赴甘捐监之人全部聚集省城，不肯散赴各县报捐，就是从前在各州县收捐时也是在省城填发实收（即先由省城将空白的收据发给各府交由各州县，然后各州县分别向报捐者收取折色银两，掣给收据，就叫"实收"，将来据以换领正式部照），徒然价不尽一，因此改归首府,并令首府将收捐定数出示晓谕。首府收捐银两仍交各府领去,监同采买粮食。但是我这些办法总未奏明皇上,实是我糊涂了。我蒙皇上如此恩典,如果还有别样弊窦不据实供出,那就是丧尽天良、天理亦不容了。

诘问:你是藩司,本有奏事之责,况且钱粮之事又是你专管,为何并未奏明?自然你也要照王亶望的办法与首府勾通,从中染指,况各州县果有弊情,你原可揭发,难道首府就信得过吗?况收捐后仍分发各府交各州县采买粮就没有弊了吗?

供称:我到任后即晓得王亶望的不是,原要想恢复本色,后来报捐人少,看来实行不得,因而只得仍用折色,且交首府办理,希望通过这样做可以统一银数收捐。但各州县采买粮食,我虽交道府稽查,亦不能保其必无弊情。原不应专由首府收银转发,这总是我办事糊涂,无可置辩。既然我已不恪遵定例又不随时奏闻,辜负了圣恩,只求将我从重治罪。

军机大臣在第二次提审中又严加诘问:王廷赞你收了折色,到底交各州县买了粮食没有?你若是谎供盘查不实,你罪越发大了。

王廷赞供称:首府收捐监银后,仍照各州县报捐数目将银两交各府领去,发给各州县买补还仓。我还令各道员会同该府监察州县买足监粮后,按季出结申报(出结即出具证明文书),道府又加结核转。这样,各州县多有监粮存贮,即如灾赈内动用种子口粮以及应放兵饷,俱系实支,并无贻误。但我不能亲赴各州各县逐一盘查,总是以道府的结报(即申报证明文书)为凭据。

乾隆帝看过这一讯问结果,立即判断王廷赞所供"殊不可信"。皇上以为,甘肃收捐监粮原为仓储赈济起见,自然应当收取本色粮食,何得公然以定数五十五两私收折色,并且从无一字奏明。如果说甘省粮贱,五十五两已符定额足敷采买,则该处收成自必丰稔,何以每年又需灾赈。如果灾赈属实,粮价必然昂贵,则五十五两之数又断不敷采买。二者均不可解,可见王廷赞所供尽属支离,其中恐怕还会有不买补粮食而虚开赈济冒销情弊。而且捐监一事自应听任捐监之人自己以市价购买交纳粮食,何以必欲官为收银并交首府办理呢?明明是"官则折收于前,又复冒销于后",两边俱得便宜,而百姓仍从中受累。此事情弊甚大,不可不彻底清查。

与此同时,案情在南方也有所深入。闽浙总督陈辉祖一面乘王亶望自工所进省料理应缴银款之时,率同司道官员亲赴王亶望寓所,逐细检查涉及甘省折色收捐底簿及同僚属往来的字札,并将王亶望所有一切财物逐加检点,封贮管守,以便日后作为其舞弊贪婪证据;另一面则秘密传讯王亶望至署衙,敬宣谕旨,王亶望见状立即伏地叩首,痛哭自咎。据王亶望交待:"我自乾隆三十九年八月间到达甘肃藩司任上,已在督抚勒尔谨奏准捐监之后。我详议条规,原系收捐本色,后来风闻有折收银两之事,立即责成道府查禁。那时甘肃的情形是仓储颇少,以急筹多贮为权宜之计,我私心忖度只要各州县在收捐之后,将监粮照数买足,自然会仓储充裕,随时奏闻,还见得我办公有实绩,这是我要讨好的糊涂心事。所以既闻有折收情弊,不过责成道府查禁结报,并不曾彻底根究。我见识昏愦,办事舛廖,实在无可自解,即与通同作弊无异,已属罪无可辞。至于借此分肥入己一层,那时收捐分散在口内口外八十厅州县,并非聚在省城一处,如何丧尽廉耻,竟向各处分肥呢？现在甘肃原办监粮之人尚多,如真有情弊,此时若不据实供出,将来一经别人指实,是我既负恩于前,又欺饰于后,更罪上加罪了。我于乾隆四十二年六月蒙恩升授浙江巡抚,七月离甘肃藩司任时,实存监粮一百七十万石有余,盘查无亏移交新任藩司王廷赞接收。到四十四年王廷赞如何向勒尔谨说,将各厅州县收捐监粮改为兰州首府专办折色,以所捐之银分发各州县买粮的情况,因我离甘已久,实不知道了。"经再三诘问,王亶望总以立意在捐多粮多,便见能事,以致一任通融办理,而且称自己具有人心,并无分肥入己得拥厚赀情弊,不知众人因何有此议论,实在无从置辩。总督陈辉祖审到这里似已十分无奈,他认为自己的审讯也是有结果的,即王亶望虽坚不承认借此分肥,但其纵容属员改收折色已罪不容辞,因此陈辉祖决定再拖一拖,俟钦差侍郎杨魁到杭州后,再一同严审王亶望。

乾隆帝得知这一审讯结果,心中十分不满。王亶望在甘省藩司任上时,道府系属何人？如何假捏结报？这些重要情节王亶望为何不据实逐一供明。主审陈辉祖不当即严切究讯,转称俟杨魁到浙再会同审问,"所办实错,尚有何待"？乾隆帝一向认为陈辉祖平日办事尚属精明,并且他又未曾历任甘省,从这一点看,陈辉祖无可回护王亶望之处,然而为什么他还要在处理这个案子上不抓紧时间彻底根究呢？气愤之余,乾隆帝传谕申饬陈辉祖,并令其再行严讯王亶望,一定要将彼时道府何人、如何私收捏报各种弊情,逐一审明后复奏。同时,乾隆帝还传谕阿桂、李侍尧将王亶望在甘省时,道府结报系属何人任内之事逐一确查具奏。

乾隆帝不愧为一位明君,其敏锐的洞察力以及对事物准确的预见性确实非常人所能比拟。在对王亶望的供词细加分析之后,乾隆帝认为此中亦存破绽。捐收监粮原为仓储起见,今既称私收折色后仍行买补还仓,并以捐多粮多为能事,由此可知该省粮食十分充足了,何以每年又须赈恤?即便说甘省各府丰歉不齐,譬如河西各属被灾而致粮少,则河东各属丰收,地方百姓自然会将粮食运至河西,欲得贵价,这也是流通便民之事,百姓亦自知,何必辗转由官吏经手收买,致令短价勒买,官得便宜而民仍受派累,这个道理太显然了。另外,即便想收捐,亦应当听捐监之人自行交纳本色,或者捐监之人不致抑勒百姓,百姓仍能得贵价,何须官为包揽,以致弊窦百出。监粮一事本因甘省地瘠民贫,户部每年不惜以百十万赈济以惠养穷黎,如果以惠民之事而转为累民之举,徒令不肖官员借端肥己,此事关系甚大。况且弊情不发则已,今日既已发觉自应追究到底,必令其水落石出。乾隆帝深知,此事积弊已久,甘肃通省大小官员无不染指有罪,他们自然会上下合成一气,蒙混隐瞒不肯实说,但即使是这样也不能因罚不及众,遂以人多为借口而不彻办。从前之结报道府,此时已经升调人员也不难查明治罪,况且不乏人才,断无少此数人便不能办事之理。乾隆帝认为,如果阿桂、李侍尧果能以良心公平体察,实力细查,亦断无不水落石出之理。譬如甘省百姓是否实在领赈,万耳万目共见共闻,有何难于查讯的呢?况且其中得利者惟在府州县为最多,其次或是本省藩司、总督各有分肥,至于臬司应系局外之人,而此外非其本管道员,该府州县又岂肯分润给予,至于丞卒佐杂官员更不能有所分得,向此等官员逐一确询,他们未必尽肯代为隐瞒。如果众口同声丝毫无隙,则此情弊又因何传入朕耳,并朝中之人无不闻之?此等传说者自必出诸不能分肥各官之口,以致流传出去。乾隆帝认为阿桂、李侍尧为"中外最能办事之人",又因这二人于此事从未经手,毫无回护之理,于是以六百里加急廷寄传谕阿桂、李侍尧,根据以上线索,四面细勘,一有间隙即严加究审,务将此事如何舞弊分肥、如何冒销勒买各种情弊,以及向来蒙混出结之道府,逐一详细严加根究,令其水落石出。

外围业已扫清,甘肃贪污大案可以正式进入实质性的审案阶段了。

审 案

阿桂、李侍尧接到乾隆六百里加急廷寄后,立即着手清查王亶望任内假捏结报的历任道府及直隶州官员,这项工作进展得十分顺利。十几天过后,一纸名单早已呈递到热河行在。下一步就要寻找突破口,追查王亶望、王廷赞在任时折捐冒赈、分肥舞弊之种种确凿证据。乾隆帝向阿桂、李侍尧谕示"臬司即系局外人",这无异为侦破甘省侵贪大案指明了"捷径"。

六月二十七日这天,阿桂、李侍尧派人"请"来时任甘省臬司福宁,这位身负一省司法大权之要员确实十分老实,当阿桂将王亶望在浙江所供"风闻有折收之事,当即责成道府查禁结报"以及甘省如何办理灾务一节向其询问后,福宁立即毫无掩饰地和盘托出了。

据福宁回禀:"开捐之始,即系折色,并未交粮上仓,这一点王亶望原属知情的。那时,王亶望总将实收(即空白的捐监执照收据)交兰州府存贮,给发各州或多或少全由藩司一人主政,他人无权过问。那时各省捐生全赴兰州报捐,而各州县也就近在省城兰州向报捐之人办理捐监手续,颁发监生执照。各州县仓廒全都建在当地,既然在省城收捐,岂能又交本色粮食呢?这一点正是藩司知情折色的有力凭据。而各属所收折色银两,并未见其买补还仓,多系放银抵粮。即使事后盘查时各州县具文申报,道府按季出结,那其实也全是虚应故事。通省如此,我一人亦断不能从中梗阻。"

臬司大员的供词已把王亶望的把戏洞然戳穿,为进一步找出甘省私收折色的充足证据,阿桂还提讯了巩昌府知府宗开煌。据这位知府说:"我于乾隆四十一年署安西州,任内敦煌、玉门两县册结时,因我未曾到任盘查是否买补还仓,详请展限,王亶望不准,只得在省城出具假结。"从这一供词看,王亶望明知各州县系折色收捐,而徒取道府一结,以备他日事情败露时脱身诿卸之计。由此判断,王亶望在浙江的供词纯属狡饰。

关于究查冒赈开销情弊一节,阿桂、李侍尧根据以往各省办赈的经验,深知其中层层稽查,监督制约手段十分完善。譬如,各省发生水旱偏灾,初报灾情时,委员及道员层层勘验,又经藩司亲往踏勘,方能确定被灾轻重分数。到放赈时,道府亲临当地稽查,之后又经藩司、督抚再往抽查。即便如此,也难保各地不

21

发生冒滥之事。臬司福宁在谈及甘省如何办理灾赈时，首先披露了其中的不法隐情。那就是各属报灾分数全由藩司悬定，或向总督具奏后藩司补取道员出结，或取空白由藩司填定，督抚从未亲身监视。其中情弊已属显然！根据这一重要线索，阿桂、李侍尧检查了王亶望任内各属报捐实收及开销赈粮的原始账簿。从中发现，如皋兰一县于乾隆四十年报捐实收共有四千八百张，应当收纳监粮十九万一千九百余石，这一年即开销赈粮十五万五百余石，银一万七千二百余两；乾隆四十一年报捐实收八千张，应收监粮三十二万石，这一年即开销赈粮二十三万四千八百余石。其余各属虽参差不齐，大概都是多捐者赈粮必多，而其余无灾赈的地方则报捐亦少。王亶望发给实收之多寡竟然与各属被灾之轻重不谋而合，其与属员通同侵蚀、任意开销之弊情已属必定无疑了！

再进一步调查甘省上下如何舞弊分肥之处，阿桂查阅了福宁所提供的王廷赞写给他的字札，信中有前任藩司（即指王亶望）于额收公仓费银之外，各属请领每张实收时再收银一两，以给上下各衙门吏役人等杂项之需等语。阿桂访查得知，每名监生需交公仓费银（简称公费银，即贮粮耗仓之费用）四两，其中二两解交户部，另二两作为上下各衙门书吏公费所需，这笔款项在分支时每人自二钱至五钱不等。四两公费银是早已按例公开确定的数目，这笔定数不能算少，而王亶望又于公费银外议收杂费银一两。藩司这样做，显然是明知捐监一事弊窦多端，借此想取悦众人，以塞其口。根据王亶望的指令，藩司衙门要从这项杂费银一两中收走四钱六分之数，这样推算下来，藩司衙门几年来仅从这项杂费银中攫取的好处早已是个不小的数目了，然而王亶望任内侵渔的途径和数目绝不止于此。更有甚者，王廷赞继任后，于杂费银一两之外每发一张实收又索银一两，这一点在甘省是众所共知的。

据福宁揭发王亶望个人如何舞弊分肥时称：王亶望在藩司任内，究竟向各属给发多少实收，全由其一人做主，他人不得过问；报灾轻重，亦由与其关系厚薄，因人而施，因此自然有交通染指的事情。当王亶望升任后，无人不知其拥厚资而去。但当日如何婪索属员，属员如何馈送，实在不能指出确实凭据。

经过几日的追查询访，阿桂、李侍尧深感王廷赞、王亶望这二人的性情及办事风格迥然不同：王亶望办事狡黠且欲壑难盈，虽巧取甚多然形迹诡秘；王廷赞本性粗直，他向捐生多索银一两的事情早已尽人皆知，俟一到兰州即有人举发。由此看来，王亶望比王廷赞更难于对付。但是此事只不过首府首县数人经手，只要细心查办，总会有进一步的线索。据有的属员讲，王亶望到任后不久即禀知总督勒尔谨，将蒋全迪奏调兰州（首府）任知府，承办捐监粮事务。而王亶望即将实收交首府贮存，转发各州县，并于杂费银一两内议给首府衙门三钱。这一点也正是他二人勾通舞弊的确凿证据。蒋全迪在兰州府任内捐升道员，当地人亦言其得有厚资。蒋全迪此人现任浙江宁绍台道，据说也是由原浙江巡抚王亶望举荐升授的，因此阿桂、李侍尧认为蒋全迪这条线索极具价值，必须根究确查。于是他们立即请旨将蒋全迪革职并提解至京，令其与王亶望质讯，甘省一案肯定会由此豁然明朗。

乾隆帝彻底查办甘省折捐冒赈一案的决心一定，下一步就要确查该省大小官员上下通同舞弊的证据了。四十六年七月，乾隆便向阿桂、李侍尧发来谕旨,言称:"以甘省冒赈一案官员果肯吐出舞弊实据,则罚不及众,朕亦自另有办法,断不致通省尽予革职治罪。若此时尚不据实供明,将来别经察出,则咎过不悛,即概行正法,断不姑宽。此旨不妨令甘省大小各官知之,钦此。"接旨后,阿桂立即传集司道及在省的各府厅州县各官,令其恭聆乾隆帝谕旨,同时还反复开导他们。面对此时已慌作一团的大小官员,阿桂正言道:"汝等通同舞弊,冒赈分肥,已大干法纪。今日呈蒙皇上格外怜悯,不忍汝等全置于法,特予以一线生路,令你们如实供明。此时如果还不激发天良,尽情吐露,不但是国法难恕,就是天理亦不容了!况此事既经查办,不患不水落石出。如果你们等到革职严刑审讯时才肯供认的话,即使日后骈首受戮,也再难邀宽典了!"

话讲到这地步,有的官员开始供认出历年办理灾赈时总是有以轻报重、户口以少报多的情况,但是当被问及通省官员如何上下一气冒销舞弊关键之处时,这些官员则都缄默不语,不肯尽吐实情。

阿桂、李侍尧思量多日,终于找到了审理此案的重大突破口。他们想到州县报灾散赈必然由书吏经手,于是立即秘密提讯甘省首府首县——皋兰县户房的书吏,将他们隔离后分别严刑审讯。其中有一名书吏挺不住严刑,招认出其手中存有前任皋兰县令程栋于乾隆四十年的散赈点名清册,其中散发的灾赈乃实放数目。阿桂立即调取查验,发现其中残缺页数甚多,而在所抽查的清册内,所开户口与奏销清册所开户口数额极为悬殊,奏销之数显然大大超过实放之数,并且奏销时散发的赈数是八分本色,二分折色,然而点名清册内则全放折色,每石粮合计折银一两,这是他们在捐监时多收捐生的银数,在放赈时则按部价折给百姓,而实放之户口又与奏销之户口不符,由此看来浮冒情弊已确凿无疑。阿桂再次诘讯这个书吏:"既然你手中存有点名清册,为何不全呢?一定是你们还藏有清册尚未实供。"书吏立即供出:"此系作弊之事,向来散赈完时就立即销毁,这一清册是程栋遗忘留下来的。今事已败露,如果我想藏匿,岂肯供出?"

程栋当年因疏忽而遗忘留存下来的这份点名清册,的确为整个甘省大案的查办提供了重要突破口。这真是天理昭彰,程栋做事再机巧,终是人算不及天算!

甘省于乾隆三十九年开捐时,皋兰县知县正是程栋,此人于四十一年捐纳升任刑部员外郎后离任。从已掌握的证据看,在这两年里,程栋借赈恤之机大肆冒销侵蚀更属显然。皋兰县为甘省首县,其上司都近在同城,如果不是通同染指勾结,岂容知县一人任意开销赈银。况且首府首县为一省之耳目,当年的兰州府知府,即现任浙江宁绍台道蒋全迪也必与此案大有干系。这一判断恰与臬司福宁提供的情况极为相符。此前阿桂早已奏请乾隆帝将蒋全迪革职提解至京审讯,根据现有物证,又因程栋现正在京城刑部任员外郎,阿桂、李侍尧遂再次请旨将程栋革职拿问,交留京王大臣会同刑部堂官就近严审,尽快获取口供,查明该员于四十年办赈时侵冒银两数目,以及上下官员如何串通捏报的事实。阿桂还向乾隆帝建议,原陕甘总督勒尔谨现正在京城,可以先行质讯,等到王亶望、蒋全迪解至京城时,再三面对质,到那时他们多年来舞弊分肥之事自然会大白于天下。

阿桂、李侍尧在严审书吏之余,对甘省大小官员仍是晓以利害,反复开导,令其坦白这几年的种种不法行为,并鼓励他们检举揭发上司的贪赃勒索情节。这一招果然收到了成效。不久,知府陆玮等十三人各自将浮冒赈粮银数以及被上司勒取交办物件等项用去银两数目逐一供明。从这十几人的供述中得知,原总督勒尔谨虽未向属员婪索多赃,但也曾收受宗开煌一千两银子,并且屡次交代置办物件致送过往人情,花费的银子甚多,竟好像取用自家银子那样便当;王亶望任内则勒索多人,赃款累累,最为贪纵;王廷赞尚未收受属员银两,但是也有交办物件的事情。甘省这个地方本来就地瘠民贫,官场素称清苦,这是众所周知的。勒尔谨等人身为甘省督抚更应当熟知这一点,何以竟令属员买物赔垫,甚至公然勒索?阿桂、李侍尧由此认为,勒尔谨等人一定是明知各地州县在办理监粮赈恤时大肆侵渔,而后染指分肥,彼此默契,从中捞上一把。此前臬司福宁已供出各地报灾分数全由藩司议定,或者向总督具奏后,由藩司补取道员的证结,或者取空白监生执照收据,由藩司填定核发数额,今日陆玮等人呈交的供词再次说明甘省上下官员通同一气冒销舞弊已无疑义。至此,大局已破,涉案官员虽百喙也再难辩解。

乾隆帝闻知阿桂审案获得重大突破,极为满意,称赞阿桂、李侍尧为中外最能办事之人,并传旨留京王大臣、刑部堂官及行在军机大臣以及闽浙总督陈辉祖会同钦差杨魁,分别严刑鞫讯甘省的几名主犯——原总督勒尔谨,藩司王亶望、王廷赞,兰州知府蒋全迪,皋兰知县程栋,迅速获取口供,分头展开对全案的审讯。

原任陕甘总督勒尔谨,满洲镶白旗人,乾隆四十六年因贻误军机,先已被解至京城,羁押于刑部牢内。

四十六年七月十二日,乾隆帝从行在承德避暑山庄以日行六百里廷寄发来谕旨,命京城刑部堂官委派能干人员,将勒尔谨解至行在加以审讯,并一再叮嘱沿途小心防范,迅速行走。

四天之后,即十六日戌刻,勒尔谨被解至行在,军机大臣对如此大案不敢耽误,立即展开了对勒尔谨的审讯。

  诘问:你久任甘省总督,王亶望做藩司收捐折色,历年报灾与属员通同侵冒,并婪索属员赃私累累,你竟似木偶不见不闻,并不参奏,要你这总督何用?究竟王亶望平日怎样逢迎得你好,你才肯一味包容。再有,你奏准开捐监生是否你的主意,抑或王亶望怂恿你奏的?你奏折内说甘省地瘠民贫,常有灾赈之事,全依赖开捐监生收纳粮食以充实仓储。然而奏准之后,各州县即改折色银两,这是否是王亶望出了主意,与你商量确定的?

  勒尔谨供:我在总督任上奏准开捐监生,之后王亶望才来做藩司。当时初办捐监时,各州县原本收本色粮食,即使有一二处收捐折色,他们也不敢明目张胆声张出去。王亶望到任后,他与通省属员不知怎么样就勾通起来改收折色了,后来我略有风闻,便派员密查几遍,怎奈派文官去,文官说是没有此事,派武官去,武官也说是没有此事,通省就把我一人蒙蔽起来了。我想不出怎么样就可以查出他们的弊情,我做总督就如同死人一般,辜负了皇上天恩,罪该万死。现已追悔莫及,还有何说呢?

  诘问:王亶望升任之后王廷赞接任做藩司,他怎样对你说要将通省收捐监生改归首府办理？你如何准了他又不奏呢？

供：王廷赞接手时一切开捐的事原照王亶望任内时的办法，到后来王廷赞来禀告我说，各州县收捐有多少折色包揽弊端，并请我奏明停捐，我说捐例一停，将来突然遇到灾赈的事如何办去呢？况且若要停捐也不难的，只需将实收扣住不发下去，分明就是停捐了。后来再三商量斟酌，改归首府办理，定了每名捐监生收银五十五两的数目。我那时糊涂该死，不将折色改归首府承办之处奏明，都是我的罪了。

诘问：你收受属员银两以及派人置买皮张的事，现据甘肃查办，各州县都已逐一供出，你晓得这种馈送之物属员是从哪里搞来的？若不是捏报灾赈冒销监粮，他们肯给你吗？

供：我在总督任上派买皮张的事情实是有的，即便是馈送银两，他们也巴不得我收受，但我除了以"帮贡"（即帮助上司为皇帝置办贡品）名义收了几家属员的银两外，其余并没有一例多收。至于皮张物件，我随时发还买东西的银价，并没有叫他们赔垫。但是当时他们领了银子去，此时又供出是我派买的，我也没有凭据。况且我当时给钱时又未曾当面交给他们领去，安知我家人管事的扣起来不发，而后又哄骗我他们已领钱去了，我也不得而知了。这总是我糊涂昏聩，辜负了天恩，只求从重治罪，还有何辩呢？

诘问：前任皋兰县知县程栋供出，他每年帮你置办贡品都需花费两三千两银子，你办一次贡所收物件不过约值数百两，你借此名义仅皋兰一县就收两三千两，其余各州县自然照例多有帮贡的人。你总督每年得养廉银就有一万数千两，难道不能办数百两的贡吗？如果你因近年任内或有赔项应当缴还可做无资办贡的借口，而程栋在皋兰县时系四十年、四十一年，那时你有什么赔项？不用自己养廉，倒让属员帮办呢？

供：程栋在皋兰县任内两年确实帮过我几千两银子，具体数目我记不清了。至于我所办的贡，托人不当，自然逐件多开些价钱。我做总督养廉优厚，四十年、四十一年的时候我身上并没有赔项，就应该将养廉所得办几件贡物，却又收了程栋的银子就是该死。

诘问：你做总督多年，一概属员作弊的事你全然不知，又收受属员帮贡银两，还派人置办物件，如今据你招供，全都已承认，此外还有什么别项款迹未曾败露，你要从实供来。

供：我蒙皇上天恩，在甘肃总督任上多年，察吏安民是我的职分，本应当尽职尽责，却受到通省大小属员的蒙蔽。后来我稍有觉察，又自己怕得不是，未能即行奏办，还糊涂地收受属员银两物件，实在是我辜负了皇上恩典，罪该万死。此外并没有别的款迹，若有别的，我到这地步还隐瞒又有何益，只求皇上将我速行正法，以昭儆戒，就是恩典了，还有何说呢？

就在军机大臣会同大学士九卿会审勒尔谨的同时，户部向乾隆帝呈上一份奏折，请求彻底查办甘肃近年添建廒座（贮粮之仓）之事。该折言称："甘肃监粮自开捐以后，该省督抚几次造报粮石,并以各州县旧有仓廒不敷存贮为由,先后共请求添建仓廒二十六处,估计需耗银一十六万一千八百余两。经户部核准允许添建,即于所收捐监仓费银内动支,造报工部核销在案。今日甘省一案已经查明,既然当初未收本色粮食,那从前该省请求添建仓廒有何粮可贮?此中显然有捏冒情弊,不可不彻底查办。"乾隆帝认为户部所奏极有道理,随即将工部有关甘肃近年来请求添建仓廒现已核议,以及从前准销、未销各案交阿桂、李侍尧彻底查明具奏,同时令阿桂等人速派满汉军机章京分路前往请建廒座的各个州县逐一查勘,据实复奏当地是否真正建有廒座。

根据这一线索,行在军机大臣再次提审勒尔谨,以便弄清楚甘省请建廒座的真实情况。

　　诘问:你在甘肃收捐监生,自开捐之始已改收折色,并无粮食需用仓廒存储,何以近年来各州县大都请求添建仓廒,开销国库银两?明明是你们将这项工料费上下朋分侵蚀,并未建盖粮仓。你们又是如何相商可以用这项银子捏报开销,因而奏请添建的?你必须一一从实供来。

　　勒尔谨供:我奏请开捐时原想这项监粮各州县实贮存仓后,遇有灾赈之时,就将这项粮食散给百姓,所以当各州县请求建仓时,我就指示藩司转行道府查验后出结上报,其中有准的,也有不准的。后来我也知道他们改收折色银两,但各州县仍说是将折色银两买粮还仓,所以详请添建廒座,我依旧有准他提请的。直到此时全部事情败露了,我方才晓得散赈的时候,各州县是将折色银两发给百姓的。既然无粮存仓,自然这添建仓廒之事我又被他们蒙蔽了。我于四十二年奏请皇上派钦差大人盘查甘省监粮时,就曾预先嘱咐藩司严饬各道府提前查明各州县仓廒贮粮情况,务必令其实贮完足,以防钦差抽查,那一次皇上并未派人到我省盘查。到第二年我又奏请一遍,皇上这次派袁守侗、阿扬阿到省盘查。我问过藩司,据说已委派各道府先行到达所辖州县盘查过,都是足的。后来钦差到来曾亲自四路认真分查,并没有发现丝毫破绽。之后,钦差回到省里,未曾说有一州县仓储不足的话,所以我就信以为真了。我如今得了重罪,已将所有贪赃作弊的事情全部交待了,如果钦差大人当初有些徇私之处,我岂肯替他们隐瞒?况且当日各道府跟随钦差大人到各处盘查过,都是可以问得的。至于各州县自盘查之后自然有所开销,他们理应买补还仓,却并不买补以致监粮短亏,我那时没有亲自去查,这就是我的罪了。

看过勒尔谨的这段供词,乾隆帝断定:从前袁守侗等人前往甘省盘查时,该地方官必有挪移蔽混之事,当即传旨叫来阿扬阿,询问当年他二人盘查粮仓时的情景。据阿扬阿称,他们在甘肃盘查时,逐一签量,按册校对,全部是实贮在仓,并无短缺。但是精明过人的乾隆帝并未听信阿扬阿的陈述,他早已洞鉴到当时的签量人一定就是该地方官所管之人,阿扬阿那时虽逐仓查验,也只能是签量仓口数尺的地方,至于里面进深处,下面铺板或掺和土糠,上面再铺盖粮食,其中种种作弊情节阿扬阿岂能一一察出而不受地方官的欺骗呢?于是乾隆帝再次传谕阿桂等人,将从前袁守侗盘查时的该地方官及其手下人如何挪移掩饰,如何通同作弊、蒙混欺诈之处彻底审讯，究出实情速行具奏，并将勒尔谨的口供以日行六百里廷寄发交阿桂等人阅看。

至此，对勒尔谨的审讯可谓十分顺利了，下一步，还有待查明其他主犯的犯罪事实。

如果说，把勒尔谨定性为任人摆布的"木偶"，不免隐有回护满洲大吏的话，那么，乾隆帝意欲挽救"有良心"的关东人王廷赞的良苦用心，则可谓昭然若揭了。

乾隆帝在对甘省一案作出精确分析之际，曾于四十六年六月初九日，将甘省藩司王廷赞传来行在，命军机大臣会同大学士嵇璜对王廷赞进行询问。然而经再三究诘，王廷赞只承认私收折色之事，但于是否真正买补还仓一节，总以未亲赴各州县逐一盘查，俱收道府结报为凭，始终狡展游移，不说实情。乾隆帝认为王廷赞所供"殊不足信"，一面降旨令阿桂、李侍尧再进一步确查出本案的确凿证据，一面则传旨命王廷赞回京候旨。六月十七日，乾隆皇帝接到阿桂、李侍尧从兰州发来的奏折，言称"甘省雨势连绵滂沱，且至数日之久"。乾隆由此立即推断甘肃从前所云常年被旱之言全是谎报，该省地方官竟指望靠收纳捐监粮而年年假报旱灾，上下一气冒赈作弊，实属可恶，遂立即传旨命留京办事王大臣前赴刑部，会同该部堂官提出勒尔谨当堂讯问，王廷赞亦被传至刑部一并质讯，并将阿桂本日的奏折以及前次陈辉祖回奏讯问王亶望的供词一并交给这二人阅看，令其据实供出甘肃折收监粮冒赈作弊的实情，录取供词后具奏。同时还传谕，王廷赞此时虽不必即予革职，但也不应仍听其回寓所安居，命刑部堂官派人将王廷赞软禁在刑部衙门，不得任其随意走动。

六月十八日,乾隆帝再次命尚书额驸福隆安向留京办事王大臣及刑部堂官寄信传谕:"甘省折捐冒赈作弊之事从前未经败露,朕并未疑心,及至今折收之事既已属实,又每年仍以收粮报部并且将折收银两发给各属采买粮食,以致百姓暗受抑勒,至灾赈时又复冒销,种种弊端难以枚举。现在阿桂等人几次所奏雨水情形与甘省常年被旱之言迥不相符,岂有常年均有旱灾,今年雨水独多之理?甘省官员上下捏饰浮冒,开销监粮更属无疑了。王廷赞在兰州守城时虽有办理错谬及独自揽功之事,然朕总念其保全省城,功不可没,一概恕而不究。今日王廷赞若天良未泯,能将甘省历年上下如何通同舞弊之处逐款据实供明,朕仍不忘其守城之功,必加特恩宽宥。勒尔谨、王亶望这二人已罪不可逭,而王廷赞尚可以功抵罪,如果他竟执迷不悟,始终不肯实说,则是丧尽天良自取重罪,再不能复邀宽典了。况此事既然已经发觉,断无置而不办之理,即便是阿桂、李侍尧亦断不肯代为隐匿,王廷赞若不趁此时供明,将来阿桂查明奏到时又岂能再予狡饰?"

乾隆帝为了让王廷赞更加放心吐供,还郑重地在这道谕旨上以朱笔亲自写下:"传谕王廷赞,伊之生死总在此番实供与否,令伊自定,朕不食言。"同时让主持讯问的留京办事王大臣及刑部堂官当面宣读谕旨,并"令王廷赞亲眼阅看朱笔谕旨,以示朕之诚意"。然而面对乾隆帝的朱笔传谕,王廷赞是否真正激发天良,不负乾隆帝一片苦心了呢?

经主审官再三严讯,王廷赞依然坚供如初,言称:"折收监粮系照前任藩司所为依样办理,其中各州县于报灾时以轻报重及开报户口以少报多处,则不能保其必无弊情,若说捏报冒销实在是没有的事。"

此时已至七月初,阿桂、李侍尧从皋兰县获得重大突破,臬司福宁又和盘托出实情,甘省折捐冒赈一案内的种种弊端已经真相大白。在复奏中,阿桂奏请乾隆帝将王廷赞革职拿问。甘案弊窦既已由阿桂等人全盘查出,王廷赞在京城刑部虽然还想继续狡供,岂能始终讳匿不致败露呢?乾隆帝一面传谕刑部审官将阿桂的奏折交王廷赞阅看,看他此时还有何辩,并录取供词具奏,一面令刑部委派能干司员将王廷赞拿解至热河,交军机大臣会审。

在反复究讯王廷赞以期获得确实口供之时,乾隆帝还令有关督抚亲赴王廷赞原籍奉天及任所(兰州)查抄封存其资财,以便从另一个侧面找出审办王廷赞一案的突破口。乾隆帝通过廷寄向陕甘总督李侍尧发来谕旨:"王廷赞于甘肃军需本应将家资尽数赔补,早已经传谕及之;今日监粮之事王廷赞罪无可逭,所有一切家财自应入官。但王廷赞任所资财除已经罚出的四万八千两,此外自必尚多,不知李侍尧曾否密为查验。恐怕因王廷赞已经离任来京,其家属或者已将资财运回原籍。传谕李侍尧速行确切查明,如果资产尚存兰州,即严密查封;如果甘省并无留存资产,即查其家属何时起程,由何路回籍,并行文知会沿途督抚一体查办,毋任其稍有隐匿寄顿。"同时乾隆帝还传谕直隶总督袁守侗、山西巡抚雅德,命他们于直隶、山西王廷赞家人必经之地留心访查,如果发现有王廷赞任所资财运过该省,即行严密查办,千万不可走漏风声,任其隐匿家财。盛京将军索诺穆策凌亦接到圣旨,乾隆帝命其迅速查封王廷赞原籍家产,秘密行动后将查抄结果据实奏复。对王廷赞家产的追查可谓一波三折,跌宕离奇,其中牵涉、株连人员之广,耗时之多,追缴之严酷,可谓查办甘省一案之最。

七月十一日晚,由刑部堂官委派的司员一路小心,日夜兼程,终于将钦定要犯王廷赞"安全"解至热河。第二天一早,行在军机大臣便遵旨将阿桂奏折内一切应询之处提审了刚刚到达行在、仍然惊魂未定的王廷赞。这场讯问前后算来持续了十余天。

> 诘问:王廷赞,你前在刑部只供称,甘省属员内报灾时以轻报重、开报户口以少报多,难保其中必无弊窦。如果说捏捐冒赈则是实在没有的事,现在甘省福宁等人已经供出王亶望历年办理灾务时,报灾分数全由藩司议定,总督全部照批。且检查王亶望任内各属报捐监生多者,其赈恤也多;而无灾赈的地方则报捐也少,分明是发给实收之多寡俱以报灾之轻重采定,这就是通同侵蚀捏报冒销的证据,你与王亶望前后接手,明明是有通同舞弊的事情,你还说没有吗?
>
> 供:我做过王亶望的属员,后来又接他的任,原是晓得王亶望这些贪婪舞弊之事的,但是王亶望形迹诡秘无处寻他的确据,比如蒋全迪做兰州知府时,一切报灾及商议的事全是蒋全迪从中提倡,而后与王亶望狼狈为奸。这些事原是通省官员都知道的。但要指出哪一桩事是他二人通同办理,从中得赃多少却又不能指实。至于王亶望任内以州县捐监之多寡作为报灾之轻重的根据,这是有册籍可查的。我接他的手却未细细校对旧册,根究原由,这就是我糊涂之处了。我接任藩司后,各属员报灾轻重以及散赈等事全以

本道府结报为凭。偶尔遇到访闻不实的,就再派人予以复勘,仍复加结,照前申报。如今想起来事情虽已办过,亦不能保其必无弊窦,但是我自己并没有苟且通同舞弊之事。现在甘省正严切查办,哪一事可以遮盖得来的?

又问:你说从前做秦州知州时并未领过一张实收,也不曾报过灾,及升任宁夏府时曾报过一次水灾,王亶望就不肯准你的,后来禀了总督,才准许补报的。王亶望做藩司时,对喜欢的属员自然替他多报些灾,而不喜的属员自然受他抑勒。你做过他的属员,又知道这些情节,从前问你时你为什么不早早供出呢?

供:王亶望待属员有喜欢的就有不喜欢的,但他巧诈百出,就是不喜欢的也不过相见冷淡,遇事多有阻梗驳饬而已,也并不见其明目张胆有欺诈勒索之事,所以我从前供词内不敢妄有指实。

又问:你与王亶望前后交代,并知道他这些婪索属员及冒销捏报种种弊窦,而且还将"一千见面,二千便饭,三千射箭"(馈送一千两白银不过能见上一面,馈送两千两有望留吃一顿便饭,馈送三千两才会动真格的办事)等歌词向属员传说,你若是有良心的人,就应该密折参奏。及你进京后皇上念你本年三月内守城曾有微劳,不立即加罪并且有朱笔谕旨,令你从实供吐,贷汝一死。圣恩宽大,你更该激发天良无所隐讳才是,而你始终替王亶望掩饰,自取重罪,是何意思呢?

供:这"一千见面,二千便饭,三千射箭"的口号是人人都知道的。我初接他的手时就向属员说过,前任藩司如此,我断不学他的行事，你们不要认错了人。所以凡遇节下属员馈送水礼如酒肉烛米等，我也一概不收，这是可以查问得的。王亶望在任时各州县专派家人守候省城，探听藩司信息，名曰坐省长随。这些人呼朋引类出入衙门，无恶不作，并风闻凡有属员馈送王亶望金银时，就装入酒坛内用泥封好，由这些坐省长随送进。我到任后即将各属坐省长随全部驱逐，并且还将其中有些人监禁起来进行审查，后来终因无确凿证据也就从轻完结了，不敢冒昧奏闻皇上。前次我在刑部伏读朱笔谕旨，令我从实供吐，我原晓得圣恩宽大，叫我指实弊窦便可保全残生。但我探听王亶望在任时侵贪犯法无所不为，且亲见王亶望升任后，行囊捆负数百骡驮，满载而去，却又不能指实他一件事。这就是我命里该正典刑了，否则谁人不贪生怕死，岂肯代人隐讳自受重罪呢？

当晚乾隆帝阅看了这份供单，认为其中几处关键之处军机大臣并未审明，遂折角以示疑问。第二天，军机大臣再次遵旨就王廷赞昨日供词内游移闪烁之处提审王廷赞，并以刑吓逼其供吐实情。

  诘问：你做过王亶望属员，其婪得赃银现已据甘省各员逐一供出某人送过多少，你为什么始终替他隐瞒不肯从实供出呢？你若再游移掩饰就要动刑了！
  供：我接王亶望任时他交代库里短少三千两银子，我不肯接收，他说这项银两用在修理衙门上了，我说你修理衙门是派首县办的，怎么能开销公项呢？后来我将此事面禀总督勒尔谨,总督说他报过文书,是有这事的,我也只得隐忍了。至于馈送王亶望银两的属员,我也知道几个,如武威县知县朱家庆、固原州知州郭长泰、泾县知县邱大英、西宁县知县詹耀璘等人都有馈送之事,风闻就是由坐省长随经手送进,但我不知他们送的实在数目,所以从前未曾供出。

诘问:你说节下属员送水礼一概不收可以查问得的,到底谁送过你礼,从实供来。

供:我初到任时就有蒋重熹、杨士玑等属员馈送过水礼,我叫家人进署骂了几句,让他收了回去,这是可以问得出的。后来属员都晓得了也不敢再送了。

诘问:你任内收捐监生每名又多收一两心红纸张银,这分明是入己的赃银,你还要强辩吗?

供:我任内收捐监生每名加添一两心红纸张银,当时各州县送来,我糊涂就收下了,这就是我该死之处。只是我在藩司任内遇地方上有公事,如四十二年修理安定桥我捐银三千余两;四十四年修理龙王庙雷坛我捐银一万两;本年贼人围困省城,城中百姓缺少粮食,我将一万三千两银子捐出,交首府首县散赈;还有本年我陆续调兵三千五百名,我将八千两银子奖赏先到官兵,对于旧教回民我又赏他们制钱五百串、银一千两;又前后三次奖赏守城民夫制钱共计一千二百串,这些都是有地方可以查问得的。各项用去原想都入己的,如今还有何辩?

诘问:你在藩司任上一切办灾散赈等事,据你说自己办理得十分认真,也不过以本道府具结奏报为凭,难道王亶望就不要道府结报吗?

> 供：听说王亶望办灾是预先定了分数，然后让各州县依着他的数报上来，到后来本道府加结不过徒具虚文而已。这种没有天理的事我实在不敢做，所以各州县报来若在五分灾以下，即为不合例，不必再委派道府查勘；若报有七八分灾则先派人复勘，然后再由道府加结详细报明灾情。至于散赈一事，要核定某县户口共计多少，则先将某村庄庄赈大口多少、小口多少颁发告示分贴，然后照数散给。原本是要使散赈之事人所共知，让那些不肖的官吏无从作弊，但这不过是我尽一点心而已，其中是否别有弊窦我也不能保其必无。我从前就有此供，只是我觉察不出来便不敢将属员举劾。

对王廷赞近半个月的讯问，具有重要价值，它从另一个侧面也证实了王亶望折捐冒赈的舞弊实情。在乾隆帝看来，对此案首恶王亶望开刀的时机业已成熟。

与王亶望最早交锋始于乾隆四十六年闰五月。乾隆帝传谕钦差侍郎杨魁会同闽浙总督陈辉祖立即在浙江杭州提讯王亶望，一旦审明主要情节，即将王亶望拿交刑部治罪。谕旨传来，此时杨魁尚未到达浙江，总督陈辉祖担心拘泥于会同杨魁审办会耽搁时间，那样一来王亶望听到风声会有准备，便决计乘王亶望自海塘工所进省城杭州料理应缴银款之机，亲自来到王亶望的寓所，率同司道官员逐细搜查，并将王亶望的一切财产予以查封，派人看守起来，然而并未发现他们期望得到的有关甘省捐监折色的底簿和王亶望与同僚属吏往来的密信。随后他派人将王亶望传至衙署，敬宣了谕旨，王亶望听后立刻伏地叩首，痛说自己有罪，供称："我祖孙父子世受国恩，席履丰厚，又蒙皇上生成豢养，擢用至巡抚重任，因奉职无状，辜负了皇恩，又蒙天恩逾格曲赐，我只愿在塘工上勤勉效力，方期补过于万一。而前在甘肃藩司任上办理监粮一事又有糊涂错谬之处，仰承圣恩不立即从重治罪，还降谕旨向我讯问，令我据实供出，这都是获罪之身所不易得到的，如果尚有天良何忍不尽吐实情呢？"

然而在陈辉祖面前，原任藩司王亶望并未将甘省作弊一案老老实实地和盘托出，经陈辉祖再三追问，王亶望总以立意在捐多粮多，便让人觉得我能办事，以致才一任通融办理。而且还称："我也是具有人心的，并未分肥入己拥得厚资情弊，不知众人因何有此议论，我实在无从置辩。"主持审讯的陈辉祖则认为，王亶望虽始终坚不承认借此分肥，但其纵容属员私收折色已经罪无可逭，于是他决定等杨魁到浙后，再与他会同严审，一经问出舞弊分肥的事实，再立即将王亶望解往刑部治罪。

六月，乾隆帝得到了陈辉祖审讯王亶望的复奏，见王亶望就甘肃藩司任上私收监粮折色一事只供认责成道府结报，而并未将道府何人逐一供明，乾隆帝对陈辉祖的讯问极不满意，便传旨申饬了该督，令陈辉祖再行讯问，决不能任王亶望一味狡供。与此同时，远在热河的乾隆帝也在细细研究此案的脉络。他认为甘省私收折色在前，勒买冒销于后，这一情节已属显然，既然事已败露，断无置而不办之理，阿桂、李侍尧也断不肯代为隐匿，就是王亶望，也不怕他始终狡饰不吐实情。但是杨魁、陈辉祖在浙讯问王亶望并无证据，王亶望此人平素就很精明，他必不肯顺当地吐尽实情。眼下浙江海塘工作章程已定，陈辉祖督办塘工已属宽裕从容,并不少王亶望一人。于是乾隆帝传谕陈辉祖立即委派办事妥当之人将王亶望拿交刑部严审,并叮嘱沿途小心防护,不要让他畏罪自杀。五天后,乾隆帝估计王亶望已被押解起程,又再传谕刑部堂官,等王亶望解到后,立即添派司员沿途小心,直接将王亶望解赴热河交军机大臣审讯。

在此期间,阿桂、李侍尧又从甘省奏报了本案一个十分有价值的证据。经过验查历年办捐的账簿,阿桂等人发现惟有四十一年王亶望在任时收捐监生人数为六千三百余名,是历年之冠,而当年在赈恤案内所动用的粮食也是历年中最多的一次,竟超过一百七十余万石。由此看来,四十一年甘省被灾严重,然而如果灾重又何以能够收捐监生达六千三百余名呢?明明是上下通同舞弊、冒销分肥入己,其中情弊王亶望纵有百嘴也解释不通。获取了这个证据,乾隆帝十分兴奋。王亶望这几年婪得的资财决不能任其安享。王亶望籍隶山西,且在其获罪之后,其家人已经回籍,家产必早已运回。乾隆皇帝遂传谕山西巡抚雅德,令他速将王亶望原籍财产严密查抄,决不能任其家人有丝毫隐匿寄顿,并一再告诫雅德"断不可稍存做好人之见,以致办理未能周密"。考虑到王亶望久任浙江巡抚又留办海塘工务,其任所亦必有积存,恐怕还会另有置产牟利之事,因此乾隆帝还同时传谕闽浙总督陈辉祖在审讯之余一体查抄,并派人在当地秘密查访,毋任王亶望巧为寄顿。再有,乾隆帝早就风闻王亶望有暗置产业及生息营运之事,遂又传谕两淮盐政图明阿即行严密查办此事,"务须实心确访,不可稍做好人";同时还传旨谕知商总江广达等人,如果发现王亶望从前在那里出资行盐,或交商人营运牟利,或有人向王亶望借贷之事,立即据实呈明,如果有人竟敢隐匿不报，将来由别的途径发觉，或王亶望在京供出，他们非但得罪不起，其身家性命也不能自保了。这三项谕旨是通过日行六百里加紧廷寄传出的。从此，一场针对王亶望的抄家行动即在全国从北到南展开了。

再说乾隆帝传旨申饬陈辉祖主持审讯不力，王亶望不据实逐一供明当年道府何人、如何假捏结报之情弊，而陈辉祖不严加究问，转称等杨魁到浙江后再共同会审，乾隆帝为此大为光火，认为"所办实错，尚有何待？该督平日办事尚属精细，并且他也未曾历任甘省，更无回护王亶望的理由，为何不将此案彻底根究到底呢？"陈辉祖接旨后，跪读之下惭愧得无地自容。恰巧杨魁已赶到省城杭州，二人立即开始了对王亶望的讯问。而王亶望这一次也始终以到任在开捐之后，因想到捐多粮多，于仓储有益，总督向其查问时，亦以并无此事回禀，那时盘查道府实已记不清楚，乞查甘肃案卷为词。陈、杨二人无奈只得几次严刑讯问，王亶望虽神情失措，倍形窘迫，但供吐多属闪烁游移。

据王亶望又供称："各属通收折色，其中也有因地因时或以本色交纳的。"当再追问其系何州县，如何又有本色上仓之事，王亶望辄自认糊涂，前后混供。当被问及于改捐折色之后，如何分肥入己、通同舞弊这一全案紧要关键处时，王亶望皆旋认旋翻，不能取有定供。初则承认分肥，在开捐之后令各州县于请领实收时每名添加一两银子，交予藩司内署收用，除此项银两外便无别的情弊了，及细加究讯，又忽称曾有经费陋规，但就其始末收交以至年月日、银数种种，王亶望言语翻易，竟无定准。

杨、陈二人审到这时，苦于浙省无人质证，又不能听任其长期狡饰不吐实情，遂遵旨委派台州府知府、游击、抚标右营守备于六月二十九日从杭州起程，押解王亶望赴京交刑部收审；同时咨明要犯进京途中即将经过的江苏、山东、直隶等省，各派文武官员沿途小心护送，不得有丝毫差池。

从浙江杭州到行在热河，两地遥遥相隔数千里，自六月二十九日起程，屈指算来已过去半个多月了，乾隆帝急于获取王亶望确实口供，于七月十七日命令军机处飞咨沿途山东、江苏、直隶、两江各督抚添派员弁迅速兼程，小心押送，毋稍迟滞并转催浙江押解人员加紧解送，务必于七月二十五日以前将王亶望解至热河，交军机处会同九卿大学士加以审问。七月二十二日，直隶总督袁守侗奏报，王亶望于当日进入直隶境内，已委派试用知县黄虞会同沿途地方官小心管押，兼程前往。二十六日，大学士英廉奏称：迎解王亶望于当日已抵卢沟桥，即日押解前赴热河，毋得迟误，并飞饬沿途台站预备车马迅速应付。

王亶望如期抵达热河，二十九日军机大臣遵旨会同九卿大学士立即开始了对王亶望的审讯。经过近一个月的长途解送，王亶望来到行在，面对军机大臣及九卿大学士，他是否还敢像在浙江一样继续狡供呢？且看讯问时的情景。

> 诘问王亶望：你任内收捐监粮如何不遵照奏定规条，即令属员私收折色呢？既然收了折色，自然无粮可贮，如何又请添建仓廒呢？这分明是扶同捏报，侵蚀国库钱粮。并且你衔属内有人捐监，你又令属员填给实收送进，并不发给捐监粮价，这分明是你要便于上下通同侵蚀的意思了。
>
> 供：勒尔谨奏请开捐之后，我才到藩司任上，那时我见报捐的人甚少，因思捐多则粮多，对仓储有益。如果全部令

捐监人交纳本色,因甘肃地瘠民贫,买粮甚难,未免人们都苦于报捐,所以我就出主意令各州县全收折色银两,原想将这项银两发给各州县令他们买粮归仓,所以当各州县详请添建仓廒时,我都准了。到了后来,各州县都认为收折色方便,所以这几年来全都收折色了,之后并不买粮还仓,遇到散赈时就将这项银两分散,这仓廒就成虚设的了。其实各州县都添盖有仓廒,并非扶同捏报,这是可以查得出来的。再有我署中亲朋甚多,时常有人托我捐监的,我就令属员填给实收送进,也记不清数目了,我都未发给粮价,这是事实。

诘问:通省各州县报灾,你如何先与兰州府知府蒋全迪商定报灾分数,再分派各州县照你们所开的单子报灾?据程栋供称,每年灾赈内你令他多报一二万石粮食以补偿他各项支应,这一县如此,其余各报灾州县你又如何商量捏报呢?

供:甘省地瘠多旱,每年各州县都有报灾,皇上轸念灾民,凡遇报灾无不赈恤,原本要把这监粮散给百姓的,后因各州县都收折色,又不买粮还仓,所以到散赈时就把这项折色银两按百姓户口分给,到奏销时未免有多开户口的事情。我因兰州府蒋全迪是我心腹的人,所以与他商量。有州县待我好的,我就叫他把灾分报多些,有州县待我平常的,我就不准他多报。到了后来我竟酌定分数开单,分派州县照我列的单子开报,原想各州县因此就可多供应我的意思。这就是我该死的地方了。比如皋兰县程栋,我待他本好,他又肯供应我,所以每年灾赈时我就令他多报一二万石粮,这事是有的。至于别的州县我也有令他们浮开多报的,我记不清数目了。

问王亶望:你上年将蒋全迪奏调浙江,又如何与他勾通作弊,你可要据实供来。

供:这蒋全迪原是我心腹的人,我在甘省时他很替我出力,后来我到浙江任巡抚,蒋全迪亦丁忧(即服母丧)回籍,我就奏明留他在浙省办事。其实他到浙省并不太久,我并未有与他勾通作弊的事。我在甘省所有与他作弊的事全已败露,罪该万死,如在浙省另有别项作弊的事,何必还为他隐瞒呢?

问王亶望:你在甘省令州县设立坐省长随,探听信息。现据王廷赞供出,凡各州县馈送你金银等物,全由坐省长随送进。又据程栋供称,你署内一切支出应酬全令首县承办,每年需用二万余两银子;又有一次,你署内于冬季上冻时候盖造房屋,必须得用热水和泥,以致格外耗费。又据陆玮、宗开煌、郑陈善、杨德言、闵鹓元等人供认,馈送你的银子共计四万四千余两。另外朱家庆供出,你收过他上万两银子,令其于报灾时多开捏报,这都是有凭据的。你做藩司时,民间对你曾有"一千见面,二千便饭,三千射箭"的说法,你到底在甘省得过多少银子,你可要据实供来。

供:我在甘肃时因各州县位置都十分分散,无法授意与他们,所以令各州县设立坐省长随,我遇有需索时即令人通知坐省长随,以便送信给各州县,所以各州县有馈送我的东西全由坐省长随经手,这是有的。我得过属员银两甚多,所以外人编个口号说我"一千见面,二千便饭,三千射箭",总是因为我贪心太重,就置之不论了。我署内要盖房屋,原叫程栋办理。他因赶时间于上冻时令工人用热水和泥,总计费银二万余两,我全没有发价,这都是有的。至于我署中每年一切花销用度大概不下二万两,原是向首县索取,只想于报灾时令首县多报就算补偿了他。至于陆玮、宗开煌、郑陈善、杨德言、朱家庆等人,他们全都馈送过我银两,算来也有几万两。此外各州县送我银子的甚多,实在记不清了,这都是我的罪,还有何辩呢?

问王亶望:你将各属应领运粮脚价俱不给发,据郑陈善供明这分明是你侵吞入己了。

供:这运粮脚价原是由藩司衙门发给各州县的,总因我贪心太重,就把此项银两留下作为属员馈送,这都是有的。

问王亶望:你升用浙江巡抚,起身时有数百头骡马驮载行李,现在抄你家内除珠玉玩器、皮张、衣服等项不计外,竟有金银至一百余万两之多,这是从哪里得来的?你在浙江供出永和、大成两个铺面,其余银楼、粮食等铺面全部隐匿不报,这是什么意思?此外有无别项产业?你实在婪得多赃共有多少?你可要据实供来。

供:我在甘省婪索多赃,所有古董、衣服、皮张等物实在多得不计其数,所以起身时有数百骡子驮载行李。我在浙省交代家产财物时一时记忆不清,以致将在京银楼、粮食各铺面没有供出,此外我细细想来并没有别项产业了。我在甘肃藩司任内向属员需索的银两很多,但我此时实在记不清总的数目了。现在众人所供,都是有的。总之,我自己家资本来不多,所有现在查出银物大半是婪索得来的。只求皇上将我即行凌迟处死,以为负恩贪黩者戒。

就在军机大臣审讯的第二天,大学士嵇璜等人就王亶望如何要改收折色并大胆与属员通同作弊,以及有无收受秦雄飞银两等问题再次提审王亶望。

诘问:你如此贪婪不法与属员通同作弊,难道不怕日后犯事,就如此胆大么?

供:我做这种事,起初若想到今日被发觉也断不敢做,只是我贪心重了,想上下合为一气各自分肥,又令道府出结存案,希冀可以日后蒙混,况且还有散赈可以借端掩饰,不至于败露出来,所以就大胆做了。这昧尽天良的事如今实在是天理昭彰,难逃国法,我也追悔莫及,还有什么可说的呢?

诘问:你做藩司时,秦雄飞做首道送过你多少银子?如何通同舞弊?据实供来。

供:我任甘肃藩司时,秦雄飞做兰州道司,原无统属,我与他同寅不过三四个月,没有送给我银两,也没有与他勾通作弊的事。

诘问:甘省收捐监粮原本是收本色粮米,你竟公然违例改收折色银两,究竟起初是何主意,你也不是糊涂人,必有意见,可据实供来。

供:我在甘肃藩司任内将收捐监粮改为折色银两,目的是要从中分肥。自改收折色后,既可以与属员通同作弊随便勒扣,又想有散赈的事可以将少报多,所以每年令属员捏报被灾,酌定分数,将赈济剩余的银两分肥入己。总是我利欲熏心,贪得无厌,还有何辩呢?我历年所得的银两约有数

惊回首

十万两,实在数目我记不得了。总之我蒙皇上天恩,由知县擢用至藩司、巡抚不能报效,却因贪心无厌婪索属员,赃私累累,今为天道所不容,蒙皇上洞察以致败露,并据各属员已经尽情吐露,都有凭据,这就是我该死之处,还有何辩?只求将我立正典刑,以为大吏贪婪无忌者戒,这就是恩典了。

看来,王亶望于押解途中是彻底想通了,说亦死,不说亦死,索性彻底交代,早日解脱。至此,主犯王亶望折捐冒赈、索贿受贿的犯罪真相已经大白于天下。

在严审王亶望、勒尔谨、王廷赞这几位所谓"方面大员"的同时,另一名七品芝麻官也被列为审查重点,他就是甘省首府首县——皋兰令程栋。

阿桂、李侍尧经过两个多月的严密查访,于七月初终于从皋兰县书吏那里查获未予销毁的重要证据——散赈点名清册,由此判定皋兰知县程栋任内浮冒侵蚀的情弊已确凿无疑。阿桂立即奏请乾隆帝将现在捐升刑部员外郎、在部供职的程栋革职拿问,并应就近传讯获取口供。

乾隆帝认为事实已清,缉拿程栋的时机确已成熟,遂降旨将程栋革职。七月初五日命尚书额驸福隆安廷寄留京办事王大臣及刑部堂官,先行取供速奏,然后派员小心押解程栋赴行在,交军机大臣讯问。

十一日夜晚,刑部司员便将程栋解至热河。第二天一早,军机大臣即会同大学士九卿对程栋进行提审。

诘问程栋：你说自祖父以来薄有产业，你祖父叫什么名字？曾做过官吗？

供：我祖父名叫程皋，父名叫启远，都没有做过官，我与程元章并不是一家。这薄有产业的话实是我谎供，以前捐升员外郎的银子都是从皋兰县得来的。

诘问：你说在皋兰县任内有许多费用，王亶望做藩司时每年在他身上所费不下二万两，所以他才叫你逐年多报此灾，约有一二万石粮食，粮价则可留为供应他时支用。就你所供，王亶望于冬天上冻时候用热水和泥盖造署内房屋一事，难道你在任时王亶望年年建造房屋，何以每年需费二万余两之多的银子？此外他又如何索取供应的，你从实供来。

供：我在皋兰县任内逐年多报的灾荒每年有一二万石粮食，实际上是王亶望知我替他支付用度，才授意叫我多报的。至于用热水和泥盖房只是一件事，就是不盖房也要派我办些别的事情。总之我在王亶望身上大概总要费用二万两银子。

诘问：你说多报灾荒是王亶望与知府蒋全迪商议的，当日如何商议？如何按股分肥？你做首县没有不知道的！

供：王亶望与蒋全迪相好得就像一个人那样，王亶望与他议定灾赈时，蒋全迪曾拿出单子来看，所以大家都知道是他与王亶望商定的。至于他们如何商议、如何分肥，蒋全迪岂肯告诉我，我实在不知道。

诘问：你说任内共收捐监生四千八百名，自己差人在外买粮贮仓，你为什么不叫捐监生自己去买粮交仓，却又收了银子差人去买？分明是你少发粮价，勒买民间粮米，还有何辩呢？

又供：皋兰县位于省城，报捐的人大多都到那里，若叫他们自己报粮交仓就要耽搁工夫了，所以人人都愿意交银子不愿交纳本色粮食。至于放赈时，也有州县用银子抵粮发给百姓的，并非一定要买粮交仓，我实在没有勒买之事。我在皋兰县两年办理灾赈浮冒之数大约有十余万两，散赈时以银代粮，一石粮折给一两银子，因此按时价每石粮食少发银一二钱不等。四千八百名捐监，每名除扣存监粮价及仓储费外剩银三四两、四五两不等，这一项是我一切剩银之大数。但皋兰是首县，除去自己的驿站大小流差费用外，所有院、司、道、府各衙门铺垫办事全是由首县按时支付；此外总督每年进贡，我也均帮贡银三千、二千两不等；各上司有离任的，除去送盘费三百、五百两不等外，一切骡价、差役护送所需盘费，也全都由首县办理。王亶望衙门的费用更多，我领实收后，他署内亲戚幕友捐的就不少，都不给捐监银两；知府蒋全迪署内亲友捐监有给银两的，也有不给银两的。总计这些支费每年总要在十万两以上，这也是我用度之大数。我自己捐升员外郎约费八九千金，我自家陆续增添产业不过三四千金，即将卸任时我手里大约剩三万两银子。而四十年腊月中旬，蒋全迪又向我勒去一万五千两，我只剩一万五六千两带到京城欲为生息，以便在京当差时填补用度。这项银子中，现任山东滨州知州借去一万三千两，每月一分的利息；又有云南安州知州借去一千两，每月三分利息，至今本利未见；又有翰林仓圣脉借去一千七百两，每月二分利息。我现在家中所存不过数百金，都是利银，此外不过做些衣服约值千余金,这是我实在所得之大数。总之王亶望平时叫我供应太多,所以我如此浮冒,他也不查原驳饬,如果不这样做,那我的亏空就太多了,是他的原因使我只能如此办理。我因这些事情都是大干法纪的,心里实在害怕,所以才捐员外离任,今日果然败露。作出这种种滥花冒销公项的行为,实在是罪该万死,还有何辩呢?

当晚,乾隆皇帝阅看了这份供单,思考之后仍觉其中存有不实不尽之处。第二天,军机大臣再次根据乾隆帝折角处刑吓程栋,以期进一步审明案情。

诘问程栋:你供每年帮勒乐谨进贡需银三千、二千两不等,此项银两是否就是勒尔谨借进贡之名勒索你的,还是你自己主动逢迎总督解囊献媚的呢?

供:总督进贡时我帮三千、二千两银子,是因为我任首县,于这样的事情上理应略尽点心意。况且藩司向我婪索我就供应,总督不向我要,我就不送一点,觉得心上不安,实在不是总督勒索我的,也不是我有心要讨好他的。

诘问:藩司署内亲戚幕友要捐监生,填写实收并不发银,你为什么要送他而并不索讨这项银两?统计共有多少?

供:藩司、本府(即指兰州知府蒋全迪)署中亲友捐过监生未曾发还粮价,这项银两今日记不清实在数目了,大约总在一万两银子以上。其中藩司所欠的多,本府所欠得少,这些都是因我领实收时必须由藩司给发,又要本府出结,然后才能领取。如果不给他们的亲友捐办,恐怕再领实收时就会受到刁难梗阻,所以只得听任他们填捐而不发给粮价了。

诘问:你在皋兰县任内虽然用度大,上司供应也用的多,但你仅两年积存银两,为什么到卸任时还剩得三万两,莫非你又有隐瞒吗?

供:我进京时所带的银子有一万五六千两,这也不过是个大概数目。此外,我妻子自己积蓄几两银子,换些金银首饰这都是有的。还有携带的零星银子约有数百两或一千两,均未曾称兑。

诘问:你供捐官之项都是从皋兰县任内得来的,这又是在三万两之外的了?

供:我祖父以来虽薄有产业,但不能有余力为我捐一员外官职,我这捐官之项就是皋兰县任内办理捐监剩下的银子。我报捐员外郎时也不是一次就能捐足的,如够捐双月就先捐双月,待后凑若干银两,又加捐单月,逐渐捐至。至得缺后我又捐免试俸,总计所费有一万余金。所供都是事实。

以上供词显然证实了程栋所有家资都是他侵冒官项、剥蚀民膏所得。七月十七日,乾隆帝传谕大学士英廉、河南巡抚富勒浑,一并严密查抄程栋在京寓所及河南本籍家产,毋任其隐匿寄顿。

时至七月底,在乾隆帝亲加廷鞫质讯之下,甘省一案的主犯均俯首认罪,无可罪辩。不久,刑部各衙门根据大学士阿桂等人几个月来查办甘省私收折色、冒赈浮销、通同作弊一案已经获取的确凿证据,以及行在军机大臣会同大学士九卿审讯勒尔谨、王亶望、王廷赞、程栋等人的口供,遵旨查寻《大清律例》有关条款,拟定了这几名主犯的罪行。

刑部堂员首先回顾了此案的发展脉络:因甘省地寒土瘠常有灾荒,皇上不惜动用国库公项来采买粮米充实仓廒,并依时加以赈恤,使百姓均沾实惠。乾隆三十九年,陕甘总督勒尔谨以动支国库银两采买粮食不无辗转为由,奏请仍然恢复捐监旧例。经户部商议准行收捐监粮,并饬令该督严定规条,肃清诸弊,决不允许私收折色。不久,据勒尔谨奏请添建仓廒,总计动用国库公项十余万两银子,先后奏准遵行,现全部在案可查。甘省于开例之初即未能实力奉行原立规条,那时就有私收折色之弊,勒尔谨并未觉察严惩。待至王亶望于这一年调任甘肃藩司,即起意私收折色,借机侵蚀饱其欲壑。他明目张胆,公然授意各州县全部改收折色银两,并与兰州府知府蒋全迪勾通一气,所有给发的空白监生执照收据及报灾分数全都由王亶望与首府蒋全迪预先派定,而所收折色银两又借赈灾之机任意开销。凡遇属员善于逢迎讨好的,便多发监生执照收据,并令其多报灾分,以冲抵进项,从中分肥入己;对于那些不善迎合的属员,则少发执照收据并令其少报灾分。因此各属员办捐多者赈恤必多,那些无灾赈的地方则报捐亦少。王亶望仍勒令各道府申送甘结(即出具证明),从而预先做好他日推卸责任的打算。而各州县收取折色银两后并不买粮还仓,到散赈时不过将银抵粮。王亶望又任听属员多开户口,上下分肥,以致将历年用于赈恤的国库银两全部供王亶望一人侵吞。现在已从该犯家内抄出金银一百余万两之多,据供,其中十之八九均得自甘省。王亶望肆意贪赃,达到了骇人听闻的地步。据说王亶望署内一切用度每年不下二万余两，全部派首县供应，甚至藩司衙署内盖造房屋正值冬季天寒，就用热水和泥，滥行花费达二万余两之多，这项费用全是皋兰县知县程栋支应，而王亶望即以多发监生执照收据，默许多报灾分的办法暗中给予补偿。那时各州县亦皆效尤馈送，如陆玮、宗开煌、郑陈善、杨德言、闵鹓元等人共送过王亶望四万四千余两银子，朱家庆也送过王亶望一万余两银子，其余各州县馈送俱不计其数。王亶望又于实收公费外每发一张监生执照收据就议添杂费银一两，充为公用，借此取悦众人，令众人均沾实惠以塞其口，并且还将各州县的运粮脚价扣住不发，每年又从中获利约三万二千余两。其署中人等替王亶望亲友办理捐监，又勒令属员填给实收并不发价。那时勒尔谨听闻王亶望有婪赃的事情并未严访确查，立时参奏，却视同膜外，任其肆行无忌。勒尔谨后来还借端每年收受程栋二千或三千两银子，其余各属也有向他馈送银两的事情。勒尔谨还令属员代买皮张等物，虽据称给过钱但却听任家人扣存不发，甚至毫无觉察。乾隆四十二年王亶望升任浙江巡抚后，王廷赞接任甘肃藩司之职，不但没有革除折色之弊，还于收捐监生时每名又加收一两杂费银，作为藩司衙门心红纸张之用；待奉有朱笔谕旨，令其将甘省捏灾冒赈情弊从实供吐，即可贷其一死，并仰荷圣慈念其守城有微劳欲为从宽发落时，王廷赞却始终不将王亶望如何私收折色、冒赈开销之处尽情吐露，实属丧尽天良。

以上种种犯罪情节据王亶望、勒尔谨、王廷赞、程栋均供认不讳，事实清楚，证据确凿。刑部堂官根据《大清律例》所载"侵盗仓库钱粮入己，数在一千两以上者拟斩监候"这一惩办政府官员贪污罪的基本条款，反复斟酌后认为：王亶望身任藩司不思洁己报效，于收取捐监粮时起意贪赃入己，擅自做主令各属员私收折色，又公然捏报灾赈，肆意开销，得赃之数不可胜计，使该省受灾百姓不能均沾实惠，王亶望负恩藐法、侵帑殃民，实在是从来未有的奇事；他还勒索属员馈送银两盈千累万，亦属罪不容诛。王亶望应照侵盗仓库钱粮入己数在一千两以上例拟斩，请旨即行正法。勒尔谨身为总督，却于王亶望婪赃舞弊之处视为膜外，并不确察参奏，形同木偶；又借端私受属员馈送的银两，并派买皮张等物，任听家人扣价不发，实属昏庸贪鄙。王廷赞系接任藩司，发现收捐折色后仍然相沿旧弊，又于每张监生实收外添加杂费银一两，待奉朱笔谕旨开导询问，又始终狡赖不吐实情，更属可恶。查勒尔谨所收馈送银两就是属员冒赈开销之项，王廷赞所得实收杂费银也属于官项，均与侵盗仓库钱粮无异。勒尔谨、王廷赞均应照侵盗钱粮入己数在一千两以上例拟斩，请旨即行正法，以此为大吏受贿营私、昏庸贪鄙负恩者戒。程栋身为首县，听从王亶望授意，将报捐折色之项任意冒赈开销，并曲意逢迎，滥行供应，又从中分肥饱其私囊，罪更难逭。但该犯尚有与在甘省各犯互相质对之用，应遵照前旨解往兰州，交大学士阿桂等人归案查讯后，即在甘省照例办理治罪。

乾隆帝当晚批阅了刑部等衙门的这道奏折，反复推敲核查后认为，三人罪有应得，但其中稍有区别。于是明降谕旨宣示："今日王亶望、勒尔谨、王廷赞等人已被拿解行在审讯，他们对所有冒赈分肥、贪赃舞弊各款均一一供认明确，俯首无词。如果不是朕特降谕旨令阿桂等人密行查办，则始终会受其蒙蔽，王亶望等人都能安然饱其欲壑，幸逃法纲，天下岂有这样的道理？查办此案朕早有风闻,但因恐各督抚误会朕意,因噎废食,因此迟回未发者已有二三年了。今日诸弊已露,若再不办理,则是朕不能惩贪察吏了,朕岂肯担当这样的罪名。今年甘省又来报灾,切谕李侍尧委派能干公正大员详细踏勘,或予蠲缓或准借给,以资接济,如有不肖劣员因此次查办冒赈无可分肥转致匿灾不报,一定要严加参奏,加倍治罪。积弊不可不去而灾民不可不恤,这就是朕之苦心。而王亶望竟敢借赈灾恤民之举企图肥身利己,即便从前恒文、方世俊、良卿、高积、钱度等人均因贪赃枉法先后伏诛,然而他们这些人尚未如王亶望那般肆无忌行、明目张胆,以至于冒销国库钱粮肥己达数十万金。王亶望由知县经朕加恩用至藩司、巡抚,竟敢负恩丧尽良心以至于此,自然应当即正典行,以彰国法。王亶望著即处斩。勒尔谨本一庸懦无能之人,因其平日尚属小心,谨慎用为。从前'逆回'一事本因勒尔谨养痈贻害所致,即使收复河州也是因布政使福崧在那里筹划帮同办理所为。勒尔谨失机贻误,本来即应正法,然而那时朕尚从宽改为监候,今日他又于王亶望私收折色、冒赈婪赃一案全无觉察,且自己也收受属员馈送、代办物件,一任家人从中扣价不发,种种影射侵肥、昏庸贻误,罪更难适。但朕终究还是以用人不当自引为愧,未即拉至刑场立即处决。勒尔谨著加恩赐令自尽。王廷赞以一个不起眼的小吏擢用至藩司,受恩甚重,却于接任王亶望交代时,不仅不据实参奏,还效尤作弊。虽未收受属员银两,也还有派买物件并加收心红纸张银两之事,其罪亦难末减。况从前留京办事王大臣及刑部堂官审讯时,令其将此案冒赈私收及王亶望贪赃等款详细供吐,并朱笔传谕王廷赞'伊之生死总在此番实供与否,令伊自定,朕不食言',而王廷赞竟始终隐匿,狡饰不吐实情,岂非自取其死。究念其兰州守城有微劳,免其立决。王廷赞加恩改为绞监候,秋后处决,交刑部按例列入秋审。"

谕旨传来,王亶望显得十分镇定,他长叹今日之结局本已是命中的定数。王亶望一生机关算尽,终未逃出天意之惩罚,实在是天理昭彰。勒尔谨闻讯加恩赐令自尽,立即伏跪在地,叩谢皇恩。此时的勒尔谨已万念俱灰,他似乎怀着对乾隆帝的无限感激之情辞别了人世。

至此,甘省一案的两名主犯王亶望、勒尔谨均已伏法。八月初二日,王廷赞因加恩改为绞监候,在热河已无可讯问之处,遂被刑部司员押解,踏上了回京的路途。在京城刑部,王廷赞将被牢固监禁几个月,秋后施以绞刑。程栋罪行重大本应即行正法,但因还有与甘省各犯质对的价值,遂被刑部委派妥当司员解往甘肃,交阿桂审明后归案办理。

此后不久,即八月初五日,乾隆帝以勒尔谨久任甘省总督,一切政务荒废松弛,视同膜外,即便再庸懦无能也没有如此漠不关心、形同木偶之人,今已邀宽典赐令自尽,岂能又令其子逃脱于事外,遂通过内阁传谕中外,著将勒尔谨之长子、候补郎中伊凌阿革去职衔,同其次子一并发往伊犁,交与伊勒图严行管束,令其自备银两充当苦差,以此作为满洲大员贻误封疆者戒。清律规定,凡"十恶不赦"的叛逆等大罪,罪犯凌迟处死外,家属也要"缘坐",即年已及岁之子立斩,年未及岁之子和妻子儿媳等也要给付功臣之家为奴。但勒尔谨罪非"十恶",也要罪及妻孥,这应该说是十分严厉的刑罚了。勒尔谨如此,王亶望等首犯自然亦如此办理。

八月初八日,行在吏、户二部奏称,乾隆三十九年、四十年、四十一年户部捐册档案内记载有捐纳员外郎王裘、捐纳主事王棨、王焯,全注明系王亶望之子,他们报捐所用银两皆是王亶望在甘肃藩司任内侵吞公项婪得的赃银,不能任其照例铨选,请旨革去王亶望为其子所捐职衔。当日乾隆帝即传谕:"王亶望之子王裘、王棨、王焯革去职衔不足以蔽辜,著照勒尔谨之子伊凌阿等人之例,全部发往伊犁,交伊勒图严行管束,自备资斧充当苦差。"九月,乾隆帝再次通过内阁通谕中外:"甘肃捏灾冒赈一案,枉法营私,大小官员通同一气,为从来未有的奇贪异事,此实非常之罪。王亶望按律斩决无可增加,实觉罪浮于法,因此前已降旨将其子王裘等三人一并革职发往伊犁充当苦差。王亶望还有幼子八人,俟其年至十二岁时再行陆续发往伊犁。据山西巡抚雅德奏称,将王亶望幼子监禁在省城,恐外省官官相护,仍属有名无实,著雅德即将王亶望未发各幼子委派妥员小心解交刑部严行监禁,俟年至十二岁时,即由刑部陆续转发,并著刑部存记,虽遇恩赦不得奏请宽宥回籍。如果王亶望之子有在伊犁及中途脱逃等事,即于拿获地方正法。如此办理与首恶的罪情大致相抵了,而侵贪作俑者之大员亦共知共见,以此为戒了。"

这年九月,已届官犯秋后勾决之期,王廷赞又因阿桂查奏有浮销赈粮脚价一项,罪上加罪,即行在京处绞,其子嗣也照王亶望子嗣之例被遣往伊犁充当苦差。至此,甘省三名主犯及其子嗣均受到了最为严厉的惩罚。这一处理结果震惊了朝廷内外大小官员,这些人当中凡有贪赃营私行为的均心惊胆战,暂时有所收敛,不敢肆行无忌了。同时也可以看出,乾隆帝之所以如此迅速地处决了几名督抚一级的大员,也无异于向臣工明示,此案的处理到督抚而止,不再向上根究。如此一来,一大批因私受馈送而多年来为甘省一案"捂盖子"的中央大臣受到了乾隆帝的庇护,这些人心中高悬的石头立时落了地。

除王亶望、勒尔谨、王廷赞三名主犯,甘肃贪污巨案中还有一个关键人物,他就是兰州知府蒋全迪。

七月初,阿桂、李侍尧办理甘省一案从皋兰县获得重大突破,他们立即向乾隆帝发来奏折,内称:"查甘肃监粮收捐折色一案,全部是首府、首县数人经手。自王亶望到甘肃后,即禀知勒尔谨将蒋全迪奏调到兰州任知府,专门承办监粮事务。王亶望即将空白监生执照的收据交与蒋全迪由首府转发各州县。蒋全迪在兰州府任内收捐折色,浮冒侵蚀,任意开销,与甘省上下官员沆瀣一气,勾通舞弊,证据确凿。请旨将现任浙江宁绍台道蒋全迪革职拿问,与王亶望质审。"乾隆帝接到奏折后立刻命尚书额驸福隆安向闽浙总督陈辉祖发出廷寄,降旨革去蒋全迪职衔,并传谕陈辉祖立即派员将蒋全迪迅速拿解行在,与王亶望质讯,并叮嘱沿途务必小心防范,毋出任何差池。

十一日,陈辉祖于杭州接奉谕旨,不敢耽搁,立即将蒋全迪拿解并严加刑具,委派乍浦同知高模、严州协都司张思绅率县丞、千总各一员,沿途小心防范,于十二日管押起程,解赴行在刑部投收。同时还咨明所要经过的江苏、山东、直隶等省,立即拨派人员逐程押解护送,不致出现疏漏。在缉拿蒋全迪之时,陈辉祖还亲赴蒋全迪在浙省的任所,将其在那里的财产逐一查点封存,并严查秘访有无隐匿寄顿。据蒋全迪供明,其原籍虽在安徽歙县,而其营运资财和田房产业多在苏州、扬州等处,江西亦有财产。陈辉祖随即飞咨江苏、安徽、江西巡抚及两淮盐政一并秘密确查办理,以免走漏风声致其家人隐匿资财。

七月十七日,正式查抄蒋全迪资财的谕旨传下来了。乾隆帝以日行五百里廷寄谕知闽浙、两江总督及安徽、江苏巡抚:"甘省前任兰州府知府蒋全迪现已降旨革职,拿问审讯,其资产全部是侵冒官项、剥蚀民膏所得,所有在蒋全迪原籍安徽、寄籍苏州及浙江任所财产,著传谕萨载、农起、闵鹗元、陈辉祖立即严密查抄,毋任隐匿寄顿。"

八月十七日未刻,浙江押解官经过一个多月的长途跋涉,终于将钦定官犯蒋全迪安全解至热河,行在军机大臣遵旨于当日会同大学士九卿及直隶总督袁守侗等人,向蒋全迪展开讯问,并施加了严刑。此时距王亶望伏法(七月三十日)已过去半个多月了。

据蒋全迪初次供述:"我与王亶望素常相好,诸事都与我商量。在甘省一切报灾办赈全是与我商定,随意开报。各属员给我银子,或替我代买物件,我也未曾给过钱。我丁忧离任时,属员们都帮我盘费数百两至数千两不等,一时记忆不清,实在都是有的。况他们都已供出,我更有何辩。王亶望保举我办理海塘事务,才办不多日,并无别项分肥染指之事。我受皇上厚恩,自己昏愦贪心作出这样该死的事,实在辜负天恩,只求将我明正典刑,以为贪婪不法者戒。"

第二天一早,军机大臣会同大学士九卿再次严刑夹讯蒋全迪。酷刑之下,精神早已崩溃的蒋全迪便将几年来在甘省的种种贪赃枉法弊情彻底吐供了。

诘问:蒋全迪,你丁忧在家,王亶望把你奏留浙江办事,你到浙江后自然又有与他作弊的事了,据实供来。

供:去年王亶望在浙江办理海塘事务时,我正值丁忧在籍,王亶望奏请调我到浙省帮办海塘,那时王亶望已卸了巡抚的任,并没有与他作弊的事。实因王亶望在甘肃时待我甚好,所以他要我去我就随他办事。将来他若再做巡抚,我再做他的属员,自然待我更好,却并没有与他作弊的事情。如今我所有在甘省的弊端已经尽行败露,罪该万死,如果在浙省有别的作弊之事还敢隐瞒吗?

问蒋全迪:甘省自开捐之始便私收折色,王亶望又将你奏调兰州府,你便做了王亶望的心腹,一切捏灾冒赈婪赃枉法之事都是与你商量,你出了主意逢迎上司又从中私自取利。那时王亶望若不是因你在兰州做首府,他一人如何能干出这些事呢?

蒋全迪供:三十九年奏请开捐时,原要交纳本色,因在甘省买粮太难,人们都怕报捐,所以捐监的人很少。后来王亶望与我商议不如改收折色银两最为便利,后来报捐的人就多了。王亶望因我能办事,就把我奏调到兰州府承办捐监事务。王亶望见报捐的银子太多,又见各州县年年都有报灾,或多或少是没有凭据的,于是授意我酌定各州县报灾分数,开单发给各州县,令他们都按照单内所开的灾分报来。凡是王亶望意中之人便多开灾分,到散赈的时候即将监粮作为开销,所以报灾多者报捐也多,报灾少者报捐也少,原想借此便可以要属员的银子。这些都是王亶望的主意,我因王亶望待我甚好,又想我也可以从中取利,于是就怂恿王亶望作出这样的事来,如今还有何辩呢?

又问：你与王亶望商量酌定各州县报灾的分数并开出清单，又派各属员照你单内的数目开报，这分明是各州县有多送你银子的，你便多开灾分，有少送你银子的，便少开灾分的了。现据兰州府知府陆玮供出，他于四十三年在皋兰县任内办赈时给过你四千两银子；又有郑陈善供出，他于四十一年在皋兰县任内办赈时，给过你六千两银子；又有黎珠供称，他于四十一、四十二两年在灵州任内两次办赈，先后给过你九百余两银子；又有韦之瑷供称，他于四十一年在宁州任内办赈，给过你二百两银子，又替你办过两年皮货，用银二百八十两，你并未给钱，这些都是有凭据的。此外，办赈各州县共给过你多少银子，你如何与各州县商议分肥，可据实供来。

供：所有各州县报灾分数并非我一人开的，全是王亶望叫我进去说某县应报多，某县应报少，我就照着王亶望的意思开单发给各州县的。至于单子发下后各州县送给我银子是有的，但是并没有预先讲定给我多少银子才替他开报的，我因各州县全都有捏报灾分、冒销赈粮的事，自然也存有分肥的意思。我于四十三年得过陆玮办赈的银子四千两，于四十一年得过郑陈善办赈的银子六千两，于四十一、四十二两年得过黎珠办赈的银子九百两，又于四十一年得过韦之瑷办赈的银子二百两及皮货两件。此外，办赈各州县也有送给我银子的，具体多少也记不清数目了。

又问：你与王亶望商量设立坐省长随，好给各州县送信，所有各州县馈送银两全由这些人送进，你是知道的。各州县既然有一分送给王亶望，自然又有一分送给你的了。

现据原任礼县知县福明供称,他于四十二年替你买办狐皮,用银八百两;又河州知州谢桓供称,他于四十三年替你买皮货、绸缎等物,用银一千三百余两;原任平番县知县陈鸿文供称,他于四十三年送过你盘费五百两;兰州府知府陆玮供称,你丁忧起身时向他索要过盘费银二千两;郑陈善供称,他于四十三年在狄道州任内有公帮银二千两扣留在省,是送你的银子;皋兰县知县程栋供称,他捐升员外郎起身进京时,你向他勒要过一万五千两银子。此外,你还得过何人银两,又送过王亶望多少银两,一并供来。

供:这坐省长随向来就有的,省中一切事务全是他们送信,相沿已久,并不是我在兰州任内才设的。各州县送给王亶望的银子,或亲自送进或交坐省长随送进,并不是我经手。我得过原任礼县知县福明、原任河州知州谢桓等人的银两、皮货、绸缎等物,虽记不清数目,大约都是有的;又皋兰县知县程栋捐升员外郎起身进京时,也曾送过我银子。如今他们全已供出,我还有何辩呢?

又供:我署中亲朋托我捐监,我就叫各州县将空白实收送进,填了姓名给我亲朋拿去。有给我银两的,也有不给我银两的。其中有给过我银两的,我就留下并没有发给各州县确是事实。但我经手捐监的人太多,一时记不起姓名。而且各州县要送我银子,就将空白实收送进,如果不是亲友报捐,我收了他银子就填给实收。其实所捐的监并非都是我的亲友,所供是实。

审至这时,蒋全迪于甘省一案的种种枉法情节已供认不讳,

惊回首

刑部等衙门于当天即根据蒋全迪的供词拟定了他的罪名。刑部认为，蒋全迪身为道府大员不思洁己奉公，竟与王亶望朋比为奸，做主令各属员私收折色，又公然酌定报灾分数及给发实收数额，开单派定各属照单开报，肆意冒销，将办赈银两婪索入己，此外还收受各属馈送盈千累万，以亿万百姓之脂膏供一人之私囊，其藐法侵帑殃民莫此为甚。蒋全迪应照侵盗仓库钱粮入己数在一千两以上者斩例拟斩，请旨即行正法，以为贪吏害民者戒。该犯子侄亲友在其任内有捐监未给价之人，应听大学士阿桂等查明后一并归案办理。

当晚，乾隆帝阅看了刑部等衙门对蒋全迪量刑的这一奏折，认为事实清楚、证据确凿、适用律例准确、量刑合适，遂传旨将蒋全迪即行处斩。因蒋全迪并无子嗣，对其子嗣的惩罚也便毋庸置议了。从十七日蒋全迪被解至行在到十八日晚被处决，前后不过二日。甘省贪污巨案的第一阶段历时仅三个月，首恶俱已伏法，下一步该是对涉案的甘省上下官员全部进行清查，依律惩处了。

四十六年八月，阿桂、李侍尧办理甘肃折捐冒赈一案已基本水落石出，于是他们请旨对涉嫌此案的甘省历任上下官员全部进行清查。乾隆帝接到这份奏折后，立即命吏部查明三十九年至四十二年间在甘省任职的大小官员名单，对其中尚在甘肃任职的官员令阿桂就近讯问，获取确实证据；对已离甘现任职他省或回籍官员，传旨著各省督抚就近传讯各涉嫌人员，令其将在甘省侵冒作弊的实情逐一供认，如遇该员狡饰不吐实供，即派员解至甘省归案办理。

八月二十五日,两广总督觉罗巴延三、广东巡抚李湖接到尚书额驸福隆安发来的密信,要他们立即查封甘省冒赈折收监粮案内各州县官员原籍的资财以抵官项,其中列出了原籍广东应行查抄的七名原甘省官吏名单。巴延三接信后不敢耽搁,立即命人查明各被参官员原籍地方,并迅速派员驰往该处,密扎该管府州督同该县将被参官员资产逐一严查,封存造册,并送省核办。其中有一名叫麦桓的甘省涉案官员,从他的供词来看,其罪情颇为离奇,作为一介知县,他任内所侵蚀的银两数目亦颇为可观。

麦桓,广东番禺县人,曾任甘肃靖远县知县,已于乾隆四十四年告养回籍。两广总督巴延三查明这个情况后,一面派人查抄其家产,一面提审麦桓到案,督同藩臬二司逐一严讯。麦桓回籍已两年有余,本以为在甘省任上的弊情再不会有他人知晓,忽闻省上来人提讯,并被查抄了家产,顿悟东窗事发,惶惶不可终日。

问官当面宣读了乾隆帝的谕旨,"如果彻底供明尚可从轻治罪",麦桓立即答应和盘托出,不敢隐讳。

麦桓供:"我于乾隆三十七年分发甘肃,在京告病回籍。三十八年始赴甘省,借补河州州判不得志。四十一年兰州府属靖远县出缺,嘱托省城素识之翟二南转求兰州知府蒋全迪钻营王亶望,指缺求补,倘如愿,许诺给藩司、知府二人银各四千两,又议定本年办灾时再支付司、府二人各四千两。五月接到委任书赴任时,蒋全迪就预先填好实收六百张,勒令我补印收捐造入季报,以抵消前欠他们的一万六千两银子。这一年我曾两次自领实收五百张入己。秋间兰州署报灾,我遂捏报八九分灾不等,应开销监粮三万二千八百五十石,其中代蒋全迪开销监粮二万四千石,冒销入己监粮八千八百五十石。此外,又赴司库领银六千两一并侵冒入己。四十二年,我又两次具领实收八百张,所收折色银两酌发种子口粮,所以无从冒销。这年兰州各属又报秋灾,靖远县也随同详报,此时正值王亶望升任浙江巡抚,王廷赞接任藩司,我因折收监粮银两全部发借种子无粮可冒,遂详请从藩库内领银一万九千两给发赈济。王廷赞又遍行出示晓谕,民间皆知准赈而赈银却不能全数入己,实际给发折色赈银一万两,冒销九千两。其中代蒋全迪赔补一百名监生折色银四千两,实冒销入己银五千两。两年办赈银粮合计冒销入己银有一万九千八百五十两,遂于四十三年告请终养,离任回籍。"

从麦桓的供词来看,麦桓于四十一、四十二两年于知县任内共计冒销监粮银两一万九千八百余两,然而巴延三抄其家产,田地房屋仅值二千四百余两,不及侵欺零数。此外,麦桓家内银钱衣饰亦为数不多,巴延三怀疑此中必有隐匿寄顿的事情。经再三严讯,麦桓又供称:"在甘省之时每年馈送上司自一二百两至二千两不等,平素应酬纷繁,及至办灾时又三扣两扣剩余银两方准冒销入己。我因所入不敷上司需索,只得告养回里,实在没有多余的产业,并不敢有隐匿寄顿的事情。"

九月初四日,两广总督巴延三将这一情况据实复奏乾隆帝,称:"今麦桓报捐冒赈既已供认侵欺一万九千八百余两之多,原可根据现有供词定拟罪名,但考虑到麦桓所称酌发种子口粮不应多至三万石,又称于四十二年秋灾时给发过赈银一万两,这些吐供的情况在粤省均无案可查。至于各上司坐扣分肥以及如何馈送居间说合之人,现在又无从质对,加之刑讯供情仍属闪烁,分明还有不实不尽之处,不便仅据麦桓一面之词草率定罪,以至于全案办理有所出入,自然应当仍解甘省归案并办方能水落石出。"具奏之后,巴延三一面派员押解麦桓起程赴甘,并将录供内容飞咨甘省查办;一面将查抄麦桓家产所造清单咨部,此外他还进一步督同藩臬两司提讯麦桓家属严究实在情形。

九月二十日,乾隆帝通过内阁发出谕旨,宣示中外:"甘省收捐监粮一案,王亶望、蒋全迪等人明目张胆通同舞弊,已属从来未有之奇贪异事。而麦桓在州判任内胆敢与王亶望、蒋全迪等人钻营,指缺求官,公行贿赂。蒋全迪勒填实收并议定办灾使费,这不单单是冒赈殃民,而更是卖官鬻爵,目无法纪至于如此之甚,尤堪骇异。麦桓一犯现已由巴延三委员解甘,著李侍尧严行究讯,令其将贿赂情节据实供吐,毋使稍有匿饰,审讯明确后著另作为一案办理。甘省阿桂审定侵冒各犯内有似此纳贿营求者恐又不少,其罪情尤为重大,除已经审明正法各犯外,其余案内人犯并著李侍尧严切鞫讯,如有似此案情节者,均照麦桓之例另案定拟,以为枉法营私、鬻官行贿者炯戒。"

乾隆帝在震怒之余发出的这道谕旨,决定了麦桓一案绝非常案可比,其性质不仅是折捐冒赈,更是大干法纪,指缺求官,卖官鬻爵,由此可以推想麦桓的下场一定不会太妙。然而一个多月后,湖广总督舒常、湖北巡抚郑大进密奏,钦定官犯麦桓于押赴甘省途中在湖北黄陂县病故,这一消息实在出乎人们的意料。

据押解麦桓的广东巡检孙登禾、把总黎彪回禀:"自九月初六日由广东番禺县起程,一路上见麦桓体弱食减。十月十二日行抵湖南巴陵县,见麦桓精神恍惚,言语错乱,随即告知该地方官拨医诊视,判断是虚弱病症,开给归脾养心汤方剂,沿路服药调治，未能痊愈。"当地知府县令亦禀称麦桓患病属实，拨医诊验方剂相投，麦桓尚能服药，因是解甘质审要紧官犯不便借病逗留，遂令押解人员妥为照料，沿途加意调治，护解前进。据黄陂县知县陈士凤禀报："麦桓被解至该县滠口店内，于十月二十一日病故。"湖广总督舒常、湖北巡抚郑大进闻讯后，立即委派代办臬司事盐法道张廷化率同汉阳知府曾承谟，带领仵作（验尸的衙役）星夜赶赴黄陂县检验麦桓尸身。据该司等人禀复，他们驰抵滠口刘永太店内，亲自同各官役卸去麦桓尸身上的枷锁，验得面色黄瘦，眼合口闭，肚腹平塌，两手心脚心俱黄，两脚内外踝部俱有旧夹痕印，已经平复。询问解员系在粤省提讯时套夹所致，其余并无别故，实系病毙。审讯广东长解官孙登禾、黎彪，护解官汉阳县巡检闻人济，县役万年、李锦，兵丁黄文光、胡太以及麦桓随丁谭亚三等人，均供称麦桓患病虚弱，经过各站时随路拨医服药，因是解甘要犯不敢停留。二十日酉刻解到滠口地方，因麦桓病重昏迷遂停歇下来，在刘永太店内时，麦桓已药食俱不能下咽。至二十一日黎明时分麦桓身故，实在没有别项弊情。湖广总督舒常一面派人将麦桓尸身棺殓，封记浮埋，一面将询问实情迅速复奏乾隆帝。

十一月二十八日，尚书和珅字寄陕甘总督李侍尧，传达皇上谕旨："麦桓前在州判任内指缺求官，目无法纪，罪情甚为重大。今麦桓在途病故，安知其无畏罪服毒自尽情弊。现在降旨著刑部堂官委派能干司员带领熟谙仵作驰驿前往，详细检验，彻底究办。至于麦桓在甘肃任内于冒赈捐监之外又复行贿求，其侵冒银数多寡，罪名比照前已定案各犯应拟何律之外，著李侍尧即行逐一详细查明，据实速行复奏。"同日，尚书和珅亦廷寄湖广总督舒常、湖北巡抚郑大进,传达乾隆帝旨意:"麦桓在甘肃州县任内办灾冒赈,并胆敢向王亶望钻营,指缺求官,公行贿赂,其罪情实为重大。麦桓自知到甘审办,其款迹必尽行败露,将来定案时罪在不赦,或有中途服毒畏罪自戕之事。该省解员及经过地方各州县官官相护为之捏饰禀报,均未可定,现令刑部司员一员带同仵作驰驿前往检验。著传谕舒常等俟刑部司员到境时,即交令悉心开棺验看,如尸身变烂即蒸检亦无不可。"

十二月初五日,陕甘总督李侍尧接到谕旨,立即开始详查麦桓一案的犯罪证据。经多方调查,得知麦桓于乾隆三十九年借补河州州判,四十一年提补靖远县知县。在靖远县任内于四十一、四十二两年,共办过灾赈本色粮二万二千六百七十四石,又折色银二万五千四百五十四两,捐收监生二千七百名。巴延三咨称该犯在原籍供认,两年办赈银粮合算共侵冒一万九千八百五十两。但查该犯原供未到任之前,蒋全迪就代领实收六百张,托作使费;蒋全迪升任本道时又扣去实收一百张,该犯俱在办理灾赈内开销粮二万八千石,均系侵冒赃私,照此计赃已在四万两以上。该犯又有向王亶望、蒋全迪指缺求官弊情,李侍尧以为麦桓的案情性质诚如圣谕所言,"不特冒赈殃民又复卖官鬻爵",假使该犯在世被解甘审办,一定应照侵蚀银数二万两以上者拟斩,请旨即行正法的先例办理。今该犯既幸逃显戮,则其所有子嗣应照前经办过已故官犯之例,发遣伊犁充当苦差。

那个曾代麦桓钻营求缺、说合办灾的翟二南亦没能逃脱惩罚,此时他已从西安被秘密解至甘省,李侍尧随即率同藩臬二司对其严加鞫讯。翟二南系陕西富平县人,一向在甘省贩卖南货,与蒋全迪、麦桓素相熟识。据其交代,乾隆四十一年二月间因靖远县出缺，麦桓企图钻营升补，遂嘱托翟二南向蒋全迪行求，许给谢银六百两，翟二南即为代劳。蒋全迪声言麦桓要补靖远县缺，须送王亶望银四千两，并送己四千两方行。麦桓一时无银，说明等到得缺后补送，蒋全迪应允，即向王亶望说定，保举麦桓升补靖远县知县。那时正值报办夏灾，麦桓想要捏报灾赈，又托翟二南向蒋全迪说明，称再送王亶望、蒋全迪银各四千两，蒋全迪十分高兴，又向王亶望恳求，获准冒赈。麦桓于请领捐监实收时，蒋全迪即如数扣填，以抵麦桓前后允送银一万六千两数。此后，翟二南准备回籍，遂索讨谢礼，麦桓因一时无银，先送银二百两，言明日后再送银四百两。麦桓旋于四十二年告病回籍，翟二南回陕后一直没有再来甘省，麦桓答应酬谢的银两尚未全部找给。李侍尧认为该犯既代麦桓营求，赃至盈千累万，所得谢银必不止二百两银数，恐此外还有贿求之事，为逼其说明实情，再次动刑严加审讯。

翟二南供："许酬银两确因麦桓在任未久，即行告病回籍，那时我正在陕甘，未及向麦桓求索，实在只得银二百两。又称麦桓在籍已将一切营求贿嘱之事和盘托出，如果送银多岂肯不据实供出，此外再没有代人钻营说合之事了。经再三究结，矢供如一。李侍尧查《大清律例》载：凡以财行求得枉法者，计所与财坐赃论。其得赃之数即其行贿数额，所枉重者从重论。又例载：说事遇钱者，计所与之赃与受财人同科，无禄人减一等。翟二南以市井贸易小人，胆敢交通府司官员，代麦桓钻营求缺，说合办灾，行贿至一万六千两之多。此事涉及卖官鬻爵，非比寻常舞弊营私，实属大干法纪，不宜照无禄人减等问拟。除该犯索谢得银二百两坐赃轻罪不议外，应照从重论律。四十七年正月十八日，李侍尧将这一审拟意见复奏乾隆帝,并请旨交刑部核议后施行。"

四十七年正月,两广总督觉罗巴延三从李侍尧信中获悉,他已奏请乾隆帝将麦桓子嗣发遣伊犁充当苦役,于是巴延三立即派人查明麦桓有子三人,长子麦炅年二十九岁,次子麦炯年二十七岁,三子麦辉年十三岁,均已及岁,随即秘密缉拿至省城,并派员解甘交李侍尧发遣伊犁。至此,麦桓一案结案,麦桓侵冒银数之巨超过四万两,加之又有指缺求官的重大弊情,本已是罪不容诛,虽侥幸身故逃脱显戮,然其子嗣却遭遇到了极为可悲的命运。

麦桓病死于押解途中,在当时称没有"明正典刑",可谓严重的事故;而被审查的贪污嫌疑人还有几位是畏罪自杀,自然也是未遭显戮。从这类人就死之前的惶惧,可见当时宦海波涛之惊险。

四十六年七月十八日,江西巡抚郝硕接到尚书额驸公福隆安发来的廷寄,谕令他立即将涉嫌甘省折捐冒销一案的前任兰州知府康基渊转行饬询取供。乾隆帝言称,如该员能将冒赈分肥各项款迹逐一供认,据实指出毫无掩饰,尚可邀格外宽宥。这时,康基渊正在江西广信知府任内,郝硕当即飞檄驰调该员来省城查询。

四天之后,郝硕再次接奉传谕,内言:"本日据吏部续行查奏,王亶望、王廷赞任内通同折收监粮及冒赈浮开之历任兰州道府、皋兰县各员,现已明降谕旨,将前署兰州道刘光昱等革职拿问,交阿桂并案严审。康基渊现任江西广信府知府,著传谕郝硕即将康基渊委派妥员迅速解往甘肃,交与阿桂并案审究。"

前后两道谕旨虽仅隔数天,然康基渊一案的性质却已于瞬间发生了质变,看来康氏此去甘省必凶多吉少。郝硕估计此时康基渊肯定已经起程赴省了,随即委派因公在省办事的南安府知府蔡葵迎往摘取康氏印信,同时还添派知县龚珠等人由水陆两路分头迎往提拿,催押来省。

二十七日下午,神色惊慌的铅山县知县郑若玉忽然来到省衙禀告:"康基渊于二十一日接到巡抚大人初次调檄后,当即自郡起程,船行一百余里来到铅山县青山湾地方熄灯就寝。而康基渊却乘同船家人睡熟后于床上自缢身死。其侄孙康淇、仆人杨进才于次日清早揭帐惊见,立即赴该县具报。我随即驰至青山湾进船查验康基渊尸身,判断是用丝带拴缚床架后套颈自缢。查讯康湛、杨进才等人,均称康基渊接到调檄后就说过必是甘省监粮事发。上船后见他精神恍惚,起坐不宁,不料夜间忽然短见自尽。"

郝硕听说后大为惊异,转来又想康基渊作为知府大员一定自知身犯重罪,理应束身就法,何况那时他还蒙旨传询不即加以罪谴,该员竟于途中自缢,显然是因心虚畏罪,才步入这条绝路。郝硕一面委派臬司杜宪驰往验尸,并究讯同船亲属是否知情,有无别故,令将康基渊尸棺提至省城,由巡抚亲自复验;一面迅速派人将康基渊任所资财什物全部查抄封贮,同时他还飞咨康氏山西原籍及顺天府,查抄该员之子中书康仪钧寓所,以备日后赔补官项。七月二十八日,郝硕将这一消息具折奏复乾隆帝,并自责未能先事防范亦难辞咎,请旨交部议处。八月十六日,郝硕恭奉乾隆帝朱批谕旨:"该部知道,钦此。"看来皇上并没有因康基渊畏罪自缢之事,追究郝硕的责任。

据臬司杜宪驰赴广信府启棺验明,康基渊尸身咽喉上有不收口缢痕一道,从形状来看确是生前自缢身死。随后杜讯问其子康文铎等人并录取口供,还从康基渊靴内起获该员临死前藏于其中的一纸亲笔供稿。八月八日,杜宪等人奉命将康基渊尸棺提到省城,郝硕立即督同在省司道府县各员亲加验看。此时尸体虽已溃腐,但面目部位尚可辨识,缢痕不减,确实是自缢毙命。从其自书供单来看,康基渊只承认扶同捏结,而于冒赈分肥之处则语多狡卸。康基渊如果自揣毫无弊情何至于会突然轻生,其子康文铎也供称,广信与浙江接壤,两地相距甚近,早就听说王亶望被拿解的消息,其父心中着急,曾说过"甘肃监粮一案败露了",他先后署过皋兰县、兰州府,将来获罪一定不轻。由此推断,康基渊从接奉谕旨调讯之时起,即自知罪无可逭,情急自尽,这一点确然可信。

郝硕命新任广信府知府蔡葵将康基渊任所资财衣物全部查封,提至省城,分别解京变价,又从管门家人王成处起出账簿,查明康基渊原籍典买田房等项契券,并究出康基渊有交其同乡白殿扬销卖的玉器、金石。郝硕于八月二十日将办理此案的全部经过具奏乾隆帝。

从后来陕甘总督查明的案情看,康基渊的罪情并非仅止扶同捏结,此外,他还于甘省侵冒银数近一万两。

在审讯处置王亶望、王廷赞、程栋、蒋全迪的同时,又展开了遍及全国的大规模的查抄罪犯家产的行动。

抄家,是籍没犯人家产的俗称,在清朝是司空见惯的事,雍正帝甚至被他的政敌称为"抄家皇帝"。乾隆帝抄家手段之狠辣绵密较之雍正可谓青胜于蓝。清帝何以如此热中抄家呢？大概不外以下两端：其一，搜集犯罪证据。这个道理不难懂，清官不敢说家徒四壁、两袖清风，但至少不会太过富厚；而贪官必有说不清道不明来源的巨额家产。其二，抄家又是皇帝致富的重要手段，抄家所获，凡金银珍宝，例归管理皇帝家务的内务府，"和珅跌倒，嘉庆吃饱"的民谚就是皇帝宰肥鸭以自肥的生动写照。说到抄家，自然要推曹雪芹写雍乾时抄家事最为精彩，最为传神。且看第一〇五回《锦衣军查抄宁国府》的情形：

正在荣禧堂设宴请酒的贾赦和贾政，见西平王爷与锦衣府赵堂官带番役抄家，"唬得面如土色，满身发颤"；赴宴的亲友们听说不必盘查，快快放出，"就一溜烟如飞的出去了"。至于正在里面摆家宴的女眷们情形就更惨了：先是邢夫人那里的丫头一直声嚷着报信："老太太、太太……不好了！多多少少的穿靴戴帽的强……强盗来了，翻箱倒笼的来拿东西。"又见平儿披头散发拉着巧姐哭啼啼的来说："不好了，我正与姐儿吃饭，只见来旺被人拴着进来说：'姑娘快快传进去，请太太们回避，外面王爷就进来查抄家产。'"王、邢二夫人等听得，俱魂飞天外，不知怎样才好。独见凤姐先前圆睁两眼听着，后来便一仰身栽倒地下死了。贾母没有听完，便吓得涕泪交流，连话也说不出来。再看贾府老奴赖大，这位过去"只有跟着太爷捆人"的八九十岁的老头被军役们追着要拴起来，撞见贾政便号天蹈地地哭道："珍大爷蓉哥儿都叫什么王爷拿了去了，里头女主儿们都被什么府里衙役抢着披头散发戳在一处空房里，那些不成材的狗男女却像猪狗似的拦起来了。所有的都抄出来搁着，木器钉得破烂，瓷器打得粉碎。我如今也不要命了，和那些人拼了罢！"贾政听明,虽不理他,但是心里刀绞似的,便道:"完了,完了!不料我们一败涂地如此!"

类似这样的抄家滋味,在甘肃贪污大案中计有一百六七十个犯官及其家眷都要细细地品尝,大约在一年左右的时间里,"完了,完了!不料竟一败涂地如此!"之类的绝望的哀号此起彼伏地回荡在大小城镇和偏远山村。

下面先看如何查抄王亶望家产。

查抄王亶望财产的经过,大致可以分成南北两线,北线由山西巡抚雅德、九门提督、大学士英廉负责追缴该犯原籍及在京投资生息的全部资产;南线由闽浙总督陈辉祖、两江总督萨载、两淮盐政图明阿主持追缴王亶望寓所及其在苏州、扬州等处投资营息的财产。

四十六年七月初二日,山西巡抚雅德接奉尚书福隆安廷寄谕旨,乾隆帝命其"即将王亶望原籍财产严密查抄,无任丝毫隐匿寄顿"。王亶望原籍临汾县,距省城五百四十里。雅德随即当面委派藩司谭尚忠及标中军恭将韩正国立即起身兼程前往,并令该司顺带汾州府知府蒋兆奎督同该府、县一体赶赴王亶望原籍严查办理。

据藩司谭尚忠半个月后回省禀称,其于七月初六日驰抵临汾,带同汾州府知府蒋兆奎,署平阳府知府、同知及临汾、襄陵等县知县,径直前往王亶望家,拨派员弁兵役把守门户,将眷属上下男女搜查清楚,封闭空院,严密查抄。查得王亶望原分乡贤街房屋一所,置买房屋三十七所,内改建住房二十二所,改建祠屋二所,现在取租房屋十三所,取租铺房三十三间;地一千零九十五亩,内捐作学田三百余亩,现存地七百九十五亩;又本城内恩裕当铺本银八千两；上年十月送往扬州银四万两，本年正月送往扬州银一万八千两，全部交在扬州管事之张和中收受生息；在本处生息银九千三百两，现存银一万零七百五十三两，全部系王亶望表弟张筑管理，均有文卷账簿；旧存扬州交张和中生息本银二十万两；在苏州置买盐引根窝一万九千五百引，价银十一万七千余两；又衣物等箱二百三十一只，逐一开查，内金如意、金锭、首饰共重三百九十八两八钱，自三分至九分大珠十一颗，中小珠共五百五十五颗，玉器四十二件，铜器十七件，瓷器二十五件，此外全部是缎、纱绫、呢羽尺头、男女皮棉单夹衣服，现同家具器皿什物一并查明封固，详记册档。又查得王亶望胞兄王孙武本城住房一所，京中开有九华银楼，本银一万四千九百两；又在京开设勤余号油盐铺，本银七千两，并无地亩。王亶望胞弟王季光本城住屋一所，京中开有大成号绸缎铺，本银一万三千两，亦无地亩。随即传讯王亶望次子王杰，据其供称："我年十七岁，捐纳双月主事。长兄王裘年二十二岁，捐纳双月员外，今年六月间起身往浙江未回家中。一切事务现系表叔张筑经手。我弟兄年轻，父亲不叫管理家事。"又据管账人张筑供称："我系王亶望表弟，去年十二月内因王季光赴京交出银四万两。本年王亶望家眷搬回，我才管理家务。除去正月间寄送扬州银一万八千两，本处生息银九千三百两，又四月以后陆续家用银一千九百余两外，实现存银一万零七百五十三两。本城当铺及地亩、租房均由我经管。"又据王孙武供称："王亶望系二胞弟。三弟王季光上年十二月进京，旋赴浙省未回。乾隆十六年我父故后分居另住。三十九年，我母将父遗产资财、房屋作三股均分，每股分得银九千一百六十两，我将分得银两在京开九华银楼，又续开勤余号油盐铺。王季光在京开设大成号绸缎铺,本银一万三千余两。我又分得老宅一所。二弟王亶望分得乡贤街房屋一所,现在借与寡姐居住。三弟王季光没分房屋,经母另给银四千两作为屋价。又我母自留养膳银一万两,并给长孙银二千两,全部系我收存,添入京中两铺作本。此外并无土地,只有父遗坟地六十亩,为公众祭扫之用。王亶望家眷向在任所,去年才要搬回,令王季光修造房屋。"又据家人乔复义供称:"小的今年随主人家眷从浙江回家,四月十五日到东昌府南关,因牲口难雇,将粗重家伙寄放山陕会馆,都是些桌椅等件,并无银钱细软,不敢隐匿。"因恐这些人所言有不实不尽之处,藩司谭尚忠又将管事及家属人等连日究结,再三严讯,这些人都坚称实在只有此数。

雅德听罢蕃司的汇报,心中不免生起疑云。早闻王亶望家资饶裕,著人耳目,今日除房、地、金珠、衣服外,查得其存家及资本等银统计不过五十五万余两,因此难保没有隐匿寄顿的事情。于是命令藩司出示遍谕,如有为王亶望寄存借贷伙本等银,许令自首免罪;并将王亶望家中管事家丁等人押带来省,亲自严切究讯,务期丝毫不致遗漏。

同年七月,大学士署步军统领英廉已遵旨查封了王亶望在京师开的所有店铺,交崇文门招商交价,认领开设。不久,乾隆帝寄谕英廉:"李尧、卢栋二人(系王亶望京城店铺伙计)胆敢将王亶望金银埋藏隐寄,将来定案时自应按律定罪。"

时至九月中旬,王亶望原籍的家产已基本查清,雅德随将房地饬交临汾县经管看守,其余一切物件先后提解来省,督同藩臬两司逐细酌核分立档册。凡属金珠玉玩铜瓷书片等珍贵之物,即先行委员解交内务府交收,至于房屋、地亩、呢羽、绸缎、衣饰、器皿，则全部于晋省就近估卖，准备追出银两后解京交纳。数天后，雅德接奉乾隆帝发给各省督抚的谕旨，言"甘省冒赈案内各员俱有分肥染指之事，是以将王亶望等家产查抄以抵官项，此等籍没资财自应遵照前旨解部。但各直省有应办工程及公项用度须动拨库项，莫若即将此项银两留为工程及公项使费之用，将来造册报部核销以解拨解之烦。如该省并无工程需用亦即存留藩库，不必再行解部。其应行解京物件仍遵前旨委派妥员解京。"雅德遵旨将抄出一切银两交司存贮藩库，至于应行估变物件及应追银两，统俟变价追缴齐全、核对确实数目之后报部存案，将来遇有工程公项等费，随时奏明动用，造册报销。

再说南线陈辉祖等人的进展情况。七月初五日，闽浙总督陈辉祖接到乾隆帝廷寄谕旨，上称王亶望久任浙江又经留办海塘工务，其任所亦必尚有积存，恐不免有置产牟利之事，著传谕陈辉祖一体查抄并派员严访密查，无任巧为寄顿。再两淮盐政久闻王亶望有暗置产业及生息营运之事，著传谕图明阿严密访查办理，并著传旨谕知商总江广达等人即行据实呈明。

此前，陈辉祖早因王亶望案发奉旨将王亶望缉拿归案，并审问过王亶望资产下落，据该犯供称，京城、苏州、扬州营运及备缴各银款共计四十万两，又置买扬州盐窝一万九千余引，契买京城孙公园房屋一所，山西原籍尚有产业不能记忆。此后陈辉祖立即委员查抄了王亶望位于浙江杭州的寓所，从中追缴了大量金银等资财，并开具清单呈交乾隆帝御览。今日再次接奉廷寄，陈辉祖立时想到浙省惟杭嘉湖三府属为繁富之区，王亶望如有财产隐寄，大约在此数郡较称方便机密，又较他处难于周查。而海防道盛住未曾作过王亶望的属员，不应有所瞻顾，杭嘉湖等处又皆属该道管辖。陈辉祖随即派令盛住严查密访,饬令藩司国栋、臬司李封在通省地方小心严查,务将王亶望隐匿财产彻底查出,不得稍有遗漏。

这年十二月,也就是继查抄寓所半年之后,因军机处多次咨催,陈辉祖"匆忙"令浙江藩司国栋会同臬司李封将应行解京物件全部备齐,共装了五百六十箱,委派妥员一路小心护送,于二十日起程,解往京城内务府及崇文门。从当年陈辉祖将查抄王亶望寓所等物解京之事致军机处咨呈中,我们可以发现有这样一份清单,上面记录了查抄王亶望前院寓所财物内,应解崇文门各类物件细册:冬夏朝衣十三件,冬夏各色蟒袍四十五件,冬夏各色蟒袍料二十一件,男女皮衣一百九十七件,袍褂统共一百六十件,大小皮张六千三百六十六块,男女棉夹单纱衣四百五十三件,绸缎纱绫洋呢衣料八千九百一十件,帽纬三百二十匣,各色毡毯三十八件;漆器四百二十件,螺甸器皿一百五十五件,铜锡器皿四百三十四件,湖镜玻璃镜三百一十件,扇子五十七匣,挂屏插屏一百零三件,香料物件一百零二匣,灯共一百零八盏,笔墨朱锭一百七十二匣,纸六十七件,字画册卷共一百九十九件,应解燕窝五十五匣。

三个月后,陈辉祖闻知这批解京物件仍在途中,遂咨呈军机大臣,汇报了办理解运的情况:"今闻豫工尚未合龙,山东运道漫淹,诚恐行程未能迅速,且恐沿途风水不能轻便,而押解员役多人,旷日经时,倘稍有怠忽疏虞转滋弊混,自应筹酌办理,但前项物件共装五百六十箱,又多有粗重器物难以概由陆运,兹将金珠玉器等项贵重物件应解内务府者,即改由陆路运京,其余衣服器皿什物等项应解崇文门变价者,仍由水路运送。"

惊回首

此间,图明阿在扬州查办王亶望长随卞树营运资财时,曾派员查抄了卞树家,同时登出告示命隐匿财物之人招首。一天,一名叫朱顺的人出来自首,言称系卞树妻弟,卞树曾将银一万五千两交他营运,本年九月内自江西回至扬州,知卞树家已被查抄,因畏罪就来自首,将卞树交他营运本银呈缴。卞树之妻亦供:"从前查抄时我因银子多了恐丈夫的罪重,故不敢供出。"乾隆帝批看过图明阿的这份奏折,认为此外是否别有隐匿寄顿之事,不可不彻底严行查讯,于是立即传谕陈辉祖即提卞树严究,如果审有别项情弊,即将该犯照例治罪,毋稍宽纵。四十七年四月,陈辉祖复奏,业已在浙省查拿王亶望长随卞树、王芳归案,并审明二犯罪情。卞树籍隶扬州,王芳籍隶钱塘,先后投入王亶望门下充当长随。乾隆三十九年王亶望调任甘肃藩司,卞树派管金押,王芳派管宅门,当时正值甘省开例捐监。王亶望与首府蒋全迪商定,授意各属折收冒赈通同分肥,又分发实收一张,除应交公费外另添杂费银一两以充公用。王亶望自念获利已多为卞树、王芳所共知,遂每节必分给银各三五百两不等,即出自所收杂费及侵冒入己之项,意在取悦于下,以塞其口。卞树在甘两年有余,共分银四千余两;王芳管门一年有余,亦分银二千余两,全部陆续寄回本籍,置产生息。卞树、王芳二人在甘省时,还有托州县代捐监生不给粮价之事。卞树除被抄原籍扬州家产外,据供还另有银一万五千两,交其妻舅朱顺在扬州生息。王亶望升任浙江巡抚后,嘱令王芳在杭州寻觅房屋备作公馆,王芳即在中正巷觅得翟姓房屋,议价银五千两,捏称系西客俞姓承买,立契成交,其屋面系王芳经管。后因参革杭嘉湖道王燧,被查出于任所置买房屋审明治罪,王亶望亦自知违例,将原契发交王芳,嘱令价高尚乏人承卖。王亶望甘省侵冒事发后查抄寓所资财,因此物系诡托俞姓出名,致未查出,王芳遂亦隐匿不首。据此,陈辉祖请旨将卞树、王芳二犯按例治罪,严惩不贷。

两淮盐政图明阿曾于四十六年六月间闻得杭州方面遵旨查办王亶望任所资财之事,那时图明阿即想到两淮盐务多有山、陕商人来扬州营运放债,或许王亶望亦有资本在此,他当即派人密加查访,获知有西商店名"田成本"即系王亶望出资在扬州放债生息,约有三十万两之数。店中办事人一名张和中、一名田仁普、一名乔洪,又有久跟王亶望差遣办事家人卞树、卞松,全是扬州人,其家属现住城内,亦有家资,"田成本"店房即卞树之业。图明阿获知这一细情后,一面再为确查,一面差选妥员暗中于该店前后街巷整夜察看防范,毋使稍有走漏。七月初三日子夜时分,图明阿接奉兵部火票,日行六百里加紧送到军机处遵旨传谕,命其即行严密访查王亶望暗置产业及生息营运之事。奉到谕旨,图明阿立即率同运使仓圣裔及盐属官二员密赴该店,唤起店内人等,查得店房一共四进并无间房旁门,除粗重使用家伙外并无陈设器物,随即遍加搜索。在张和中、田仁普住房夹墙内查出现存盐撇银十七万四千两,元丝银二万三千六百两,两布包账簿七本,又押债单四包,内共借出银九万九千六百两。随后传来店内管事人逐一进行讯问。据乔洪供称:"我系扬州人,每年得银六十两,专管在外催讨债头利银,并不经手账目资本等项,不敢妄供。"据田仁普供称:"我系山西人,哥子田雨苍代王家经管收放债头,店号即名'田成本'。王家原有本银二十余万两,专放债头并未行盐,亦不置买产业。我哥子上年回家去了,我同年冬间到扬州接管的。"又据张和中供称:"我系王亶望亲戚。四十三年来扬州与田雨苍同管店事,上年田雨苍回去了,他兄弟田仁普才来接办。王家原有二十多万两银子放债生息,并未行盐亦没有置买房产等项,现在这店房还是向卞家租赁的。"图明阿诘问三人:"你们都说王家只有二十多万资本,今查出现银并放出债头共有二十九万六千八百余两,即是三十万了,这么多的银子是从哪里来的?"三人同供:"除王家二十万两外有'田成本'五万两、张和中五万两,共三十万两伙同生息,现有账簿可查。"图明阿由此推想合伙经营原属西人常事,但买卖大而资本少方资合力,若放债生息不拘多少尽可各自计本谋利,何用合伙?况田雨苍等人系代人管事,安能挟数万金而来?显系代王亶望欺隐。随即又严切诘讯三人:"王家本银究系若干?是何年月在扬放债起的?若你们都有银附搭,约计历年利银又不应仅存本银二十九万六千余两。若你们不实说,将来王亶望到京供明,你们隐瞒之罪就当不起了。"话讲到这地步,张和中方才情愿实说了:"这王家起首发本原有二十五万余两,是四十三年九月内在扬州放债起的,我于十二月内才来管事。我们西边生意总是两年一次算账,到去年腊月是两年了。今年正月结算共收利银五万四千余两。除去两年伙食、辛工等项,将利银归入本内,实存银三十万两,立了公同账簿,彼此查考。此是实供,求详察。"又诘问:"既是三十万两,何以查出现银及放出债头计算又少银三千二百两?再本年共收利银若干亦无凭查考,又现在银两成色低潮且较库平短少,是何弊情?"供称:"正月结算共三十万两,以后计收过利银二千四百一十四两。因王亶望差人南北往来及家眷回去一应盘缠骡脚船只及备买什物,支用利银仍有不敷,所以又于本银内支用三千二百两,都在账簿内登记明白,并无隐匿。至于放债历来全是色银，用平砝弹兑，平砝比库平小一分，这是通河大例，各店如此，并不敢有私弊。"

图明阿一面督令衙役在该店看守，一面又派运使仓圣裔带领知事程廷镜前往卞树家进行查抄。据他事后回禀，查出现银一千两，借出债头四千两，朱单二张，盐引根窝值银七千二百两，住房、市房(门面铺房)、田地共价银一万六千余两。卞树之子卞有恒供称："我今年二十一岁，父亲向来在王大人任上的，今年三月内曾回来，四月又去的。"此后图明阿又在卞松家查出银五十五两，根窝值银二千四百两，又住屋、市房、田亩共价银三千余两。卞松之妻张氏供："妇人有小女儿一个，丈夫四月初三从山西回来，前五月实十内又往杭州去了。"

图明阿回到署衙，见总商江广达等人都已齐集在那里等候。图明阿敬宣谕旨，谆切询问，令其速查。去后，据该商等人回称，淮南放借债头必以朱单为质，从无空手借银之事。现在借"田成本"债头的商家已获悉将账簿朱单查出，今借商汪元福等人纷纷承认共借债头银九万九千六百两，与"田成本"借出账目相符，将来饬令按簿交纳本利，上库给还，所有朱单即可清楚。至于王亶望发本放债银都有专人代办，今商等各自询总下实无受托营运之人，"田成本"店内亦无行盐之事。

图明阿仍饬令各总商再加确访，如果确无前项弊情应各自加结呈送存案，倘有疏忽虚捏，将来一经发觉定将奏请严办，勿贻后悔。

七月初四日午时，图明阿又接到总督陈辉祖及署福建巡抚杨魁的咨文，称："据王亶望自呈，扬州交张和中、田雨苍营运本银二十万两，又买有一万九千余引盐，根窝银数不能记忆。其根窝存山西原籍。"图明阿随又提讯张和中，据张供称："此项根窝我们都未经手无从得知，或是王亶望从前置买的，若是我们经手，如今王家已经呈出，如何反要替他隐瞒。"为将事情搞清，图明阿又传集总商及引牙逐一查问，这些人都称历来买卖根窝全部是用店名，也不必都是真姓。此项根窝又无交易年月，更无从查问。于是图明阿飞咨山西巡抚，请他协助查明王亶望所买根窝银数、年月，以便日后根查确实。

两个月后，雅德将以上情况查明回复，经图明阿核查，根窝银数系与王亶望自呈之数相符。但商人买卖根窝，年窝价值随时长落变化不能尽一，此类根窝自二十七年三月起至四十二年四月止逐年置买，价值贵贱自必不同，据原来经手的赵廷枢供称，约值银十一万七千余两。赵廷枢所言既不准确，且置买之后曾否于某纲起至某纲止给过年窝朱单，其朱单曾否得价转卖，均须查讯明白，以便将来根窝变价时，于原价内扣除给商认买。图明阿又移咨山西询问细节。不久，雅德就将根窝印券二十宗移复前来，图明阿立即督同运司总商江广达等人率引牙，按照根券传集当日卖窝各商，持交易合同共同核对各年交易时价。根窝价自七两四钱至五两一钱四分不等，计根窝一万九千五百引，共实价九七色平砝银十二万五百八十五两，比赵廷枢原供多银三千余两。但其中有一万二千五百引已经给过甲辰至戊申五纲朱单，系王亶望至戚淮南总商樊振基代办，王御臣经手。图明阿随调到运司给单券册查对无异。这些朱单又据引牙等查明，系王御臣代为转卖，由该引牙等经手，共计价银三万九千零五两。此后樊振基于四十二年退总，王御臣亦同回原籍，此项银两尚不知在何处。图明阿立即咨明山西巡抚雅德，务提樊振基、王御臣到案确讯追问,即存山西报解;另外他还派员查访当时淮南根窝时价,得知时价在五两内外,此项根窝应照原价不便随时价。据总商江广达等人酌议,按照通河办运较多之商分给领买,各商皆所乐从,其价值于原价十二万五百八十五两内扣除已卖朱单银三万九千零五两,俟山西追解外,图明阿决定其余价银八万一千五百八十两限定各商于年内缴齐运库,俟明年春融之际附船解交内务府查收。

四十六年七月,两江总督萨载接到九门提督衙门大学士英廉的咨文,言"原任浙江巡抚王亶望在浙供,有苏州永和号绸店买货运京发卖,张际云经手,本银二十万两",咨令查明办理。萨载立即委员秘密查封苏州永和号绸店,查明现银货本共计四万七千一百两,其余本利银十六万二千三百余两。萨载立即提审张际云,据其供称均已买货运京未回。萨载估计其中尚有隐混弊情,又再次确切究讯,咨查追缴。此后数日,乾隆帝传谕英廉在京确查所置货物曾否运到,银数是否相符,一并归案办理。

日后据乾隆帝说,王亶望家资达白银三百万两,这巨额家资除婪索之外与其富于经营亦极为有关。自古,晋商擅于营运闻名遐迩,办事机敏、头脑灵活的王亶望也承继了祖辈的这份基因。从王亶望财产的分布来看,此人经营资财很有手段:于山西原籍置办田亩、房产,于南方饶富之地投资放债,购买铺面、房屋收取租息,并购置南货北运京城,开店生息。此外,他还不断为其成年子弟报纳捐官,使他们顺利地步入仕途。然而精明过人的王亶望并未逃脱天罚,其贪赃枉法得来的巨额财产还是被乾隆帝罚、抄净尽,最终落得个倾家荡产的可悲下场。

在王亶望遭到灭顶之灾时,金银珍宝等数以百万计家资自不待言，连他的爱妾等也不免另易新主，这里传闻最广的是为权相和珅所得的卿怜。卿怜，又名卿连，姓吴，苏州歌妓，年十五已入王亶望府为侍妾。王亶望罹罪籍家，妻妾及未成年子女按律当给付功臣之家为奴，一说卿怜先归仓场侍郎蒋赐棨，后由蒋献给了和珅。据日后卿怜自述，则没有这一段曲折，而径直入和珅府第。嘉庆四年（1799）正月初三，太上皇乾隆驾崩，权倾一时的和珅随即被奉旨拿入刑部狱，初八查抄家产，当晚卿怜在海淀淑春园惊闻籍没，不禁回忆起二十年前王亶望家被抄的往事，垂泪作诗云：

> 晚妆惊落玉搔头，
> 宛在西湖十二楼。
> 香稻入唇惊吐口，
> 海珍到鼎厌尝时。
> 峨眉屈指年多少，
> 到处沧桑知不知！

这里所谓"十二楼"是指王亶望在浙江做巡抚时于西湖边所造的楼阁，楼饰宝玉，豪富至极，人称"迷楼"。和珅家池馆楼台皆仿御苑，奢豪自在王亶望之上。吴卿怜再经抄家巨祸，眼前触目所及不免幻化出二十年前的惨景，所以说"宛在西湖十二楼"。下面"香稻"一句是讲和家查封时适有用餐者，被如狼似虎的兵役吓得把饭菜吐了出来，而"海珍"一句则是说，王家被抄时，满堂罗列的燕窝汤家人吃腻了多陈于几上。此时的卿怜已三十有六，她对变幻如棋的世事真是无限感慨，所以泪诗以"峨眉屈指年多少,到处沧桑知不知"煞尾。传闻卿怜看破红尘,于正月二十日自缢身死,还有一种说法称卿怜再一次"被没入官"了。

与王亶望相比,甘案的另一主犯——王廷赞,虽经各路督抚查抄家资仅有十一万五千余两,但是乾隆帝为追缴其隐匿资财,特别是为追查金子、人参的下落,曾数次传谕有关督抚大员务求根究,决不能任其有所隐匿寄顿,以致达到了风声鹤唳,甚为恐怖的境地。

四十六年七月初五日,据京城巡城御史富盛、何曰佩奏称:"六月二十四日,打磨厂联兴号开设帽铺的张仲度禀首,二十一日有素交生意之沈阳源通号帽铺何姓寄存衣搭一个,内系金子六十条,重四百七十一两,数日未见来取。其人向住东打磨厂六合店,随到店去问,据称何姓于二十二日赴通州接货,恐有违碍,所以报官。"闻知这一消息后,乾隆帝立即想到不久前因在甘肃监粮一案内藩司王廷赞有通同舞弊的事情,曾传谕盛京将军索诺穆策凌将其原籍财产查封,又恐其有甘省运回物件,又令直隶总督袁守侗严饬各属,于直隶境内沿途查访。今日此案寄放金条之何姓系临榆人(与王廷赞同乡),又经营沈阳源通号帽铺(本系王廷赞兄弟几人伙开的铺子),必系代王廷赞携带来京,闻知有事不敢取回。何姓现已赴通州,通州距京师甚近,遂立即以五百里廷寄传谕袁守侗、顺天府尹胡季堂查拿何姓到案,讯其金条从何处得来,因何寄放帽店又不取回,详究实情后速行复奏。因何姓系在沈阳开设帽铺,恐其由通州出山海关潜往奉天,于是乾隆帝又传谕索诺穆策凌一体查拿何姓归案。与此同时,乾隆帝因在京开设帽铺之张仲度呈报有功,"颇属小心畏法",

于是谕知留京办事王大臣酌量提取广储司库银一二百两,传令张仲度当堂赏给,以示奖励。

七月初七日卯刻,袁守侗接奉乾隆帝两天前发出的廷寄,立即飞赴东路厅通州加紧查拿,并饬令永平府山海关临榆县共同留心访缉,务期必获,断不能任其潜匿。因何姓系临榆人又尚未潜回原籍,袁守侗又饬令该县查传何姓亲属到案,讯明金子的来历以及何姓以前替何人办事等情况,录取确供后立即回禀。

此前六月间,盛京将军索诺穆策凌就接到了乾隆帝令其查封王廷赞原籍家产的谕旨,当即亲自驰赴沙河所将王廷赞家资什物房地查封。不久,又获悉手下人全魁、德福已将王廷赞沈阳铺货资财查封。据铺户供出,铺内伙计何万有于闰五月初十日间贩去貂皮帽沿等货,值银一千七百余两,前往京城六合店内住卖;又伙计杨民安领本银五百两贩货,亦在京城六合店居住。索将军当即飞咨步军统领衙门查拿办理,并准备起程回省将已审明的情况具奏。正值这时,忽然接到乾隆帝于七月初五日发出廷寄,据其推断,皇上所指京城寄金在逃之何姓一犯必系他们正在查拿之何万有。何姓所寄金条之事是否沈阳铺户隐瞒未供,亦或系王廷赞转寄之物均未可知。何万有此时虽在逃未获,而这里现在王廷赞之侄王德刚及铺户等人可讯,即便京城也还有王廷赞之侄刑部主事王德润可问。于是索将军一面委选干员分路遍行访查,严加缉拿;一面立提王德刚严加究讯,但王德刚坚称委不知情,虽再三究诘,矢口不移。索将军恐其坚忍不吐实情,不敢确信其供,随将王德刚派员小心防范,解赴沈阳核对究审。他自己也于初九日起程驰回沈阳,将王廷赞铺户等人全部隔离严讯,俟得到确实供词后再据实具奏。

七月十七日，乾隆帝已从鞫审王廷赞的口供中确知金子、人参即转寄在何姓手中，遂立即传谕英廉选派能干番役严查缉拿，务获究审。

二十六日，刑部尚书管顺天府尹胡季堂等人奏称，据蓟州肃牧详报，该州一客店中十二日缢死一人，查其遗字，内称系临榆县何万有。六月二十二日，曾有甘省布政使王廷赞联宗之王海之同刘升交给他白布包五个，甚重；白纸包五个，甚轻。五包重的寄存于打磨厂联兴号范处；五包轻的王海之知其去向。查此缢死之人所开字迹即系饬拿之何姓无疑，当即飞咨永平府临榆县严拿王海之、刘升，务获勒追，送部审办。乾隆帝看过这一奏折，立即想到王廷赞前次曾供称交给何姓金子六十条、人参二觔四两，则布包甚重者自系金条，轻者自系人参。因此时刘升已被拿获，于是乾隆帝以五百里廷寄传谕英廉、胡季堂、袁守侗，迅速拿获王海之一犯。但又恐何万有遗书内所称王海之、刘升交给布包等物，其中有冀图陷害的隐情，乾隆帝认为自应两处分别查办。于是又传谕索诺穆策凌，令其将何万有家内详细查抄，如果人参留存在他那里，则自系何万有诬告陷害，不难根究得实，亦不致为宵小所蔽混。为了查清王海之、刘升的背景，第二天军机大臣遵旨讯问王廷赞。

诘问：这王海之、刘升二人你因何认得？六月内你如何将金子五包、人参二觔四两交给？系谁人经手？如今王海之等人又到哪里去了？他们踪迹你自然知道，逐一供来。

王廷赞供称：这刘升是我的家人，原跟我在甘肃任上，即同到京来，现在京中。这王海之向年与我联宗，他在山海关住,今年来看过我一次。这金子、人参是我于六月内当面交给何万有托他变价,刘升是知道的,王海之没有在跟前,未必知道,如今也不知他到哪里去了。

嗣后,乾隆帝立刻传谕袁守侗委派妥员飞赴王海之原籍严密查拿,解交英廉归案审办,并搜查王海之家产有无藏匿寄交人参五包,一并据实奏来。

直隶总督袁守侗接奉乾隆帝二十六、二十七两日发出的谕旨,不敢耽搁,立即飞檄饬委永平府理事同知达明阿驰赴山海关,率同临榆县知县汪璇赴何万有之子何士忠家内严密查抄有无人参收藏,以凭核办,并赴王海之家内一体严查究寻人参下落。经一一搜查,并未发现存有参包,于是将何万有、王海之的房屋、银钱、衣饰逐一点明封贮。

据何士忠供称:"小的父亲在沈阳源通号帽铺做生理,发货赴京。七月初二日回家,初三日午后起身向沈阳去的,别的事小的不知道。为了尽快查明王海之下落,达明阿又令人带同王海之家属跟寻追缉王海之,务求必获,解京究讯。此时又据临榆县知县汪璇禀称,七月二十八日守关员弁盘获王廷赞之侄王德茂,已由副都统衙门径直解往盛京将军处收审。"

经八月初四、初五两日严密查抄何万有、王海之家产,均未获得人参下落,盛京将军索诺穆策凌考虑到参包系此案紧要关键之处,必须追出着落方成信狱。而所有帽铺伙计以及从山海关拿获的另一沈阳铺伙王汝楫均应知情,为根究人参去向,索将军立即委派协领李宠等人提审铺伙隔别究审。据李宠回禀:"何万有、王汝楫、孙士基、张益廉、曹国林均为临榆县人,同为王廷赞铺内伙计。"他们供出本年七月初一日下午何万有自京回籍,即到王汝楫家召雇工张林约会铺伙孙士基、张益廉前赴王汝楫家,说东家业已拿问,我们商议让孙士基与曹国林往沈阳铺子里去设法藏些银货,王汝楫往山东去把卖参的银子隐寄(即上年所存山东布庄之参,价银五千三百两)。何万有自言在京有东家交的金子现今寄放在京城帽铺里,人参交给在京毛姓处寄放,可以隐匿,正在相商设法寄顿间,闻得京城帽铺报出寄放金子,严拿寄金之人,都十分畏惧,不敢再隐匿财物。王汝楫、曹国林、孙士基、张益廉等人所供如出一口,由此推断此项人参自系毛姓收存无疑,于是索将军亲自率领协领托恩多、知州伊汤安及临榆县知县汪琏前赴毛姓家搜查,却并未发现人参下落。毛姓家内只有妻媳幼孙,诘讯再三,坚供实不知情。无奈,索将军只得将何万有、王海之、毛姓家资全部封贮,饬交临榆县知县小心看守,是否入官俟定案后听候部议遵办。

此前在协领托恩多、知州伊汤安提审张益廉时,此人曾提供了一个十分重要的线索:"小的走至邦郡遇见王廷赞之侄王德茂,他说王海之从前由京寄来几匣银子,送给柳会地方居住的伙计王亮侯家藏着,我去不得,你去打听打听,再往家去,就分路去了。小的恐怕干连随口应承并未敢去打听,到家躲着。今被拿获小的害怕,既知这事不敢隐匿,所以据实供出。再有小的家里有去年年底人家折还货账的貂尾帽沿四副、加工帽沿三十二幅、貂臁大褂甫一件,亦不敢隐瞒,一并首出,此外再无别情。"

闻讯,索将军立刻委派托恩多、伊汤安等人驰赴临榆县西乡四十里柳会那个地方,询得王亮侯家将其子王文远拿获。据其子供出,七月初十日王海之拿来金银,于院内地下埋藏。当即起出木匣七个、小瓶一个。查验有金叶四封,共重二百零一两;银一百零六封,共重六千七百两;此外还有源远等铺号买卖合同、借票并王德润捐纳主事执照二张。因怀疑所寄金银是否确实此数,此外还有无隐藏,当即又传来王文远严加讯问。据其供称:"小的系临榆县民,今年三十五岁。小的父亲王亮侯在沈阳源远号做生理。七月初十日有铺内老掌柜的王海之坐车到小的家,搬进八个匣子。王海之同小的父亲坐了一会儿,王海之开了一匣拿出十封银子,他当日就走了。剩下七个匣子、十封银子小的父亲收下,小的原是种庄稼的人,这银子由哪里送来的、多少数目,实在不知道。到第二日有本县差役又不知因何事把小的父亲锁拿去了。小的想这些匣子明放着不妥,把这十封银子装在瓶内,连那七个匣子一并埋在院内是实,此外并无收存别物。"索将军一面将王亮侯家产暂行查封,一面将起获金银、皮货饬交临榆县解赴内务府交收。因本案各犯于临榆县境内往来齐集,私议寄顿已非一日,甚至还将金银埋藏地下,而该处知县竟毫无觉察,索将军对此十分气恼,决定请旨将汪玨交直隶总督严行查办。

乾隆帝批看过袁守侗及索诺穆策凌查办此案的奏折后,认为此中亦存破绽:此项金条、人参前据王廷赞供称,他自甘肃到京交给何姓变价,那时并不知有查封家产之信,为何此次讯出何万有曾言东家业已拿问,金子、人参可以隐匿,并告之同伙孙士基等人令其分别投往沈阳、山东等处藏寄银两货物,分明是王廷赞从前所供狡饰,且是他授意何万有令其回籍与同伙相商寄顿。即上年所存山东布庄之参,价银五千三百两,从前王廷赞亦并未供出,此项贩卖的人参又从何处得来?又王海之系王廷赞族侄,且为王廷赞管事,其在王亮侯处寄顿金银亦必系王廷赞指使。因此刻王海之已被缉拿归案,乾隆帝于八月十七日再次传谕留京办事王大臣立即提讯王廷赞、王海之,令此二人当面对质,决不能再让其隐匿狡饰。鉴于王亮侯等人均系临榆县民,各犯于该县镜内往来齐集,私议寄顿又非一日,而知县汪琏却毫无察觉,遂传谕袁守侗查明后迅速具奏。

经直隶总督袁守侗嗣后查明,委选员弁在王亮侯家前后起获王海之所寄金银,在曹汉侯家起出所寄源通号发来货物,而且要犯王海之、王亮侯、王汝楫、毛景华等人均系临榆县住户。虽然知县汪琏几次具禀,又随同山海关副都统及奉天委员查起金银、货物,缉拿要犯解送,但当何万有往来临榆与王汝楫等人私商隐寄之时,汪琏作为知县竟毫无觉察,以致各犯转相寄顿,实属罪无可逭。于是袁守侗请旨将临榆知县汪琏交部严加议处,以示惩儆。

八月二十九日,索诺穆策凌又接奉乾隆帝谕旨,言称:"据袁守侗奏查何万有、王海之两家资财内并无参包,看来此项参包必系何万有藏匿畏罪自缢,因于遗书内诬陷王海之亦未可定,著传谕英廉即行审讯王海之,令其将是否收藏此项参包及平素与何万有有无挟嫌之处据实供吐。何万有收得参包及以后如何隐匿之处,其家属自必知情,不难讯问得实,并著索诺穆策凌即提何万有家属逐细严审,根究实情具奏。"索将军遵旨当即飞饬直隶临榆县,将何万有之子何士忠兼程押解至沈阳展开究审。不久,他又得知王海之已被擒拿归案,经英廉提讯,王海之供称并未收受参包。鉴于此案犯证在京者居多,索将军深恐自己审办此案未能详密,若不归案审办,一时诚难明确,遂请旨将何士忠、王汝楫、王亮侯等各犯解京交刑部质审严讯。乾隆帝同意了这一请求,索将军当即委派妥员将各犯由驿站分起隔别押解,毋令见面串供,并严饬沿途旗界另派官兵小心防范护送,前赴刑部交收。时至九月,刑部英廉将各犯三面质审,终未获知人参下落。

此案经各路督抚、将军三个多月的反复追缴,终因何万有这个重要线索已断,最后竟不了了之。纵观此案为追究人参下落,牵涉人员之多、追缴之残酷、查抄之彻底,堪称甘案之最,以致乾隆帝也有所不忍。九月初一日,乾隆帝通过内阁传谕:

"现在直省各督抚遵旨将甘省各犯家产查封,陆续开单具奏。但念此事发觉已久,其案内人犯前闻王亶望拿问之信,知事已败露,预为隐匿寄顿,诚不能保其必无。各督抚查办此等贪吏自不敢枉法徇情,白干愆咎。若以查抄严密之故或株连拖累,有意苛求别生枝节,致令外间无识之徒妄滋窃议,则各督抚之不能深体朕意。况此等婪得赃私理无久享,此时即有隐藏,其子孙亦断无安坐而食之理。此天道之昭然不爽者,朕之办理此案权衡审慎,只欲使贪默营私之吏知所炯戒,非真借锱铢籍没之资财抵偿官项也。"

抄家,可谓对贪污贿赂之类经济犯罪案犯最具毁灭性的打击。一个根基深厚的宦门之家,确实如百足之虫,死而不僵,如果罪仅革职,甚至流放、杀头,其子嗣不用一两代,就可能凭借雄厚的经济实力和盘根错节的社会关系,重振昔日雄风,跻身于簪缨之列;惟独各种刑罚之外,加上"籍没"的附加刑,像王亶望、王廷赞之流的大小贪官们不仅身首异处,革职发遣,永不叙用,家产也被抄得如"一片白茫茫大地真干净",注定几乎永无翻身之日。贪官巨蠹们落得如此下场,是罪有应得。

结　　案

自乾隆四十六年秋将甘肃通省官员折捐冒赈案主犯王亶望、勒尔谨、蒋全迪、王廷赞先后绳之以法,到第二年十月最后结案,用了一年零几个月的时间。这中间,又大致可分为两个阶段,先是处死情节特重、决不待时的皋兰知县程栋等二十二名犯人,尔后是将其余涉案罪犯一百余名分别发落。

四十六年八月,阿桂、李侍尧已于兰州将涉嫌甘省折捐冒赈及请添建仓廒一案的情节基本确查明白,并将侵蚀银数在一千两以上的六十六员官吏名单奏报皇上。乾隆帝思考再三,终究下不了将六七十名贪官一齐绑赴刑场，俱予斩首这样的决断。但甘省一案既已败露，又决不能因涉嫌官员太多而不加严惩。经过慎重考虑，乾隆帝法外施仁，确定了办理甘省一案不依《大清律例》处置贪污罪的特殊量刑办法。乾隆帝言称："甘省私收折色一案种种枉法营私弊端百出，现在已将首先倡议侵冒分肥的勒尔谨、王亶望、蒋全迪分别明正典刑，此案大小各员勾通侵蚀自应按律问斩，以彰国法而警贪婪，但人数较多，如果全部予以骈诛朕心有所不忍，自然应当按其赃私多寡来区别罪情轻重。"于是，乾隆帝传谕阿桂将本案各犯中侵冒银款数在二万两以上者，全部问拟斩决；其数在二万两以下一万两以上者问拟斩监候；数在一万两以下各犯亦应问拟斩候，请旨定夺，候朕酌核罪情轻重分别办理。至于折收冒赈各犯内如有本来得赃就多又借添建仓廒之机侵蚀公项者，则其罪更重，即使折收冒赈得赃较少而又借建仓之机侵蚀者，亦应从重问拟，将这两项另归一案办理，不得笼统归入冒赈案内，以致牵混。乾隆帝还要求阿桂等人将所有应行定拟案犯全部赶在本年勾到以前具奏，毋致延缓。

时至九月，大学士阿桂早已于一个月前遵旨将甘省一案交付李侍尧办理，起程赴河南督办河工去了。三品顶戴管理陕甘总督李侍尧接旨后，立即根据乾隆帝拟定的标准，着手定拟现已解甘并查明确凿罪行的各犯罪名及应处刑罚。

说起来颇令人费解，李侍尧也是一个贪官，而且是刚刚死里逃生的贪官。甘肃冒赈贪污大案发作前一年，李侍尧任云贵总督，被一个叫海宁的粮储道告发了，说他婪索下属、贪纵营私，乾隆帝派和珅为钦差大臣，赶赴云南按法处治。李侍尧，汉军世家出身，四世祖是二等伯李永芳，父亲是官至户部尚书的李元亮，伯爵世职便由李侍尧承袭。他素来未把正在上升的政治新星和珅放在眼里,和珅因此衔恨在心,伺机报复,这下子终于有了报复的机会,很快查实李侍尧贪婪款迹,并奏拟斩监候。大学士九卿奉旨议复,认为应从重改斩立决。看来,李侍尧必死无疑了。然而,在乾隆帝的心里,认为李侍尧人才难得,有心贷其一死。的确,在封疆大臣中,李侍尧堪称最得力的一位,此人短小精敏,过目成诵;接见属僚,几句话可了解其是否干才,遇繁难之事,旁人视为畏途,李侍尧却能大刀阔斧地打开局面,然后事情办得妥妥帖帖。乾隆帝虽心怜其才,但曲法的余地已十分有限,冥思苦想,决定破例将此案发各省督抚,让他们就如何处置李侍尧各抒己见。不料,各督抚仍请照初议定罪,惟独江苏巡抚闵鹗元揣摩透了皇帝的心曲,复奏说李侍尧"历任封疆,干力有为,为中外所推服",建议援照"议勤"、"议能"的法条,稍宽一线。乾隆帝顺势降旨称,既然有不同意见,按"罪疑惟轻"的原则,李侍尧应改定为斩监候,秋后处决。当年秋后朝审非但没处决,转过年来春夏间,又特旨赏李侍尧三品顶戴,并戴花翎,管理陕甘总督事,实际上乾隆帝是把甘肃这起空前贪污巨案交给他认为最得力的李侍尧去办了。"用功不如用过",这是乾隆帝历来信奉的人生信条之一。李侍尧刚从死罪赦出,这种人最为敬畏谨慎。而急于戴罪立功的李侍尧也果然没有辜负乾隆帝对他的厚爱和期望,在一两年的时间里,把涉案官员达一二百人、案犯遍于全国各地、头绪纷繁、情节复杂如乱丝一团的甘肃贪污大案办理得井井有条,十分周全。

李侍尧自阿桂离去独力承办以后,立即按乾隆帝特为此案规定的新的量刑办法,查明侵蚀银数在一千两以上的六十六员人犯中仅有二十人因侵蚀二万两以上被问拟斩刑，请旨即行正法；十三员人犯因侵蚀银数在一万两以上二万两以下被拟斩监候，入于本年秋审情实；三十员人犯因侵蚀一万两以下被拟斩监候，请旨定夺；侵蚀一千两以下的三犯被拟杖一百流三千。其中闵鹗元等十三犯、韦之瑗等三十犯，因为既有冒赈得赃又有请建仓廒侵蚀公项情节，诚如圣谕其罪更重，应从重办理。再加审核又发现在前请即行正法各犯内有杨德言等六犯都曾冒请建仓，但既拟斩决已无可复加；而陈韶等二犯前面已拟斩监候入于本年秋审情实，该犯都曾冒请建仓，浮销银在二千余两至七千余两不等，应从重改拟斩决，请旨即行正法；钱成均等四犯前拟斩监候秋后处决，该犯也都曾冒请建仓，浮销银一万八九千两及二千余两不等，应从重改拟斩监候入于本年秋审情实办理；此外还有只捐监生并未冒赈但却详请建仓之员，亦应从重定拟。经调查，现在甘省西和县知县邵维贤请建仓二十间，浮销银九百九十余两，三盆州判赵明旭请建仓十一间，浮销银七百余两，该二犯按照侵蚀一千两以下拟流进行惩办则罪不抵刑，应从重改发新疆充当苦差。

李侍尧定拟量刑的这份奏折递到行在后，乾隆帝降旨令军机大臣会同行在大学士九卿核议，并交给留京办事王大臣会同在京大学士九卿科道再行详加复核，这些大臣都认为案内各犯实属"情真罪当，法无可贷"，并按例定拟具奏，其量刑幅度与李侍尧的看法极为吻合。在惩办这批枉法贪官时不仅施加了人身刑，还施行了严厉的追缴财产的处罚。行在大学士三宝认为，据各该员所供冒销银两合计约占总数的十分之二，但该犯等通同舞弊、侵贪害民情节可恶，应照所供加倍追出，以示惩儆。所有应追银两按办过灾赈的十分之四核算,这笔款项在冒赈各员名下追缴三成,其一成于各上司名下追缴,现在总督藩司均已治罪并查抄家产,应于该员管辖内假捏出结之道府、直隶州分赔,此内道员所属较多,应追赔一成之四,知府、直隶州应追赔一成之六。在京办事王大臣以为三宝所议极是,大学士阿桂所请分作四成及在本人各家属名下追赔的建议,也毋庸再议。

九月十五日,乾隆帝通过内阁向全国臣民发出上谕,正式宣布了犯罪事实已经清楚的六十六员人犯的判决决定。乾隆帝谕称:"该犯等借赈恤之名为侵渔之地,实为从来所未有,朕亦不忍以此疑人。而甘省各州县朋比侵吞,毫无忌惮,且有于捏赈开销之外又冒请建仓,设法以肥私囊,其奇贪肆黠真是出乎意料。此案始于王亶望、蒋全迪等首先舞弊,勾通上下,狼狈为奸。但各州县遇有上司押令报荒、勒索银两之事,原本允许其直接向部科揭发,朕可简派大臣核查,何至数年以来各州县视侵蚀为平常之事,竟无一庸中佼佼者。再阅各犯供词内有将侵吞银两用于冬季施粥施衣及修葺庙宇工程等处,不要说该犯等欲壑难盈必不肯以婪得赃私饰为义举,即便地方有此等事件,各州县捐出部分养廉惠济贫民亦属职分应当,何处无之?又安能又于事后借口开销,希图以此减罪乎!又有称为驿站贴补的,从来驿站就是州县的利薮,且各省皆有驿站,难肯破产贴补。现在此案判决经王大臣、科道等人复加核拟,人无异词,此等侵蚀殃民枉法营私之吏固不能复为曲贷,所有案内侵冒赈银在二万两以上之程栋、陆玮、那礼善、杨德言等二十犯,又冒赈不及二万两而任内有侵欺建仓银两之陈韶等二犯,若均照拟一例予以斩决,转与王亶望、蒋全迪等首恶罪名无以稍示区别,程栋等著加为应斩监候入于本年勾到情实官犯内办理。现在各省官犯已经勾决，著派刑部侍郎阿扬阿驰往甘省会同总督李侍尧传旨晓谕，监视行刑。其侵冒银一万两以上之闵鹗元等十一犯，又冒赈不及一万而任内有侵欺建仓银两之钱成均等二十六犯，俱依拟应斩监候，统俟明年情实官犯勾到时，刑部声明请旨分别办理。其余拟流各犯，除夏恒一犯另有谕旨解部审讯外，俱著照所议完结。今酌核诸人罪情仍不忍令其骈首受诛，就其中情节最重之程栋等二十二犯先予勾决，实因吏治民生关系重大，不得不办之苦心。"

同时，乾隆帝亦通过内阁传谕："前因王廷赞、杨士玑、程栋、陆玮、那礼善、杨德言、郑陈善等七犯侵贪不法，经降旨查明该犯等人之子，革去官职，俱发往伊犁充当苦差。今阅阿桂查奏各犯赃数单内，蒋重熹侵冒银四万七千四百两；宋学淳侵冒银四万七千二百两，又詹耀璘侵冒银三万四千五百六十两，此外又开销添建仓廒银六千二百五十两；陈澍侵银二万五千三百两，另外又开销添建仓廒银一万八千四百六十两。核其侵冒银数均在四万两以上，伊等之子亦应照王廷赞等人之子一律办理。著交刑部查明该四犯之子，如有官职者即行革去，并著发往伊犁充当苦差，以示惩儆。"

十月初一日，刑部侍郎阿扬阿奉旨率同司员抵达甘肃兰州。初二日黎明时分，阿扬阿、李侍尧等人将在省城监禁的程栋等十九名人犯提出，当堂宣读了乾隆帝明发上谕，以示皇上法外之仁，随后将各犯逐加绑缚，督率司员及司道等官押赴市曹，将程栋、陆玮等十九名人犯监视行刑。初三日，距省城较远的已革职的宁夏令宋学淳与灵州牧黎珠被提解至兰州，阿扬阿、李侍尧立时遵旨宣示上谕，随后将该二犯绑赴市曹正法。此时惟有革职

结 案

高台令万人凤一人距省城最远,李侍尧又委派妥员迎往,令其迅速解到。初六日,万人凤解至,传旨晓谕,绑赴市曹正法。

甘省办理捐监粮自开例七年来,诸弊丛生,终至酿成旷世未遇之奇贪大案,乾隆帝无奈只得命令甘肃从此停止办理捐监。与此同时,一场大规模的彻底惩办甘案历任官员的清查活动于全国各省全面展开,一张无情的法网向那些昔日赃私累累、朋比为奸的官吏撒开了。

面对阿桂、李侍尧所参奏的甘省捏灾冒赈、通同作弊的各道府州县人员的名单,乾隆帝大为恼怒,降旨一律予以革职,命吏部查明情况后将名单转发各省督抚,传谕各督抚立即严密查抄各该员原籍及现任地方所有资财家产,以充抵官项,毋任稍有隐匿寄顿。同时还命各督抚就近传讯,令被参人员逐一供出在甘省侵冒作弊的实情,审拟具奏。如遇该犯狡饰不供实情,即派员解赴甘肃,交李侍尧质审,归案从速办理。

时间流逝,转眼间到了乾隆四十七年(1782)的秋审。

一年之前,即四十六年八月,乾隆帝不忍贪官骈首就戮,曾法外施仁,传谕"将甘省一案各犯中侵冒银数在二万两以上者,全部问拟斩决;其数在二万两以下一万两以上者,问拟斩监候入于情实;其数在一万两以下各犯亦问拟斩候,请旨定夺"。四十七年七月,军机大臣遵旨进一步查明了甘省冒赈案内原署河州知州谢桓侵蚀银一万一千余两,现在拟斩入于本年秋审情实;又原署兰州府知府宗开煌侵蚀银四千九百两,亦拟斩候,因该犯有冒请添建仓廒情节,从重入于情实。八月,刑部将甘案内婪得银数在二万两以下者,问拟斩候情实,入于本年勾决各犯分别请旨办理。这份秋审勾决的名单递至乾隆帝的案头,因事关人命,乾隆帝斟酌再三，慎之又慎。名单中几个熟悉的名字使乾隆帝不由想起昨日阅看过的《兰州纪略》，上面记载了苏四十三于上年在甘肃肆逆时，谢桓、宗开煌、万邦英、董熙、黄道畀五犯或前往贼巢擒获多犯，或于"逆匪"滋扰兰州时整夜在城督率民夫防守，或在安定县拿获教首马明心。这一情景再次触动了乾隆帝念及这五人从前曾有微劳，乾隆帝决定于万无可宽之中求其一线生路，当即传谕留京办事王大臣会同刑部堂官，将现在拟斩监候各犯逐一通查，如果原案各犯内有似谢桓等人战时有微功情节，阿桂等亦于折内声明出力者，许其自行陈诉，一并交军机大臣核查办理。

乾隆帝的这道谕旨传来，在押的甘案各犯跪读之下感激涕零，纷纷抓住这一线生机表白各自在上年"剿匪"战中的功劳。据留京王大臣和刑部堂官的复奏，除谢桓等五犯外，其余麻宸、申宁吉等二十八犯供称，或在兰州道随同守城，或拿获余党及办运军粮。军机大臣阅看过各犯的供词后遵旨进行核查，然苦于阿桂上年原折并未叙明各犯于"剿匪"出力之处，他们估计这或许是因各犯随同效力并非出色之员，因而阿桂折内并未提及。于是，他们请旨将确查以上二十八犯是否有"剿匪"微劳之事交李侍尧再行办理，然后具奏。因此时谢桓等五犯的侵蚀情节以及"剿匪"微劳之处业已核实，乾隆帝于八月初一日晓谕中外，宣布了对谢桓等人的判决：此案人犯侵帑殃民俱属法无可贷，因念王亶望等人之肆行侵冒舞弊营私，皆系朕平昔宽仁未免失之姑息，以致各犯毫无忌惮。所谓水懦民玩，朕甚愧之。今又因人数众多不忍概予骈诛，不得不又宽一线，所以谢桓等五犯从前曾经在事出力，朕不肯没其微劳。谢桓、宗开煌、万邦英、董熙、黄道暌俱著从宽免死,发往黑龙江充当苦差。但伊等罪情重大,不加显戮已属格外施仁,嗣后虽遇大赦,各该犯不得援照省释,伊等所生亲子亦不准应考出任,以示惩儆。其余麻宸等二十八犯所供各情节是否确实,著李侍尧再行详细查明具奏,到日另降谕旨。直省大小官吏以后务须洁己奉公,毋蹈甘省覆辙。如再有此等以侵贪败露者,朕必按律严惩,不稍宽贷。

乾隆帝在命李侍尧详查各犯"剿匪"功劳实在情形的同时,还传谕刑部堂官立即将麻宸等二十八犯从前在甘省侵蚀银数多寡以及有无别项从重情节,如冒请建仓、事后狡供捏饰等,逐一详细查明,开单具奏,以备日后量刑时参考。七天之后,刑部的这份名单通过军机处递至乾隆帝案头,单内载明:侵冒银两一万两以上,原拟斩候应入本年秋审情实,因各该犯供称上年"逆匪"滋扰时曾有微劳,现交李侍尧确查复奏者四名:舒玉龙、李本楠、彭永和、麻宸;侵冒银不及一万两,续查出任内亏空,问拟斩决,奉旨当为监候,因各犯供称上年"逆匪"滋扰时曾有微劳,现交李侍尧确查复奏者五名:丁愈、华廷飓、章汝楠、李弼、叶观海;侵冒银一万两以下五千两以上,继查出任内冒请建仓,原拟斩候从重入于情实,因各犯供称有微劳,交李侍尧查奏者三名:钱成均、陈金宣、王旭;侵冒银一万两以下五千两以上,原拟斩候声明秋审时分别办理,因各犯供称有微劳,现交李侍尧查奏者五名:韦之瑗、尤永清、宋树毂、蒲兰馨、侯作吴;侵冒银五千两以下,因事后狡供不实,问拟斩候入于情实者,因供称有微劳者一名:朱兰;侵冒五千两以下,原拟斩候声明秋审时分别办理,但因供称有微劳者八名:善达、贾若琳、闵煜、史堂、觉罗承志、申宁吉、谢廷庸、张毓琳;捏结道府曾收受属员馈送银两一千两以上,照侵盗钱粮例问拟斩候,但供称有功者二名:张金城、汪皋鹤。前后共计二十八犯。

八月初十日,李侍尧确查麻宸等二十八犯是否有守城微劳的奏折递来,据该督回复:"臣抵任时'逆匪'尚未剿除,复又饬令藩司王廷赞、臬司福崧续行派委,事平之后即查办监粮冒赈之事。各犯内纵有微劳,不足抵其重罪。蒙恩旨垂询,臣谨按各犯供词确核彼时情事,均属约略相同。内如麻宸、尤永清、贾若琳、彭永和、张毓琳、李本楠、史堂、舒玉龙八犯或协同守御省城,或派防本境要隘,或督办军粮,或盘查擒获奸细,并于河州、循化、安定、伏羌等处拿获逆党要犯,均有案据可查。至如申宁吉、汪皋鹤、钱成均、善达、朱兰、王旭、蒲兰馨七犯,曾在省协同防守并派办收支粮草,押送在山打仗兵丁口粮,奔走派委均属实情。又如丁愈、承志、韦之瑗、张金城、章汝楠、华廷飏、李弼、谢廷庸、宋树縠、侯作吴、叶观海、陈金宣十二犯,均在各本境防守并督办粮草、牛羊,协济马骡,照料征兵起程、过境。查各犯本境距省城、河州、循化远近不一,但核其办理军需一切供支照料,均无贻误。惟闵焜一犯先已告病离甘,后因查办冒赈一案,经臣行文原籍吉林查拿,得知并未回籍,至十月始在陕西拿解来甘,则所供随同防守兰州显系畏罪捏饰之词。"乾隆帝阅罢,朱批:"知道了,朕自有酌定。"

恰巧,此时福崧(系去年"剿回"时在甘督战守城之臬司)正在京城,乾隆帝又派军机大臣询问福崧并将各犯原供令其阅看。据福崧回忆,此内舒玉龙、彭永和、麻宸、张毓琳、朱兰五犯于"逆匪"滋扰兰州时,曾整夜随同在城防守,待后来委办军需及查拿贼党等事,俱属勇往实为出力;韦之瑗、贾若琳、丁愈、李本楠、承志五犯，其该管地方俱逼近循化厅河州一带，系贼匪后路，派令督率夫役防守要隘并查拿鼠逸贼党，亦属出力；至于申宁吉、章汝楠、钱成均、华廷飓、谢廷庸、侯作吴、善达、李弼、宋树毂、叶观海、陈金宣、江皋鹤、张金城十三犯，据供曾经应付兵差巡防本境及运送军需等项，虽非虚捏但系伊等职分应办之事。此外有告病卸事在省之蒲兰馨、王旭、闵焜三犯，据供随同王廷赞等人守城，但系告病之员，大兵齐集即别无派委；又尤永清、史堂二犯据供随同福宁前往伏羌及委赴循化查拿逆犯之处，因福崧本人奉委前往河州未曾在省，记忆不清，应听总督李侍尧查奏。

从李侍尧、福崧二人的复奏看，闵焜一犯系告病之员，"剿回"之时并未在甘，所供随同守城显系虚捏情节，罪情确凿。八月二十日，军机大臣遵旨从吏部查明了闵焜的履历：该犯本籍山东，入籍吉林，投充同知衙门书吏，役满报捐，授云南，经历降调，捐复历任甘肃，经历县丞，四十六年告病离任。前任甘肃庄浪县县丞时，侵冒银三千余两，问拟斩候，秋审时声明分别办理。据查，闵焜离甘后并未回籍，因查办冒赈一案，李侍尧行文各省。四十六年十一月内，经陕西巡抚毕沅奏到，于该省汉中府南郑县地方拿获，解赴兰州。

乾隆帝得知这些详情后于八月二十一日经内阁传谕："此案前令各犯自行陈诉，原系朕格外施仁，该犯稍有人心自应据实直陈。而闵焜以久已告病离甘之员，竟敢捏称守城，希图幸逃法网，实属丧尽天良，情节更为可恶。该犯不必论其侵蚀银两多寡，就此冒功欺罔一节，即当立正典刑，著刑部堂官将闵焜一犯提出，宣示谕旨，押赴市曹即行处斩。"不久，又从刑部传来华廷飓一犯在监病故的消息。此时，麻宸等二十六犯侵冒情节以及抵御"逆回"微劳之处已经全部查清。八月二十二日，乾隆帝通过内阁传谕中外："数十人骈首就戮，朕心实有所不忍。但此内如善达、承志身系满洲，用为州县，尤当洁己奉公，以尽职守，遇有上司抑勒婪索等事，即应直揭部科或告病回旗。及竟愍不畏法，随同侵蚀殃民，营私舞弊。像这样的人亦得幸邀宽免，旗员更何所儆惧耶？善达、承志仍著交刑部入于朝审办理。舒玉龙等所供在甘效力之处既属确实，万邦英等五人既已免其死，则舒玉龙、李本楠、彭永和等二十四犯亦可从宽免死，发往黑龙江充当苦差；仍照万邦英等之例，虽遇大赦不得援照宽释，该犯所生亲子亦不准应试出任，以示惩儆。此案舒玉龙等犯俱应立正重典，特因其于苏四十三之事稍经出力即得仰邀末减，此后凡身任地方之责者，设遇贼匪窃发，尤宜共矢天良力图报效，应不负朕训诫矜全之至意。"

舒玉龙、麻宸等二十四犯免死遣发黑龙江的判决下达后不久，乾隆帝思虑再三，特念善达、承志二人，究有协同守城、派防要隘一节可贷其一死，于是传谕著善达、承志从宽免死，发往烟瘴地方，遇大赦不得援照省释，所生亲子皆系旗人，未便令其闲住，著交该旗存记。除亲军、护军、披甲等差使准其充当外，其有顶戴职分概不准其挑补，以示惩儆。

乾隆帝于四十七年实行的第二次法外施仁，竟使得三十一名贪官免遭显戮，封建时代的"罪行擅断"由此可略见一斑了。这数十名官犯的命运将如何？是否终生不得赦免？解铃还需系铃人，这权且要看乾隆帝的心情了。

四十七年十月，也就是甘省折捐冒赈案发一年多之后，涉嫌

结 案

此案的最后二十三名官犯经调查核实,罪情确凿,乾隆帝在朝审时宣布了对这批案犯的处罚:孙元礼、吴鼎新等五犯侵冒银俱在一万两以上,又无守城微劳,法无可贷,现已予勾。其余各犯侵冒银在五千两以上及五千两以下之奇明、周人杰等十二犯及捏结收受馈送之陈之铨等三犯俱著加恩免死,内旗人奇明等五犯著照善达等人之例发往烟瘴地方,虽遇大赦不得援照宽释;周人杰等十犯著照万邦英等之例发往黑龙江充当苦差,虽遇大赦不得援照宽释。至于成德、陈严祖二犯尤非他人可比。成德系高晋之子、书麟之弟,陈严祖系陈大受之子、陈辉祖之弟,该二犯世受国恩,身为大员子弟尤当洁己奉公,以图报效,见有通省贪婪舞弊事情,如能直揭部科,朕必优加奖擢,而竟然愍不畏法,随同侵帑殃民,虽该二犯冒赈银数在五千两以下,但系大臣子弟,昧良负恩,罪情尤重,是以予勾,以使大臣子弟知所儆惧,即便为大臣者亦当引以为鉴。又巴彦岱一犯收受馈送,代属员担承亏空,及事败露又瞻徇隐若,有心袒护,是以予勾。

甘省冒赈捐监一案历时一年零六个月的彻底查办,种种舞弊情节终于水落石出,涉嫌此案的甘省贪官无一漏网。回首办理此案的全部经过,乾隆帝不无感慨地通行晓谕中外:"甘省收捐监生本欲借积贮监粮为备荒赈恤之用,前次开捐时(即乾隆二十五年清政府第一次特准甘肃及外省商民缴粮捐纳监生)已不免稍有弊端,经大学士舒赫德奏请停止。三十九年甘省复奏请开例,那时大学士于敏中管理户部,即行议准。于敏中以若准开捐将来可省部拨之烦,巧辞饰奏,朕误听其言,遂尔允行,至今引以为过。那时王亶望为藩司,恃朝中有于敏中为之庇护,公然私收折色,将通省各属灾赈历年捏开分数,乘机侵冒监粮。如果今日于敏中尚在,朕必重治其罪。姑念其宣力年久,且已身故,是以始终成全,不忍追治其罪。自此次开捐之后,甘省上下勾通一气,竟以朕惠养黎民之政为其肥身利己之图,侵帑殃民,毫无忌惮,天下无不共知,朕亦早有风闻,而内外臣工并无一人言及,思之实为寒心。直至上年办理苏四十三一案,据阿桂等屡次奏报得雨,降旨查询,才获悉历年该省旱灾请赈全属虚捏。于是各犯昧良枉法、天理难容、恶贯满盈自然败露。今阿桂等彻底查办,种种积弊和盘托出,实为从来未有之奇贪异事。此案若照侵盗钱粮一千两以上应斩正例,则所有各犯皆应明正重典。特因人数众多不忍一概骈诛,照侵冒银数多寡稍为区别,并因兰州被贼滋扰时曾有守城等之微劳者,格外贷其一死。此案陆续正法者五十六犯,免死发遣者共四十六犯,像这样通省捏灾冒赈、黩法营私、案情如此重大者,朕心有所不忍,尚于万无可宽之中曲贷其一死办理,仍不免失之姑息,引以为愧。若再有憨不畏死、以身试法者,即当按法处治,断不能像这次曲为宽贷也。"

到本案最终结案时,即乾隆五十年(1785)十月,军机大臣向乾隆帝提交了一份奏呈,说明甘省折捐冒赈案内各犯查抄家产资财除陆续呈览(进京)物件未经列入估册外,所有各处查抄及估变银两以及止捐监生未曾办赈各员赔缴捐银,又甘省报捐监生在(吏)部补捐银款,各项合计达二百八十一万一千三百五十余两。为了清楚地了解各项银款的来源及数目,再翻看一下查抄王亶望等一百一十三犯任所、原籍并各省借欠、田房、什物、人口估变数目,以及赔缴补捐各数清单:

王亶望名下现银四十八万四千九百两,各省借欠并田地、房产、什物估变银二十八万八千六百五十六两,共计银七十七万三

千五百五十六两;

其余一百一十二犯名下现银六十八万四千一百九十六两,估变银八十三万五千三百四十九两,共计银一百五十一万九千五百四十五两;

又京城各犯入官铺面、住房共三千零六间,估值银十二万二千一百七十两;

又止捐监生未曾办赈各员应赔缴捐监银,每一名监生赔银八两,共追赔银十六万八千四百余两;

又甘省报捐监生在(吏)部补捐,自四十六年十一月起至五十年十月,已补捐银二十二万七千六百八十余两。

由此看来,乾隆三十九年至四十六年间,在如日中天的大清帝国虽然发生了一起骇人听闻的奇贪大案,但单就彻底清查追缴、赔补官项的成果看,国家银库并未遭受多大的损失。相反,那些在七余年里蔑法营私、朋比为奸的地方官吏,均倾家荡产,无一幸免。

王亶望贪污案的真相刚刚暴露,乾隆帝便立刻觉察出,酿成这起空前巨案的元凶不是王亶望,而是不久前故去的前大学士兼首席军机大臣于敏中。

于敏中,江苏金坛人。乾隆三年(1738),这位年仅二十四岁的江南才子便蟾宫折桂,考中状元。此后的四十年间,更以他非人所能及的敏捷之才,日益受到乾隆帝的赏识和宠眷,他在朝廷中的地位也随之扶摇直上,历任户部尚书、军机大臣、协办大学士、大学士等要职。到乾隆三十九年,由于傅恒、尹继善、刘统勋等老臣相继谢世,乾隆帝着力培养的勋戚福隆安还年轻未经历练,于敏中遂以大学士兼任首席军机大臣,仍管户部事务。清制,大学士须兼军机大臣方为真宰相,而于敏中当时虽无宰相、首辅之名,却是朝野尽知的京中第一权臣。

这一年,甘肃恢复捐监旧例,而此后的四五年间正当于敏中弄权之日,也恰恰是王亶望贪污集团肆无忌惮侵蚀国帑之时。如果说于敏中能廉直自持,甘肃贪污大案自然不能怀疑与他有什么瓜葛,更不能追究他的什么罪责,然而,于敏中的品行却实在大成问题。

年轻的于敏中步入政府中枢部门的时候,当时官场注重清正廉洁,风气很好。那是乾隆帝当政的前二三十年,大概称得上乾隆朝乃至整个清王朝的黄金时代。主持权柄的军机大臣,都以与外省军政大员交结为戒。张廷玉虽接受督抚们的馈礼,不过一旦价值超过银百两辄坚拒不纳。讷亲为人苛刻,门庭阒然,可张网罗雀。傅恒平易近人,但封疆大吏无人往其私寓拜访。至于在军机处办事的军机章京们,偶尔得到一件价值三十两白银的礼物,就会喜不自胜,以为生平未尝见过如此重馈。可惜这种风气到乾隆中期以后为之一变,而转变的枢纽人物,据说就是于敏中。

乾隆四十四年(1779)十二月,于敏中病故,丧事备极哀荣,但很快就大故迭起,使他四十年功名一落千丈。第一次打击来得非常之快,更可怕的是,危机是从他的家族内部爆发的。乾隆四十五年六月,于敏中的孙子于德裕到官府控告堂叔于时和将其祖父在京资产据为己有。乾隆帝十分重视,命大臣查办。查办的结果令人震惊,素有廉直之名的于敏中,其京中及原籍家产竟值银二百万两。当时在北京的朝鲜使臣向本国发回情报称:"皇帝大怒曰:'朕任敏中数十年,知其为廉直,安得有如许巨赀?'命籍没其家产。"这份情报不尽准确,因为当时是以判定于敏中之侄于时和有罪,而籍没了他所侵吞的于敏中的财产。不过朝鲜使臣说乾隆帝震怒是完全可信的。一向十分自负的乾隆帝竟被貌似廉正的于敏中长期蒙蔽,怎能不怒火中烧?

古人常说"京官穷",这有一定道理,因为他们俸禄少得可怜。然而其实又不尽然,京官中有相当一部分手中有权,因而不乏生财之道,他们捞外快主要是打外吏的主意。封疆大吏在地方上要兴办什么事(当然要有利可图,尽管打着为国为民的旗号),首先要疏通中央主管衙门,特别是皇上跟前说得进话儿的朝中权要。所以督抚大员进京办事,都要带上一笔可观的银款,以及金珠玉玩之类的珍宝,用来馈赠分踞要津的京官,以取得他们的关照和通融。这就是人人尽知的"京官专以咀嚼外吏为事"。乾隆帝当然了解京中要官接受督抚馈赠的"秘密",但于敏中竟然借此聚敛起价值二百万金的家私,这实在太出乎他的意料了!所以借办于时和的罪,把于敏中家产几乎抄了个净光。于敏中的声名暂时保全了,但已遭到致命一击。此时距离乾隆帝决心查办王亶望贪污集团尚不到一年的光景。也可以说,于敏中的去世以及接踵而来的他的贪赃纳贿初步败露,使王亶望等贪吏很快临近了末日。

乾隆四十六年七月最后的一天,乾隆帝下令将王亶望等处决后,甘肃贪污巨案虽仍在层层根究,务使"水落石出",那不过是针对王亶望以下的喽啰们而言。乾隆帝之所以以迅疾手段杀掉王亶望等人,显然有意暗示人们:此案首恶已除,无须向上株连蔓引,追究中央有关人物的罪责。皇帝的心曲大小臣仆心领神会。然而人们不禁要问:"小吏之不廉,大吏导之也;而大吏之不法,又谁导之?"答案本来清清楚楚,因为明摆着已死和未死的"吞舟大鱼"还幸逃法网之外,但说出来却犯忌讳。

乾隆帝也许体察到了舆论的动向,索性自己主动作出回答。乾隆四十七年十月,当杀掉了最后一批甘省官犯后,一道洋洋千余言的谕旨向全国臣民颁布了。乾隆帝在上谕开头便说,当年甘肃奏请恢复捐监时,"大学士于敏中管理户部,即行议准。又以若准开捐,将来可省部拨之烦,巧言饰奏,朕误听其言,遂尔允行"。该谕旨还指出:"其时王亶望为布政使,恃有于敏中为之庇护",以至放手大贪其污。皇帝把话说到了这一步,王亶望贪污集团真正罪魁究是何人,已不言而喻。但谕旨接着笔锋一转,说于敏中宣力年久,且已身故,"朕不忍追治其罪"。于敏中业已身故,而且他的万贯家私也查抄殆尽,不追治其罪可以理解。关键在于,这道经过精心推敲的谕旨,掩盖了于敏中,特别是尚在朝中与于敏中一样屁股底下不干净的权要,为什么怂恿皇帝同意甘肃捐监的奏请,为什么庇护王亶望胡作非为,究竟得到了哪些好处等等一些要害问题。应该说,乾隆帝此时并非不知底蕴。光阴荏苒,寒暑流易,到乾隆五十一年(1786)春间,皇帝把玩古董,为一件明朝嘉靖年间的古瓷触动情思,由嘉靖皇帝的昏庸想到权奸严嵩的专擅,由严嵩而忆及于敏中。为此乾隆帝再次颁发谕旨,指责于敏中借皇帝恩眷,招权纳贿,并联系甘省贪污大案,推断"于敏中拥有厚赀,亦必系王亶望等贿求赂谢"。

这"贿求赂谢"四个字,言简意赅,一语道破了从地方到中央整个贪污网扭结在一起的奥秘。然而这位功业盖世、雄才大略的帝王已年逾古稀,在割除掉已经完全溃烂的甘肃"毒瘤"后,他已没有勇气"根求到底",不想对政府中枢已经烂掉和正在迅速腐烂的部位再作一次彻底的手术了,而问题的严重性恰恰就在这里。当王亶望之流人头纷纷落地的时候,一颗"政坛新星"正冉冉上升,他就是以贪名昭著于世,于敏中与其相比亦不过是小巫见大巫的人物——和珅。

甘肃通省官员冒赈贪污巨案,无疑是当时轰动朝野的最大的政治丑闻,也是对乾隆帝一再渲染粉饰的"盛世"的无情讽刺。乾隆帝说于敏中是"酿成此案的祸首",把一切罪过都推到一个死去了的大臣的头上,不过是为了转移人们的视线,这显然是不公平的。如果追究罪魁祸首,那么,乾隆帝至少比于敏中更名副其实一点。就以当时败坏吏治最严重的臣工进贡来说吧。乾隆中期以后,官场中风行以馈赠为名的贿赂。州县向道府送礼,州县、道府又要向总督、巡抚送礼,总督、巡抚则要向朝中权要送礼。金银珠宝、古玩字画、大呢羽缎、盆景摆设等等,皆为礼品。这些礼品也就成了封建国家官僚机器的一种特别的润滑剂。令人不可思议的是,作为这部机器的主人——皇帝,也接受地方总督、巡抚、朝中大臣以及盐政、织造、税关监督等的礼物,不过,给皇上送礼要冠以"贡献"或"进贡"的美称。而且贡品颇有讲究,最上乘者,应该是寓意吉祥,体面大方,新颖别致而不流于奇技淫巧,富丽堂皇又未落入俗套。

王亶望就是一个不惜巨万以博取主子欢心的办贡能手,尽管他的贡品由于奢华得近于庸俗,曾不止一次受到乾隆帝的申饬。在当时,臣工每次向皇帝进献的成批贡物中,总是以"如意"居首,取其"吉祥如意"之意。一柄看得过去的玉如意需银四千两,王亶望觉得还不足以表孝敬之心,于是又在玉如意上镶嵌大大小小珍珠为饰。四分重的珠子大约值四五千两白银,重五分者则需六七千金，如搞一颗像龙眼果那样重三钱的珠子，至少要掏白银二万两。当时王亶望所任的浙江巡抚是令人艳羡的肥缺，每年本职养廉银一万两，又兼管盐政，每年另增九千八百两津贴，总数超过兼辖三省的两江总督（其养廉银每年一万八千两）。王亶望办一次贡，几十件贡品中为首的一件镶珠如意，就倾全年薪水也买不起，更不去说过节要贡，过年要贡，皇上"万寿"（生日）要贡，皇太后"圣寿"（生日）也要贡了。因此只好向下伸手，美其名曰"帮"。帮来的银子当然不会都去置办贡品，借此大捞一把也是常有的事。王亶望贪赃败露后，有个叫郑澂的御史上奏说他"巧滋诈伪，曲遂侵渔，物物指为贡函，时时饱其私囊，求索无厌，贿赂公行"，一针见血地揭露出贡献与官场黑暗腐败之间的关系。从王亶望做布政使到任巡抚，究竟贡出了几多银两，恐怕难于精确统计，但花销数十上百万两去办贡品以邀皇上恩宠，总还是有的。

如果说王亶望贪污案暴露出来的权臣揽权纳贿的黑幕，是大小臣工议论的禁区，那么，贡献一事则是更大禁区。乾隆帝并非不了解诸臣进贡日益华奢与督抚贪污纳贿以及全国吏治迅速败坏的关系，也明白振刷积重难返的颓风只能从自己开刀，毅然决然下诏罪己，停止贡献。但这比揭开中央贪污的盖子更是难上加难。限制进贡的皇帝上谕，不过是官样文章。

纳贡只是乾隆帝聚敛财富的一个重要手段，此外，抄家、巧立名目罚征有过错的官员等，也都是他招财进宝之道。王亶望贪污案中被革职、拿问、治罪的甘肃原任及现任大小一百多名官员，通统被抄家。籍没的家产中，金珠玉玩之类最贵重的一份，照例解交皇帝私人金库——内务府广储司。其余房地产、呢羽绸缎、衣饰器皿等，即于当地估卖，留充地方开支。这次全国性的抄家活动持续了两年之久，甘省所有贪官数年所积珍宝，一朝悉数归入乾隆帝的私囊。对官员的借事罚银，也几近巧取豪夺。江苏巡抚闵鹗元之弟闵鹓元贪污赈银一万九千两，乾隆帝命闵鹓元十倍罚出，即罚银十九万两。不久又发现闵鹓元亏空库银八千两，也着落闵鹓元赔补。闵鹗元对其弟知情不举，奉旨查问时又吞吞吐吐，命其"自行议罪"，闵鹗元只好"仰恳皇上"再准他罚银四万两。这位倒霉的闵鹗元每年万把两养廉银，用来偿付这些莫名其妙的罚项已属杯水车薪，不久连这笔养廉银也被皇帝"永行停支"了。廉洁不能养，据说原来以廉洁自重的闵鹗元，后来也"苞苴日进，动逾千万"了。而他变法儿筹措来的近三十万两罚银，大都被指定缴到内务府。乾隆初年，内务府入不敷出，遇有急事，只好靠户部银库（国家中央银库）接济。迨至乾隆中期，在大造圆明园等皇家林苑以及满足皇室种种挥霍的同时，内务府却奇迹般地实现了扭亏为盈，其属下广储司、圆明园、造办处三座银库岁岁盈积，时时拨借户部银库。这一微妙变化，很能说明乾隆帝聚敛贪欲的滋长，同时也透露出大清帝国由盛转衰的最早消息。

清朝乾隆年间贪风之炽与惩贪之严，是长期以来人们颇有兴趣的一个话题。就王亶望贪污案而论，甘肃全省无一好官，足证贪风之炽；一件贪污案处理下来，竟杀掉大小官员五十多人，也不能说惩贪不严。然而，雷厉风行的惩贪行动为什么没收到应有效果，却仿佛火上浇油，使贪风愈盛？晚清时薛福成以为，不能责备那时"人性独贪"，而应去寻找迫使官员们"不得不贪"的原因。透视王亶望贪污大案，或许会了解一点从地方牧令到封疆大吏,直至京中权要"不得不贪"的奥秘。可能乾隆帝没有也不打算从中吸取什么教训,以挽救清王朝的日趋衰朽。从这个意义上讲,二百年前曾震惊朝野的贪污大案留给后人的认识价值,似乎应该超过这起案件本身的涵义。

如果把一切罪责、把政治腐败的全部原因都归诸包括最高统治者在内的个人,恐怕还不能找到问题的症结,也难于从王亶望这件贪污大案中吸取最重要的教训。

为什么这件大案从乾隆三十九年起被包容了六七年之久,为什么一个省数以百计的州县以上各级官员通同作弊而无一人挺身举发?这显然是不能用道德、良心之类属于个人品质的原因加以解释的。看来,在政治体制上似乎也出现了很大的弊病。

康熙初,储方庆讲到天子设官时说:"天下之官以数万计,而其大势常出于两途:六部操政柄,行之于督抚,下之府县,以集其事,此一途也;科道察部臣之奸,巡方制督抚之专,而推官实为之爪牙,此又一途也。"六部—督抚—府县,可视为行政系统,主要是替皇帝分理地主事务,科道及巡方、推官则可视为监察系统,职责在于作天子耳目,监督、制约各级行政部门权力的行使。故而储方庆说:"设科道、遣巡方、重推官,于人主甚有利,于群臣甚不便。"以上职官的设置,本于明制,但17世纪中到18世纪初,历康、雍、乾三帝,总的思路却是不断限制和弱化科道及巡方、推官这一监察系统的权力。

在限制和弱化科道传统监察权的同时,清朝皇帝,特别是雍、乾二帝,不断探索着建立起一套更行之有效的新的监察系统。这一新的监察系统的突出特点是摒弃了由中央派出专职监察人员的传统思路,而改为地方各衙门之间的互相监察,即每一衙门都有监察之责,而同时也被置于被监察的位置。

督抚作为各省最高军政首长,分别兼都察院右都御史衔或右副都御史衔,因而亦负有所辖省区最高的监察权。雍正帝训谕总督"澄清吏治,必本大公之心,虚怀察访",训谕巡抚"一省之事,凡察吏安民、转漕裕饷,皆统摄于巡抚"。乾隆帝更明确地说:"督抚简任封疆,察吏是其专责。属员之贤否,例应以时体察,汇折奏闻。"他们都强调督抚有"察吏"的专责,是以《清史稿·职官制》述及总督、巡抚职掌时,专门列出"察举官吏"、"考核群吏"。督抚对下属官吏行使监察的同时,也受到同官或下属的监督和制约。一是督抚之间相互纠察。乾隆帝对此说得很明白:"国家设立督抚,原为互相纠察,以维吏治而饬官方。"又说:"督抚大员同在一省,有互相纠察之责。"二是督抚与驻防将军互相监督制约。将军虽无办理地方事件之责,但有密折奏事之权,且较督抚体统更尊,遇有地方仓库亏空、大吏贪赃营私,亦可专折奏闻。三是藩臬的制约。布按两司(即藩司、臬司)虽为督抚最高级"属员",但俱有专折奏事之权,在很大程度上也是为了制约督抚之权。乾隆帝更明确地说:"两司均有奏事之责,如敢挟嫌诬奏上司,固有应得之罪,若总督果罔上行私,赃款狼籍,自当据实上陈。"四是道府州县虽无奏事之责,遇督抚不公不法事亦可以直揭部科。雍正帝即位之初即宣谕,督抚瞻顾容隐对旗员道府州县的勒索,"许本官封章密揭,都察院转为密奏"。乾隆帝也屡屡申谕:"道府为方面大员……即有上司抑勒,何难有揭部科?""各州县遇有上司押令报荒、勒索银两之事,原许直揭部科。"雍正帝惟恐被督抚参劾的属员或受屈抑,特谕:"嗣后道府以下,知县以上各官,有实在冤抑被降革者,仍令赴都察院具呈。"五是盐政、关差、织造等在地方的内府官员也可以充当皇帝耳目。乾隆帝明谕:"各省盐政、织造、关差等若以系属钦差,妄自尊大,或干预地方事务,则是自贻伊戚,固当治罪,至督抚等如有贪劣款迹,一有见闻,自应据实参奏,方为不负委任。"总之,这是一套别出心裁的以上司察劾下属为主、辅之以属员亦可以检举上司的严密而灵活的监察系统。如果这个系统正常运行,无论对强化皇权,还是澄清吏治,都会具有重大作用。

事实上,雍正至乾隆中期半个世纪中,皇权的不断加强和政治相对清明,也确实得益于康、雍、乾三帝苦心孤诣的设计。即使乾隆中期以后,政治迅速腐败,也可以历数一些贪污、贿赂大案是由于监察机制发挥作用而举发的。如乾隆二十二年(1757)云贵总督恒文勒索属员案,系由与恒文同城的云南巡抚郭一裕密折参奏而开始查办的;四十五年(1780)云贵总督李侍尧贪纵营私诸罪款,则是由原任云南粮储道海宁举发而败露的。然而,乾隆中期以后,普遍存在的却是在官官相护之习掩护下政治腐败的迅速蔓延,而最高统治者处心积虑设计的重重监督机制普遍失灵。甘肃通省官员贪污大案历时六七年之久,也许最能证明官官相护之风是多么牢不可破。

这一集团性贪污大案的情节并不复杂。乾隆三十九年(1774),陕甘总督勒尔谨奏准甘肃恢复捐监旧例,新任藩司王亶望到任后,与勒尔谨商定改收折色,王亶望倚任"心腹"兰州首府蒋全迪,勾通舞弊,各州县报灾之轻重以及发给折捐银两之多寡,但由王亶望、蒋全迪在省上商定,凡贿送银两多的州县便多开灾分,少送银子的便令少开灾分,于是各州县纷纷捏灾冒赈,侵吞赈银,以至于甘肃通省几无一好官。这种几乎是通省上下公开舞弊的腐败行为,只要监察系统某一环节能及时作出反应,便不难揭发出来,而事实却不然。

先看有相互纠察之责的督抚。乾隆中定制,陕甘总督管辖陕西、甘肃两省,驻扎兰州府,兼甘肃巡抚事,故甘省不另设巡抚,陕西设巡抚一员,驻西安。是以甘肃包括捐监在内的一切行政事务,皆由甘肃藩司主政,而同城的陕甘总督、邻近的陕西巡抚俱有监察之责。勒尔谨在折捐冒赈上与王亶望沆瀣一气,自不必论,而抚陕八年,且两署督篆的毕沅也未据实参奏,诚如御史钱沣于案发后参奏所言:"陕西巡抚毕沅前署督篆时,于该省折捐冒赈诸弊,瞻徇前政,畏避怨嫌,明知积弊之深,不容抉之自我。"

再看与藩司同级的臬司福宁的供述:"各属折色银两并未见买补归仓,多系放银抵粮,盘查既属具文,按季出结亦系虚应故事。通省如此,我一人亦断不能从中梗阻。"

上司与同官既不能正常履行监察之责,藩司王亶望与州县狼狈为奸通同作弊,就只能指望负有"访察属吏"之专责的方面大员道府了。道员与知府,是各省承上启下的地方权力机构。雍正帝训谕道员说:"凡府州县之廉洁贪污,俱宜细加察访,不时密详督抚,以凭举劾。"训谕知府则说:"知府一官,分寄督抚监司之耳目","盘查仓库,必须核实,不可视为故事","督抚举劾州县,必由尔之详揭,务须秉公持正"。甘肃通省官员通同一气,借折捐冒赈,大肆贪污,最有力的制约手段当来自道府的监察。因为违例改捐折色,势必无本色监粮,负责盘查仓粮的道府若不出结,骗局自然不攻自破;各省报灾,皆由灾民呈诉,地方官勘报后，须经道府逐层查勘，才能具报成灾分数，若无道府加结，提报灾分便无从谈起；发放赈银、赈粮，也需道府监督核实，道府若不加结，州县谁敢冒赈？但六七年间，竟无一道府挺身而出，将此中积弊直揭部科。且听道府们的供述。

驿传道熊启谟供："办理赈务，各州县径详藩司，灾之轻重、赈之多寡，皆王亶望主持议定，亦不俟我查勘，惟于具奏后，补取道结备案。我见通省都是如此相沿出结，我一人实不能阻梗。"安肃道陈之铨供："诸事由藩司主政，道府不能与藩司抗衡，州县视道府为不足轻重"，"遇有灾赈浮冒之处，其实散之数，多系放银抵粮，本管道府无从过问，通省已成积弊，一切文册皆由藩司核定，饬发州县照造，其道府应行盘查、奏销之印结，按期索取，道府亦遂依样率转"。肃州直隶州知州王汝地供："在灾赈内捏增分数、浮开户口，上司原是知情，至道府加结、委员监散，这都是虚应故事。"钦差审案大臣阿桂所称"道府直隶州于所属收捐折色时，既出结于前，捏灾冒赈时又结报于后"，可作为甘肃通省道府监察机制全部失灵的概括。对王亶望一案，乾隆帝曾无可奈何地说过："甘省王亶望侵冒监粮诸弊无人不知，而事未败露，竟无一人首先发觉，可见外省官官相护，牢不可破，实可寒心！"

应该说，各省督抚、藩臬、道府、州县上下联为一气，通同作弊，并非甘肃一省而已。山东巡抚国泰操守不佳，乾隆帝早有风闻，特于四十六年初令山东藩司于易简来京陛见，亲自询问，于易简坚称"国泰并无别项款迹，惟驭下过严，遇有办理案件未协及询问不能登答者每加训饬，是以属员畏惧，致有后言"。一年后，国泰贪纵营私案发，乾隆帝对于易简"竟敢于朕前饰词容隐,朋比袒护"怒不可遏,特谕:"外省藩臬两司俱有奏事之责,遇有督抚不公不法之事,原准飞章上达,况经朕之睹面询问乎?若外省如于易简之欺罔,则督抚藩臬上下联为一气,又将何事而不为?"国泰操守不谨、山东州县亏空之事,身任长芦盐政、每年前往山东稽查运库钱粮的尹龄阿亦早有闻,但也同样没有据实入告。更让人难于理解的是,秉持中枢的廷臣也曲意包容国泰。据案发后乾隆帝讲:"国泰性情乖张,朕从前早有风闻,并据军机大臣阿桂、福隆安、和珅等密为陈奏,欲以京员调用消弭其事。"可见"官官相护"不仅为外省恶习,而且浸透于整个官场。

官官相护之习严重腐蚀了对各级权力机构的监督制约机制,这种牢不可破的官场痼习可谓是对贪污贿赂、以权营私等腐败行为的无所不在的保护伞。既然如此,就有必要进一步探讨官官相护之习何以如此牢不可破。

从表面上看,为官者既有共同利益,特别是自督抚、藩臬以至道府、州县上下百余名官员组成的一省官僚集团,更具有特殊的利害关系。为了维护共同的利益,自然相互容隐,彼此袒护。以集团性大贪污案——甘省官员折捐冒赈案为例,首犯王亶望入己百余万两白银固然分得了赃银最大份额,而贪污二万至十余万两的州县官即有近三十人,二万两以下、数百两以上者又有八十余人,侵冒或捏结受贿的道府大员十余人。王亶望被正法前自供:"我贪心重了,想上下合为一气,各自分肥,又令该道府等出结存案,希冀可以蒙混,况有散赈可以借端掩饰,不致败露出来,所以就大胆做了这昧尽天良的事。"可见,王亶望是有意的使下属分润一些赃银,以此固结这一庞大的贪污集团,期望案情不致败露。这可视为以上司为主导,上司与下属层层利害攸关,是以扶同徇隐、终无一人举发的典型事件。对此,章学诚曾痛切指出:"州县为贪墨督抚累者十八九。"在当时官场中,还经常会看到下属以行贿为手段挟制上司的事例。嘉庆初,御史张鹏展条奏《清厘吏治五事疏》中提到督抚不敢参办州县亏空原因有四,其一便是"恐牵连上司,或受过属员之馈送供给,所以不敢办"。章学诚也说:"州县以多亏为挟制督抚之计,总缘督抚不能无染指也。"

如果从监督机制存在的缺陷这一角度来看,则不能不说官官相护之习牢不可破与督抚权力的膨胀不无关系。自明迄清初,中央派出巡抚、巡方、巡察御史,以监督、制约督抚等地方大吏的权力,监察权是相对独立的。雍乾以来,为削弱和限制上述监察权力,从地方官员上下左右互相纠察的思路出发,另设新的监察系统,实际上是使行政、监察权力合而为一,其优胜之处在于事权统一,而随之出现的弊端——督抚专权之下监察机制的失灵则亦日益暴露出来。

至乾隆年间,特别是乾隆中期以后,督抚权势益盛。袁枚《上两江制府黄太保(廷桂)书》有云:"督抚之威,有雷霆万钧之势,从空而下","南面而临,能荣人能辱人",有所辖地方,督抚之威慑力甚至超过皇帝。是以袁枚又说:"尝闻天子有诤臣而不闻督抚有诤吏",盖"忤督抚意,督抚不能以忤意罪之,必撷别事方登为简,虽得罪而所以被罪之故,天下不知,好名之士,亦不肯为"。嘉庆亲政初,章学诚讲得更直截了当:"州县之畏督抚,过于畏皇法。"何以如此,程含章说:"今日督抚之权不为不重矣,生杀予夺、钱谷兵刑皆其职掌。"督抚既有此重权,故刁难蹂躏下属肆无忌惮。历任总督数十年的李侍尧"素性傲戾,不讲情理","属员畏之如虎","若不依从,便有祸患",不仅属员"惟总督之命是听",且"公事一手把持,向来巡抚不得过问"。山东巡抚国泰"惰性恣睢,恃才自用","属员因国泰任性吹求,轻喜易怒,皆以为意在婪索,欲使人知畏惧"。不仅下属因国泰"乖戾刻薄","无不畏惧",甚至作为方面大员的藩司于易简也"向国泰长跪回话"。

雍乾以来,督抚统驭下属权力逐渐强化,与此相应,制约督抚权力的重重监察系统的权力日渐削弱,以至到乾隆后期,在相当多的省份,监督机制普遍失灵,官官相护恶习牢不可破,上下通同舞弊,政治黑暗腐败。这种局面的出现绝不是清政府最高统治者所期望的,平心而论,他们设计一整套地方行政、监督权力系统的初衷,恰恰在于制约督抚的滥用权力。既然如此,事态发展为什么又走到了自己的反面呢?

先来看雍正帝就皇帝—督抚—司道府县关系对总督的训谕:"朕视天下如一家,视臣邻如一体。尔等亦宜深体此意,以一家之心视两省,以一体之心视属吏,本之至公,用之至当,则上司之任使下僚如身之使臂,臂之使指。"在训谕司道府等官时又说:"督抚经理地方,必任用司道知府,犹朕统御天下,必任用在廷诸大臣……顾为督抚者势不能不于所属之司道府寄耳目、委腹心,必将遴选其能任事者而委任焉。"上述发自雍正肺腑的言论表明,他所关注的是建立一整套如"身之使臂,臂之使指"那样得心应手、运转灵活的中央——地方权力系统,而督抚在其中地位至关重要,他们对下属的关系就如皇帝对督抚、廷臣的关系。但从雍正帝的恳恳训谕中也暴露出他所构想的政治方案中的严重缺陷,即督抚必须"本之至公,用之至当",而何谓"公",

何谓"当",本身是一个难于把握的道德问题,这里缺少的正是一个"相对稳定的、非人格化的和非政治性的规范与规程的体系这种意义上的法律概念"。正是在这样非法制的专制主义中央集权政治体制下,督抚不是为促进本地区的公共利益负责,而是对皇帝负责;道府州县也不是致力于本地的社会经济发展,而是对督抚负责。诚如嘉庆初,御史贾允升指出:"府州县官,为国养民者也,而今守令患在知有上司而不知有民。"亦诚如乾隆初,御史曹一士所言:"今之督抚明作有功之意多,而惇大成裕之道少;损下益上之事多,而损上益下之义少。"王亚南论及西欧各国专制君主政体的痼弊时说:"官僚或官吏不是对国家或人民负责,而只是对国王负责。国王的语言,变为他们的法律;国王的好恶,决定了他们的命运(官运和生命)、结局。他们只要把对国王的关系搞好了,或者就下级官吏而论,只要他们把对上级官吏的关系搞好了,他们就可以为所欲为地不顾国家和人民的利益,一味图其私利了。"如果把这一段精彩的论述移诸对中国18世纪专制主义中央集权体制下官僚政治种种弊端的分析,不是再恰当不过了吗? 总而言之,雍乾时代督抚对下属权力的强化以及官官相护之习更加牢不可破所导致的政治黑暗腐败是体制性的痼疾,企图通过建立一套完备而理想的监督制约系统以从根本上加以救治,只不过是不切实际的政治幻想罢了。明清之际所设的巡按、推官和雍乾以来欲以督抚与同官、下属连环纠察均统统以失败告终就是明证。

案 中 案

甘肃冒赈婪赃巨案尚未落幕,追究闽浙总督陈辉祖偷窃、抽换王亶望抄家赀财的好戏又开场了。

乾隆四十六年正月,陈辉祖升任闽浙总督兼管浙江巡抚。在此之前,浙江巡抚王亶望因丁母忧仍留眷杭州未回原籍,因背亲忘祖遭人弹劾,乾隆皇帝降旨革其巡抚之职,令其赴海塘工程效力。然而仅隔数月,甘省监粮案发,王亶望又被传旨缉拿归案,总督陈辉祖奉旨查抄王亶望任所赀财。因王亶望在浙始终狡饰混供,无从获取确情,遂被传谕押解至热河,交大学士九卿及军机大臣鞠讯。与此同时，经半年多的严密查抄，王亶望任所资财全部核点清楚，经军机处几次咨催，总督陈辉祖才于十二月委派妥员押送解京物件分别交内务府、崇文门查收。

当这批所解物件交至乾隆帝面前呈览时，一向精于鉴赏古玩器物的乾隆帝却以为查抄王亶望家产内多系不堪入目之物，而王亶望平日收藏古玩字画最为留心，其从前呈进各件未经赏收者尚较他人为优，乾隆帝怀疑此中必有抽换抵兑之事，于是寄谕浙江布政使兼管杭州织造盛住，令其留心察访。盛住于四十七年八月复奏，请旨将承办查抄之员全部解任质审。乾隆帝以为此事不值如此办理，因此将盛住原折留中，等他不久来京后另行面询降旨。然此后数日，盛住再次密折复奏：奴才于拜发奏折后伏思当日办理情形，或有另案册档可据，复加密访，查出原浙省粮道现升任河南臬司的王站住，首先随同陈辉祖抄籍王亶望寓所时，底册有金页、金条、金锭等物，共四千七百四十八两，而查对解缴内务府进呈册内并无此项，惟多列银七万三千五百九十四两，系将金易银，折合十五换半（即银十五两半折换金一两）之数，陈辉祖并未奏明，册内亦未申说。又查得升任粮道王站住册内有玉山子、玉瓶等件，为原册内所无，不知当时作何兑换抽匿，实不可解。恐此外尚有别项挪掩弊情。乾隆帝接到这份密折后认为，此事既经盛住查明进呈之册与原册不符，确有案据，不便再置之不办。于是派侍郎福长安、尚书喀宁阿取道河南将王站住解任，押带赴浙质审。因所有随同王站住办理此事的委员吏役全部在浙省，遂同时传谕陈辉祖即同盛住先行提集在事人证，悉心查办，将原册因何不符及如何抽抵之处逐一根究，务令水落石出。在这份上谕中，乾隆帝还特意告慰陈辉祖，言其上年办理塘工颇为出力,又系兼管抚篆,事务繁多,或一时查察不到尚属情理,所以朕于此事开诚布公,因陈辉祖受朕深恩必不肯扶同徇隐,因此令其会同办理。陈辉祖果能一秉天良,尽心查办,将来不过有失察处分,朕必加恩宽宥;倘不肯实力办理或意存回护,若经钦差等人查出,则是自取重戾,朕不能复为曲贷也。乾隆帝就此事思虑再三,以为福长安等人办理此等事件究不能如阿桂之历练,于是又传谕阿桂速至河南工次,秘密查询王站住有关抽换金玉缘由。

乾隆四十七年九月十二日,大学士阿桂接奉谕旨,旋即赶至河南工次,立即开始了对王站住的询问。阿桂首先谕知:"伊系包衣世仆,此时若不据实供明,经钦差查出,则欺罔之罪更重。"王站住听罢十分惶恐,赶紧将实情回禀:"上年查抄王亶望资财时,是我同衢州府王士瀚、金华府张思振、署严州府高模带领佐杂等官每日亲往查点,归箱封锁,钥匙交府县各官收管。金约有四千数百余两,银约有二三万两,玉器甚多,我此刻实在记忆不清,全都是与大家共同看过始写入底册。底册系藩司、粮道两处书办分写,共写有三份,均核对相符。我先已蒙恩补放河南臬司,是以六月初九日查完后即将一份底册呈送总督,其余两份分存藩司、粮道衙门,十三日遂起身进京陛见。若我果有不肖的心,查办时岂肯还将换去的金玉写入底册?起身时又将底册留于浙省,与人作把柄?我若将银及他物抵换,我起身后查无此项金玉,别人如何肯依?原办之府县佐杂等官现俱在浙,是可以讯问得的。至我查办时总督陈辉祖总调取几种备用物件阅看,系派佐杂各官押送总督署内,发出收进多系署府高模经手查点,实未曾听见有人向我说过要换金玉的话。我素包衣世仆,今蒙传旨问询，何敢稍存遮饰瞒隐，自取重戾。"

听了王站住的回禀，阿桂认为王站住所言尚有道理。盛住查出底册不符，而王站住于初九日查完，十三日即起身进京，进呈册非经其手，如此看来该司未经抽换抵兑转属可信。而且该司刚至工次，审官并未稍露端倪，一经询问即供出金有四千数百余两之多，银约计不过二三万两，于进呈册所载两歧之处随口应答，皆非身在换金作弊之中所应轻易供吐者。惟有所供陈辉祖调取物件阅看，均系署府高模经手收发，是否如此情形，高模现在浙省，无人质证。于是阿桂请旨将王站住解任，俟福长安、喀宁阿到豫后将王站住带至浙省四面质对，必然能够水落石出。在同日回复乾隆帝的奏折中，阿桂言称："臣于外省情形稍为知悉。若属员非有督抚主张，如此多金谁敢公然抵换。且阅盛住折内于原办各府外首列嘉兴府杨仁誉之名，请解任质审，是此事底里盛住久已深悉。滇省前曾发觉为数尚少，今陈辉祖荒唐至此，可谓愈出愈奇。前任浙江藩司国栋（现任安徽巡抚）纵使无分肥自留情弊，然以银易金，如何归款，藩司岂有不知之理？"乾隆帝批看过阿桂的复奏后，于折内朱批："此事非汝去不可矣。"

九月十七日，乾隆帝命尚书额驸公福隆安、尚书和珅以六百里加急寄谕阿桂："看来此事竟系陈辉祖营私舞弊抽换抵兑，实出情理之外。陈辉祖系原任大学士留任总督陈大受之子，由司员不次擢用简任封疆，身受朕恩最为深重，仍如此昧良欺罔，朕又将何以用人？尚复何人可以信任乎？朕于此实引以为愧。且王亶望贪纵不法拥有厚资身罹重辟，其家产查抄入官，稍有人心者方当避之若晚。乃转抽换隐匿，行同鼠窃，是较王亶望之明目张胆婪索无厌者尤为丧良无耻，岂可复玷封疆之任乎？此事甚大,非阿桂前去审办不可。著阿桂同福长安迅速驰驿前往浙江,彻底查办。阿桂经事年久,识见自为历练。福长安资浅年轻,随同前往办事更可学习一切。阿桂等到彼即传旨将陈辉祖革职拿问,其总督巡抚印务俱暂交福长安署理。现在已有旨先交王进泰兼摄,俟福长安到时再行接署。立即将陈辉祖任所家产严密查抄,毋使丝毫隐匿。阿桂、福长安即督同盛住将陈辉祖并此案内之杨仁誉、王士瀚、高模及经手各员严切审究,将如何抽换抵兑及此外藏匿若干各项弊情逐一根究,务期水落石出。陈辉祖曾被阿桂称其能事,用为闽浙总督兼管抚篆,今阿桂查讯此案,即首先疑及陈辉祖,并不稍存回护大臣居心,理宜如此。今往浙省查办自当秉公持正,讯得确情。阿桂夹片称国栋自亦知情,安徽巡抚需人护理,现已降旨著富躬速赴新任并谕知萨载(两江总督)将国栋解任,解浙归案审办。"

乾隆帝素以擅长鉴赏古玩字画著称于世,因此对查抄的这类物件极为留意。从查抄高模家产内,乾隆帝曾发现有王亶望所刻米帖墨拓一种。由此推知此种墨拓必有石刻留存,或于王亶望任所或在其本籍,然而几次解到内务府及发交崇文门物件内并无此项,由此推知王亶望私行藏匿显而易见。于是乾隆帝再次传谕阿桂、福长安,令其查讯此案即从此逐细推究,所有米帖石刻现在何处收藏务得实在下落,则其他抽换隐匿各种弊情自不难根究。阿桂接奉谕旨后立即传来王站住严加问讯,据此人供称:"我查办时王亶望公馆内字画是有的,米帖石刻实不曾看见。王亶望知我不懂字画,实未送过我米帖。我查抄时糊涂见识,总以细软物件为重,这种石刻实未想起问明。"阿桂考虑米帖既在,石刻肯定或存浙省或寄放晋省(王亶望原籍),于是他一面请旨饬交现任山西巡抚农起就近传讯王亶望弟兄,根究石刻去向;一面回奏俟带王站住回浙后再予严密查讯,务得米帖石刻下落。

阿桂接奉上谕后立即日夜兼程赶赴浙省。一到杭州便连续多日会同司道盛住、德克进布等人提集案内各犯连夜严讯。有关以银易金一节,先据王进泰、盛住等人讯知,系仁和县杨先仪、钱塘县张翥经手,由司库两次领出,共金四千七百余两,以十五换半分发铺户销售。经传讯各铺户调验账簿核对,俱无舛错。阿桂等人再加查讯,与王进泰等所讯情节相同,但想到此项金两既经杨先仪、张翥发交铺户四千四百两,此外二百两系库大使金德厚代销,又一百七十四两系杨先仪同乡刘步蟾带往苏州销卖,是该二县领出金两,业已尽数销售。而李封(系原任浙省司道)所换金五十两,又国栋供出陈辉祖曾向杨先仪取进金五百两,此二项金两又出于何处?遂再次诘讯杨先仪、张翥。据张翥供明:"李封要换金两时,我因领出之金概已发铺户,上司要买不便推辞,随令库书马在乾向铺户转买送去,有马在乾、铺户可证。"又据杨先仪供出:"上年七月半间两县禀见总督时问及金子曾否领出,我们回说藩司(系国栋)要缴现银,恐金多难销,尚未具领。总督说你们恐怕难销,我若用得着时也可销售四五百两。那时我将这话回过藩司,也要求他分销几百两。藩司说总督或有用处,我要金子何用。至七月二十二日领出金子,曾问过总督,总督说既有铺户可销,我现在用它(金子)不着,不要了。后来藩司催缴金价,问我们总督换的金子曾否留下,我因从前的话原不过托辞,也就随口答应说总督不曾留下。我于七月半回禀藩司时,金子没有领出,哪有金两送交督署?"虽经严刑吓讯,杨先仪仍然坚供不移。

阿桂随后提审现已解任的闽浙总督陈辉祖。据这位前总督供称:"查抄王亶望资财内朝珠原是二十八盘,俱属平常。内有香朝珠两盘,朽坏不全,解员考虑到京难交,所以我换上两串,一串系松石,是我自己的,一串系蜜蜡,是王士瀚叫仁和、钱塘两县知县寻来的,全在大堂换入,司道等无不闻知。多宝橱内玉器我实未取出,底册上因何未载多宝橱名色,玉山子三件因何短少,玉太平有象四件因何多出,只求严讯委员便知。至于调看玉器系我行文该司道等人每日分号提验,令委员等人亲送到署,在会客厅上当面开看,看毕仍令送回原处,交高模复点查收。但我不亲往阅看,实系罪无可逭。"

阿桂随即又讯之委员等人。据王士瀚供明:"上年(四十六年)十二月间点交解员物件时,有旧香朝珠两串,颜色霉变,脱落不全,解员不肯接收。我因原奏单内系二十八盘,不便缺数,回明总督。总督自添一串,首县(即仁和、钱塘二县)购买一串添入。多宝橱系装贮玉铜瓷杂件,因奏单内玉铜瓷全系分类开载,是以册内笼统开报。橱因已损坏册内未经载入,恐玉铜等件遗失,仍将此橱装盛解进,现有解员杨先仪可问。"据杨先仪供出:"这多宝橱是红木的,我到京将橱内物件取出,按册点交内务府。橱因已损坏,路上又复碰裂,册内本未开载,我就弃在京中寓所是实。"为根究玉山子等件的下落,阿桂提审了知府杨仁誉,据其供称:"我奉委续查时逐件检点,看见底册所开多宝盒内玉山子系是玉山峰笔架,玉寿山系是玉兽面,玉瓶系是五笔洗,与底册所开名色不符,我同王士瀚等人当即改正底册,内未经注明此三件玉器,俱已解京,只求查号一对。至于多出之玉太平有象玉、螭佩玉、扛头玉、花插四件,记得装贮此项玉器之匣是两面插盖、中间隔断的,此四件玉器系我们在后面槅子内查出的。想初次查点之员只就一面看了,不知后还有一槅,是以未将此四件玉器开载,为我同王士瀚补造入册解京的。"又据解员裘士麟交代,实有此件木匣业已解交。为查明提验玉器的经过,首先提审经手人高模。据此人交待:"王亶望寓所金珠玉铜瓷等物件全部贮藏在第二进东边一间房内,我同王站住于闰五月二十五日先将此项物件查清,编号封贮。二十七、八、九三日分次送看,总督看后再加总督封条交委员押回,我们共同收点归号。其余小件玉器系六月初间于西厅廊下木柜内续行查出的,总督并未提验。"又讯之王站住,据称:"查抄时院内廊下原有木柜,至六月初间始行开看,见柜内也有玉铜瓷等件,我在浙江时柜内查出的小件玉器总督实未看过。"又讯之委员朱桐等人,均供称:"上年总督提验玉器等件系高模等点交,我们送至督署花厅上当面开看,加封押回。共看过八十余件,俱系当日送回本处,高模等人验收是实。"

此后,阿桂、福长安再将王亶望米帖石刻因何不见、陈辉祖提验字画何以又无印札,且六月初九日即已查完何以迟至十二月解京尚称为时匆忙等几个问题诘讯陈辉祖。据其供称:"这米帖石刻查抄时不曾看见。我于九月札委书局训导孙丽春续行查出,共计三百余块。我因石刻尚非要件,即列入估变册内,现贮学宫。王亶望任所字画系上年十一月底查抄,物件已归类造册。后来我想起题跋内恐有触犯字样,曾将字画两箱提验,仍交委员照册点收。因字画不比珠玉等贵重物件,所以没有印札。王站住六月十二日查完物件,是笼统开报,后来续派员查点分别解京交内务府、崇文门或留浙变价。委员们不赶紧办理,我曾札催五次,至十二月内心愈加着急,一面点交解员起解,一面催造清册赶交委员,所以前折内有为时匆忙等语。"

又因乾隆帝曾在廷寄中传谕阿桂,就国栋于皇上询问上年查抄王亶望资财情节时,因何不据实面奏再审国栋,阿桂遵旨严加诘讯。据国栋供称:"上年查抄王亶望一案,造册归类我未曾经手,他们将玉器、字画等件如何抽换隐匿,我至今尚不能知道底里。至于陈辉祖受王亶望嘱托以金易银一事,我未曾据实陈奏实属该死,只求将我从重治罪。"

经过连日的审讯,阿桂等人以为此案种种弊情俱出情理之外,但陈辉祖等人因抵换之件未经查出,连日讯问供词总不足信,虽严加驳诘仍然狡饰不吐确情,实在令人恼恨,本想即加刑讯,但又因浙省司道等人密禀,以伊等自知欺罔罪重,倘或加刑仍不吐实供则此案弊情无从彻底根究了,所以才暂缓动刑。但以金易银一节陈辉祖是何主见,终究是无可遁饰的,遂又严讯陈辉祖。

阿桂诘问:塘工银两现有多余,何得托词海塘急需变易银两?又册内所载金页九两三钱,何不一并换银,又列入册内?

陈辉祖供:金页九两三钱系续在银斗内查出,未曾归入贮库金两数内。至于以金易银是上年七月之事。那时塘工款项尚未有认罚银缴来及甘省查抄各项银两归入,并无多余,这是有案可查的。

又诘问:国栋现已供出你曾向他说过查抄时王亶望曾求将金变银,何得尚存狡赖?

但是，陈辉祖只供认王亶望怕藏匿金两太多不大好看，曾向国栋说过，而于王亶望嘱托一层尚多支吾抵饰。正当阿桂等人再三驳诘逼其吐实间，又接奉乾隆帝欲将陈辉祖加以廷讯的谕旨。阿桂随即传旨严讯并反复晓谕：伊系世受国恩，身为总督，今事已败露遵旨讯问，若还敢稍存欺饰岂非自取速死。陈辉祖闻知廷讯谕旨，不禁伏地痛哭，叩头认罪，供称："上年我到闽浙总督任时，王亶望已经革职留工效力。闰五月内王亶望因甘肃监粮一案奉旨令我审问，我一面奏请将王亶望寓所资财查封，一面向王亶望查问有无寄放银物。王亶望告诉我有交杨先仪变售的金子二千余两，恐致碍目，与我变了银子罢。后来我就将他名下金子变作银两，实属罪该万死。"

阿桂考虑到陈辉祖既于以金易银一节已经供认不讳，则此外抽换弊情转属案内情节，更无庸稍有匿饰，于是再加开导令其尽行吐露，而陈辉祖总无确实供词，无奈只得会同福长安、盛住及司道等人商酌。此案各犯至今仍狡供不吐，只因未曾查出赃据才互相推诿。看来欲想将此案有所突破，只能于查寻赃据之处多下功夫。

前据盛住禀称，留变物件与底册不符者有八十余宗，于是阿桂等人调齐各卷册逐一核对，内有留变清册两本，一本系上年（四十六年）十二月间所造，内开物件尚与王站住底册相符；一本系本年（四十七年）二月所造，则盛住续行查出底册内所有物件之八十余宗于此册内全未列入。阿桂细思留变物件上年十二月既列入印册，可知查抄变价时实有此物，然而本年又删去另造印册，明系委员等人从中侵蚀。何况这两份印册全部曾呈送总督，陈辉祖断无不知之理。由此推断，上下通同舞弊情节已属显然。况且还有陈辉祖自行供出换入的蜜蜡珠系王士瀚叫仁和、钱塘两县寻来,两县因何应承出资购觅朝珠,自必陈辉祖早为属员留有"余地",所以责令"承办"。阿桂考虑到这一层,似乎审案的疑云已驱散了许多,于是他再次将浙省委员等人隔别刑讯,逐层根究,务求全案弊混之处从此水落石出。

乾隆帝于圆明园承光殿批阅了阿桂办理此案的奏折,认为阿桂抵浙后查审各犯情形甚属不妥。在回銮途中乾隆帝又将此事细思,不由发觉此中疑窦甚多:陈辉祖易金一节实为此案最要关键,阿桂刚至浙省即回奏金两并未短少,以何所见而云果然如此。李封前奏曾换金五十两,又系何项?李封现在楚省,相距数千里,安能即将金两缴出?又解交内务府亦有金页九两三钱,若不在此数内又系何人垫出?况此项金两自必有多人兑换。李封系山东人,平日尚属老实犹且买金五十两,则其余经手各员如国栋、杨仁誉等人,其所买之数自必更多,而陈辉祖更不待言。究系何人,分买若干,必有着落,全有底簿可查。一经众人分买必致零星分散,焉能一时凑巧齐到店铺之理?何以阿桂等人总未思及讯明?至此项金两该省一闻查办之信,必勒派铺户凑敛填补,甚或倒提年月,情弊何所不至?即如山东历城亏空一案亦有挪借铺户银两、倒提年月填补库项之事曾经审出,岂阿桂等人意见不及此?至陈辉祖受王亶望之请托为之易换金两,其罪尤重。王亶望贪纵婪索家资至三百余万之多,即将此数千两之金易换亦不能分减其罪,则陈辉祖担此干系,立意抽换,究属何心?阿桂亦曾向陈辉祖面问严诘乎?况王亶望系身获重罪之人,其向陈辉祖请托,如果是与司道共同审讯时,当堂嘱托断无此理,设或竟系王亶望私见陈辉祖当面求情,尤出情理之外。阿桂于此等紧要情节何以俱未问及？又如阿桂折称易金一事系仁、钱两县承办，从前屡次降旨饬禁首县代督抚买办物件，今仁、钱两县既可为总督以金易银，设总督需金，首县又可凑买送进，推此何事不可为？吏治尚可问乎？即使果如阿桂等所奏，而其听王亶望请托，委两首县兑换，其罪已无可逭。又添换朝珠及隐匿玉瓶、玉山等件皆系此案应讯情节。阿桂折内何无一语提及？乾隆帝由此断定，阿桂、福长安办理此案心存成见，有意开脱陈辉祖，竟欲先将易金一案审明无弊，其余各款亦必曲为掩饰，含糊完结。恼怒之下，乾隆帝于十月十三、十四两日连续降旨申饬阿桂、福长安："朕于盛住初奏时原不疑及陈辉祖，后因确有证据不过欲究明此事，以为辜恩欺罔者戒。阿桂、福长安日侍禁近，朕之办事岂尚不知，而乃以此等伎俩巧为尝试！朕岂易欺者乎？设阿桂、福长安不能办理妥当，审讯确实，朕不妨将此案解京亲鞫，无难得实，伊二人又将何颜对朕？再本日伊龄阿（系两淮盐政）奏，上年即实有风闻陈辉祖于办理王亶望、查抄物件一案，杭州城物议沸腾。此事隔省尚有风闻，阿桂等人身在浙省审办此案，岂竟毫无主见。阿桂优养相度欲博宽厚之名，而福长安又少不更事，随同附和，竟欲以虚词入告，试思朕岂易欺乎？著传旨严行申饬，并著逐款一一应答，迅速讯明据实复奏。阿桂等人接奉此旨务须各秉天良，逐一严讯。毋得仍前瞻徇回护，自取咎戾也。"

阿桂、福长安于十八、十九日接到乾隆帝申饬谕旨，十分惊惧，二人立即表示："臣等日侍禁近（整日侍奉在皇上身边），具有天良，今奉命查办此案事关重大，吾皇至圣至明，非惟臣等不能以虚词掩饰，亦断不敢预存成见，自蹈罪愆。"考虑到虽经一个月的审讯究诘，终因涉案各犯早经彼此串供，众口一词，毫无破绽,至今未获突破性进展,阿桂等人已深深感到此案非笼统勘问所能究其底里的,于是就将案内要款暂缓审讯,将其不甚经意之处,譬如留变物件查出印册二本,估价先后不符、物件多寡互异,其中弊情既有根据,可以由此层层根究,以期全案由此破露。于是,阿桂密令道员德克进布、周克开会同臬司王杲,先提看守之委员官役等人设法推究,隔别盘诘。初据刘大吕供出王士瀚曾取箱笼一节,随提讯王士瀚与刘大吕当面对质。王士瀚这时已无从狡赖,便逐次供出别情,因而彼此牵连,不但估册中经手短少物件各犯均一一供认不讳,就是于金两如何销售,以及陈辉祖提验玉器、字画等弊情均节节追究,渐露端倪,继而全案尽破。在十一月初二日呈给乾隆帝的密折里,阿桂等人奏报了他们审明陈辉祖私抵抽匿王亶望查抄财物案情的全部经过:

"当时,臣等督同司道将案内各犯切实严讯并调齐案卷详细检阅,查出上年查抄王亶望资财系于六月十三日查完,而六月二十日后藩司详报抄出王亶望资财清册内仍开载有金两,此后因何改作银两,为根究此节提审经手各犯,讯知上年闰五月间因甘肃监粮案发,陈辉祖奉旨审问王亶望,并奏请将其寓所资财查封。经王亶望告知有金二千七百七十两,作十五换半定价,交与仁和县杨先仪变缴海塘公项。王亶望恐金多碍目,求为变银,陈辉祖遂听从王亶望请求。因金两已提贮司库,于国栋禀见时将王亶望嘱托之语告知国栋,国栋依允,所以将杨先仪缴回之金并抄出王亶望寓所金一千九百余两概照十五换半定价改易银数,列入奏单。随于七、八两月将金子发交仁和县杨先仪、钱塘县张翥领出变售。两县因金多一时不能即销,挪项凑抵金价(或托同寅代销或自用部分或即挪移杂税寄存库间款项),先解司库,故本年春间两县尚各有金两存留,而王士瀚遂代陈辉祖转向张翥兑换金锭八百两送进。"

阿桂以为陈辉祖既然已取金八百两,自必有心侵用,遂又严讯王士瀚、张翥。据这二人供称,实发过银一万二千两,系由巡捕刘勋送至王士瀚处转交张翥收明。随讯刘勋此项金价发交时系何人经手,因刘勋供称系陈辉祖家人杜泰经手,复夹讯杜泰。据其供出:"今年三月,家主发出金价银八匣,每匣一千五百两,共银一万二千两,交与巡捕刘勋送到王士瀚寓所,实是有的。"阿桂等人认为此项金两不应仅作十五换半作价,今陈辉祖买金八百两,又何以只发银一万二千两诘讯陈辉祖。据供:"上年金价系牵算所有金两成色高低定作十五换半。我本年三月所买金锭成色尚好,止照十五换半发价,这实是我贪图便宜私侵换头(应照十五两半银换一两金,而陈辉祖是以十五两银换一两金的比价,遂称私侵换头),更无可辩。"陈辉祖既兑换金两,则国栋、杨仁誉等人自必纷纷肆买,杨先仪、张翥从前捏供全部系发铺户销售之处显属弊混,尤应切实根究。据杨先仪、张翥供出:"我们上年于司库领出金两,随后交库书杨士明、马在乾转发典铺、金铺销售,又自向各县分销。因金多尚未销完,国栋屡次催缴金价,我们将陆续收得银两凑缴尚属不敷,杨先仪遂挪动杂税寄库间款银一万三千九百五十两,张翥挪动何澄罚项银一万六千一百二十余两凑足,于上年十二月以前国栋任内共作五次交清。本年三月杨先仪尚存金九百两未销,因要离任就叫库书阮志本易银抵完杂税寄库。阮志本虽已病故,但各项银两现有后任知县王泰曾可讯。张翥领出金两至本年三月间亦未销完,因要卸事进京正在着急,适值王士瀚来说陈辉祖要换金子,随向我取去金锭八百两,发银一万二千两,尚存金条二百四十四两二钱,遂交马在乾易银一并凑抵何澄罚项交与后任知县鲍鸣凤接收。本年九月间上司查问金子下落,恐怕说出同寅销变多有不便,又挪动库项其罪更重,杨先仪叫杨士明嘱托铺户金禹平、朱自心在账簿内增添金数,张翥叫马在乾转托陆德聚、程景傅等人代为承认。今蒙严讯全部据实供出,若国栋、杨仁誉等果有买金之事又何必代为隐瞒呢?"

阿桂随之密令仁、钱二县交来清册详细核对,杨先仪、张翥从所供四十六年县库内杂税寄库间款以及何澄罚项均系四十七年三月后批解司库,并传询现任仁、钱两县知县,王泰曾、鲍鸣凤均供俱已接收清楚,并无短欠是实。阿桂又以陈辉祖听受王亶望嘱托易金一节既告知国栋,国栋何以并不据实具奏之处严诘国栋。国栋俯首认罪,供称:"陈辉祖先告诉我这话时我原说应该据实办理,后来见他执意要换遂也糊涂听从。本年二月,皇上面询时我未能据实陈明,实是该死,只求将我从重治罪。"

为根究陈辉祖如何隐匿抽换玉器、古玩这一情节,阿桂又提审了经手各委员官役,讯知陈辉祖先于闰五月底调验三次玉器、古玩,这时实无弊窦,那时字画亦未取进。后于十月、十一月间陈辉祖复调验玉器、古玩三次,系刘大吕、朱桐等人押送督署,发回时王士瀚、杨仁誉与刘大吕、朱桐等人开看,见玉瓶等件不像原物,知系陈辉祖留换,几人都未说破。又有自鸣钟五架陈辉祖调换二架,系刘勋押回,王士瀚等知悉陈辉祖调换,亦一并照收。字画等件陈辉祖令巡捕钱廷鼎取进,留存署内三日,发回后高模查点,记有名色不符者,如刘松年宫蚕图等数十件,亦知系陈辉祖抽换,遂按照发回名色开单造册解京。至于龙袍褂二套,陈辉祖奏单内先系短开，王士瀚、杨仁誉遂于点解物件起身时将珠绣刻丝龙袍两套留下送进督署，并将应解之马褂大呢等物列入估册，于本年三月送进督署。五月陈辉祖复又吐出海龙褂三件，王士瀚、杨仁誉用黄貂褂抵换，圆金缎、金丝缎等件改作杂锦一并列入估册，各自抽换。又因上年王亶望起解进京时，陈辉祖听受蒋全迪转求，曾给与皮衣十六件。另外，大呢乌云豹獭皮、香鼠褂统等件全是王士瀚、杨仁誉自己侵用，有心删改隐匿，一并未入估册。王士瀚又将国栋估定之一万四千余两印册减去银四千余两，另造印册申送咨部。阿桂等人认为陈辉祖所换物件必不止该犯等人供出之数，恐怕还会另有通同隐匿等弊情，于是再次严讯王士瀚等人。据其供出："我们彼时实因总督留换不敢说破，今已尽行供出，此外实在记不起了。我们查点玉器、古玩、字画均系到王亶望原住寓所查点，不比陈辉祖调入私署无人看见可以抽换。"至于应解应变册内盛藩司查与底册不符，物件内有龙袍褂两套业已送进督署，又黄马褂大呢等物七宗亦送进督署，于本年五月陈辉祖家人张诚经手发还。又给与王亶望皮衣十六件，王士瀚侵用海龙乌云豹褂大呢等物六宗，杨仁誉侵用海龙水獭皮褂、蟒袍等物八宗，此外还有于解册内更改名色解京者五宗，有原物未解现存县库者十五宗，有点解时遗失、损坏者十九宗。阿桂等再以估册两份前后估价互异之处讯问王士瀚等人。据其供称："上年初次造具估册时，本系按照底册名色缮写草册发估，所估之价不过按册估计，并未将物件看明，因国栋嫌估价太轻，自行加添未免过多，难以售变，所以两县求我于本年三月回明盛藩司，减去银四千余两，另造估册由司加印申送。"

根据各犯有关陈辉祖抽匿玉器、古玩、字画的供词，阿桂等人又刑讯陈辉祖家人杜泰、张诚，这二人所供十月、十一月调验次数全部相同。随后再讯陈辉祖，据其供明："上年十月、十一月，我又提验物件，玉器内有松梅瓶一件、玉方龙觥一件、玉碗一只、玉提梁凫一件、白玉梅瓶一件、玉蕉叶花瓠一件、玉太平有象一件、玉暖手五件，又自鸣钟二架、刘松年宫蚕图一件、山水手卷一件、苏东坡佛经一本、归去来辞册页一本、画竹墨迹手卷一件、贯休白描罗汉一件、米字手卷一件、冷枚麻姑图一轴、马湘兰兰草一轴、董其昌兰草一卷、唐寅山水一轴、明人泥金佛经一册、王蒙巨区林屋图一轴、宋旭山水一卷，全是我暗中亲自抽换，如今各件均蒙查封，数件因损坏无存，此外实再没有了。"

阿桂等人审至龙袍褂二套时，陈辉祖开始还以奏单内漏开为托词，阿桂又诘以"果系漏开，何难据实补解？王士瀚等人送进后，何以存留署内？"陈辉祖亦称黄马褂大呢等物不适用发还。阿桂诘以"三月送进，何以迟至五月始行发出？显系因事将败露，先侵后吐。又添换朝珠，何必摆在大堂令司道众人看见，明系欲抽换别项佳物，借以掩人耳目。又令委员购买朝珠并不发价，亦明知估变物件内，委员有所侵润，所以才令其出资。且多金全已换去独将金页九两三钱列入查抄单内，非有心蒙混而何？又你系原任协办大学士总督陈大受之子，而前据舒常（湖广总督）奏讯，你湖南原籍家人供称，其主不愿回籍，思欲住居苏州。岂非贪恋繁华、忘亲背本？又近据雅德奏称，漳泉台湾地方屡有拒捕夺犯之事，你身为总督，非与属员等人牟利营私，何致武备废弛若此？"面对阿桂的节节讯问，陈辉祖供称："我世受国恩身为总督，而于查抄王亶望一案时听受嘱托，又给予皮衣，庇护罪人，昧良欺弊。又与属员通同舞弊，牟利营私。前蒙降旨询问，一时糊涂，畏罪未据实自陈。及以钦差审讯，又因当着众人无颜出口。今屡蒙严诘且众证确凿，实不敢尚有丝毫狡饰。所有种种弊窦，委系孽由自作，昧良辜恩万死莫赎。"阿桂等人再三严讯，陈辉祖惟有伏地认罪，更无一字可辩。

乾隆帝获悉阿桂等人已将全案紧要弊情审明并得到确凿证据后，心情"稍为爽释"，遂传谕阿桂令其于定案后即刻自浙起程，赴山东会同查勘伊家河工程后进京，命福长安径自押带陈辉祖、国栋及案内经手各犯，速来京审办。

十一月初六日，时任闽浙总督富勒浑遵旨派能干官役随福长安押带陈辉祖及案内各犯进京，并于此后不久又将乾隆帝始终留意的王亶望查抄资财中的清芬阁米帖石刻三百一十六块，委派妥员解送京城，进呈御览。

十一月二十八日，福长安一行人历时近一个月的跋涉，将陈辉祖、国栋等钦定官犯押解至京。随后，军机大臣会同大学士、九卿、刑部遵旨开始了对该犯的讯问。问供集中在陈辉祖抽换偷窃王亶望入官之物一节：

> 诘问：你对国栋说王亶望竟无一挂好素珠，须替他换几挂好的，此事实出情理之外，查抄案件岂有预备好物替人易换之理？且既要替他换好素珠，何以又将他好玉器私行抵换？这是必无之事。
>
> 供：我替王亶望添换素珠，司道等都是看见的，实在是要借此以便遮掩抽换别样物件情弊，实不敢再有丝毫狡饰。
>
> 问：仁、钱两县竟敢借动库项垫作金价，上下通同舞弊，肆无忌惮，库项亏缺置之不问，尚有人心吗？

供：我与藩司催缴金价，当经仁、钱两县陆续交库收清，我并不知道他们有挪移库项情弊。如今据张鏊说曾将承追何澄案内罚项挪动银一万六千余两，杨先仪将契税季钞等项挪动银一万三千余两凑缴金价，俱于本年三月御事时弥补清楚，我才晓得，这就是我昏愦糊涂处了。

问：你想侵用查抄金两，既已取看，断不肯仍行发出，亦断不肯自己交出金价，这银七万余两全是因既经败露，事后弥补的了。

供：这七万余两金价实系仁、钱两县凑齐解缴藩库，并非事后弥补。现在杨先仪等俱可质讯。上年令两县领金变价时，我原要自己销用四五百两，曾向杨先仪说过。因金子现发铺户未即取进，后来又向王士瀚说我要取换金两，王士瀚送进金锭八百两，我即发价一万二千两。至于国栋所称杨先仪曾送金五百两仍行退还之处，实在并无此事，可以质对得的。

问：你于查抄官物肆行偷换，以致委员王士瀚等毫无顾忌删改估册，偷用物件，而且你与陈淮（浙省臬司）看过字画，一定是通同窃取的了。

供：我于上年提验字画，委员们送进时正值陈淮进见，留他吃饭同看，当即将原物装箱存署，次日复亲自检看，将好字画留存，另行检取署内平常字画归入箱内加封发出，并未将抽换情节告知陈淮，陈淮并非经手此案之人，实无从窃取的。

问：你听王亶望嘱托因金子太多恐碍眼，须易换银两的话，而王亶望家资至三百余万，即使多此数千两金子其罪亦不能减，何肯担此干系从井救人，且从井救人仍不能救，你虽至愚也不致出此下策。若果然是王亶望托你，王亶望系获罪看守之人，你若见他必有司道同在面前，即或并无司道亦必有家人在旁，断无你二人私自对说之理，有谁对证？明系你要买换金两，将此话对司道说，以图掩饰，况你现已买金八百两，还有何辩呢？

供：我上年查抄王亶望家产，于金两、玉器、字画等件俱有偷换，我在浙江业已供明，现将原物提来还有何辩。至于金子一项，上年查抄之后即贮在藩司库内，我想要这金子不便直对藩司说，于是假称王亶望曾向我说金子太多恐碍眼，求我给他变了银子，将这话对国栋说才将这金子发出变价。我留下金锭八百两，发给银价一万二千两。此项金子成色尚好，且短发半换，照十五换发价，于便宜之中又得便宜，实是我有心牟利，昧良负恩。

经过三天的讯问，陈辉祖案内各犯情弊已全部查实，证据确凿。十二月初二日，大学士三宝、嵇璜及尚书福隆安、和珅等人即根据《大清律例》对涉案各犯核拟治罪。

查例载：一应变卖什物若有窃换情弊，照侵盗钱粮例治罪。又例载：侵盗仓库钱粮入己数在一千两以上者斩监候。又例载：官吏增减情节、朦胧奏准施行者（即不据实参奏者）斩监候。又监守自盗仓库钱粮等物不分首从，并赃论罪；又将自己物件抵换官物者，计赃以监守自盗论。又例载：挪移库银一万两以上至三万两者，发近边充军。又例载：知侵欺盗用钱粮匿而不举与犯人同罪，至死减一等。又证佐不言实情减罪人罪二等。

根据以上律例，陈辉祖世受国恩为总督，目睹王亶望之侵贪败露理宜引以为戒，倍加廉洁自持，乃敢于查抄王亶望资财时心生觊觎，图取金锭，诡称王亶望嘱托将金易银，诡令藩司国栋将库贮发出售变，自行兑换八百两，减发价值（应以十七换定价）核计侵用金一千六百余两；并于所管浙闽两省武备废弛，遇事玩忽；及抽匿玉器、古玩、字画等项种种情弊，昧良负恩，营私废公，不法已极，应将革职总督陈辉祖照侵盗钱粮一千两以上斩监律拟斩，请旨即行正法，以为大臣贪鄙无耻者戒。国栋虽讯无侵用金两、抽匿官物事情，但以满洲世仆，身为藩司，将库贮金两听从陈辉祖发县易银，并不据实参奏；嗣蒙皇上传旨讯问，复徇隐不肯据实陈明，实为有心徇隐，应将革职藩司国栋照官史增减情节、朦胧奏准施行斩监候律，拟斩监候，秋后处决。王士瀚、杨仁誉经管查抄王亶望物件，却于陈辉祖调验玉器、古玩时明知抽换作弊，扶同徇隐，后将估定印册私自删改，减估银四千零八十两，又提出物件迎合上司并将官物私行侵用，应照监守自盗不分首从并赃论罪，计其赃数均在一千两以上，革职知府王士瀚、杨仁誉除私改印册迎合上司各轻罪不议外，均应照侵盗仓库钱粮入己数在一千两以上斩监候例，拟斩监候，秋后处决。杨先仪、张翥领金变价，虽系总督发交办理，估解各物该犯尚无侵用抽匿情弊，但擅挪库项垫交金价至一万余两之多，又随同王士瀚私改印册，且杨先仪代陈辉祖藏官物，张翥将领出金两卖给上司，到案俱不立即供明，若仅照挪移库银一万两以上至三万两者发近边充军例拟，不足示儆，革职知县杨先仪、张翥俱应从重改发新疆充当苦差。此外，革职知府高模应照知侵欺盗用钱粮匿而不举，与犯人同罪至死减一等，杖一百流三千里律，杖一百流三千里；朱桐、刘勋均应革职，照证佐不言实情减罪人罪二等，杖一百徒三年律，杖一百徒三年；刘大吕尚知畏法，应请革职免其治罪，库书杨士明、马在乾应照本官杨先仪、张蠚挪移库项一万两以上充军例减一等，杖一百徒三年。

乾隆帝于当日阅看过大学士九卿照例核拟各犯罪情的折子后，斟酌再三，下达了对涉案各犯的判决，并通过内阁传谕中外："陈辉祖身为总督于地方应办诸务不能实心实力随事整饬，于查抄入官之物又复侵吞抽换，行同鼠窃，其藐法负恩罪情尤为显著，即照大学士九卿等核拟立置重典亦属罪所应得，但细核所犯情节与王亶望之捏灾冒赈、侵帑殃民者究有不同，即较国泰（山东巡抚）之借代父赎罪为名公然勒派属员，以致通省各州县俱有亏空者尚有间。传所云南'与其有聚敛之臣，宁有盗臣'，陈辉祖只一盗臣耳！其罪在身为总督而置地方要务于不办，以致诸事废弛种种贻误，而侵盗者正系入官之物，不过无耻贪利罔顾大体，究非朘剥小民以致贻误官方吏治者可比。陈辉祖著从宽改为斩监候，秋后处决。国栋身为藩司，听从陈辉祖舞弊营私，及朕降旨询问又甘为徇隐不行陈奏；知府王士瀚、杨仁誉明知陈辉祖抽换等弊，又将估定印册擅自删改并私行侵用官物，俱按律定拟斩监候亦属适当。杨先仪、张蠚身任首县，却迎合上司意指，发交铺户买金并擅挪库项垫交金价，其罪实在于此，自应照所拟之罪重改发新疆充当苦差。其余案内各犯俱照大学士九卿等分别核拟罪名完结。今后外省官吏当以陈辉祖之见利忘义、玷辱封疆大臣之体引为炯鉴，不负朕谆谆教诫之意。"

至此，陈辉祖一犯蒙格外恩施免予立置典刑。然而一波未平一波又起，翌年二月，新任浙江巡抚福崧奏报陈辉祖惟务营私牟利，听任不肖官吏浮收漕粮，以致上年嘉兴府桐乡县办漕即有聚众喧闹之事，而陈辉祖仅以枷责完结，将知县另案参革，却不将知县李铨办漕滋事之处据实奏明，以致刁民肆无忌惮视为泛常之事，今年又发生了聚众闹堂之案；又闽浙总督奏亏空一事，闽浙两省情形大概相同；黄仕简奏，查拿台湾械斗匪犯现已获二百余人。乾隆帝闻讯后十分无奈，只得再次传谕军机大臣福隆安会同刑部堂官就浙省武备废弛、亏空累累一事提审于刑部监禁之中的陈辉祖。

陈辉祖阅看了福崧等人的奏折，惟有伏地痛哭，叩头认罪，供称："我自四十六年二月到浙江任，即闻浙省办理漕务弊窦多端，遇交粮之际吏役往往勒掯浮收，地方劣衿土棍亦多有包揽上仓、把持衙门、捏词诬控之事，所以到任后密行查访。那些平日不能实力整顿之员，如石门县邵孔诏、嘉善县刘臻，我全都先后随案参奏。又访闻嘉善县漕书曹永康及捐职州同倪光远等人平日一贯讹诈，把持滋事，我立即将其查拿究治，并奏请将该犯问拟绞决；军徒杖责各县书役数十人。访出弊端亦全部提交司道严讯枷责重惩，俱有案可查，不敢混供。上年桐乡县有皂林村乡民姚姓数人向已经交纳粮米、挈有串票之各花户私议米色难交，必系漕书勒掯，纠约十余人欲赴县向漕书争论，即被县差在那里听闻禀知该县，知县李铨将案内各犯先后拿获禀报，我因想该县李铨平日审理案件不谙轻重，恐于此事不能查究严办，随将该犯等人提至省城司道审讯。实系乡愚争较，并无聚众闹堂之事，所以将该犯等人枷责惩治。知县李铨若即行参革恐长刁民挟制之风，所以将该县平日审理诉讼不谙轻重之事具折参奏。这些是我任内办理实在情形。但我并未将办漕滋事之处指明具奏，这就是我的重罪了。"

福隆安等人将陈辉祖惟务营私牟利,全置地方事务于不问,以致浙省武备废弛、亏空累累之处全部审明,封疆大吏种种贻误实出于情理之外,遂请旨将陈辉祖即行正法。

四十八年二月初三日,乾隆帝通过内阁传谕中外,宣布对陈辉祖的最后判决:"其一味营私牟利、隐匿回护、贻误地方种种积弊不可枚举,实与勒尔谨、王亶望罪情无异。今据军机大臣、刑部堂官审明,仍照前拟请旨即行正法。陈辉祖之罪实不止侵隐入官财物,尚可量为末减,朕亦不能再为曲贷。陈辉祖本应照拟即行正法,但念伊办理海塘尚无贻误,著加恩免其肆市,即派福长安、穆精阿前往,将此旨明白宣谕、监视,赐令自尽,以为封疆大臣废弛地方者戒。"

九个月后,又到了勾到朝审官犯之时,乾隆帝详阅陈辉祖案内国栋等人的招册,细加查核,不禁再次法外施仁,给予一线生路:"国栋其罪在于扶同徇隐并不据实陈奏,究未分肥入己,且属员畏惧上司亦系外省积习,尚属可宽,是以未勾,著加恩释放,俟有新疆换班废员缺出,令其前往效力赎罪。至王士瀚、杨仁誉随同陈辉祖抽换舞弊,私改印册,且侵用官物入己,赃私俱在一千两以上,其罪较国栋轻重悬殊,本应予勾,但该二犯与国栋同属一案,国栋已邀宽典,若将该二犯正法恐外间无识之徒以朕为偏护旗员,是以王士瀚、杨仁誉俱免其勾决,该二犯罪情本重,将来虽遇恩赦不准援免。"

至此,封疆大吏陈辉祖鼠窃狗偷、营私牟利,致使地方武备废弛、亏空累累这一案中之案全部完结,涉案各犯虽邀恩宽典,但却都受到了应有的惩办。

尾 声

乾隆四十七年十一月的一天,乾隆皇帝于闲暇之际再次阅看《兰州纪略》。其中一段有这样的记载:"于贼匪苏四十三肆逆时,兰州知府杨士玑前往查办,在白庄被贼杀害……署河州知州周植因城失守,自缢身死。"看到这里,乾隆帝不由想到一年前办理杨、周二犯的案子。在甘省捏灾冒赈案内,这二人因侵蚀赈银均在四万两以上,例应斩决,考虑到其身尚在,自应按例正法,遂传旨将其子嗣发遣伊犁充当苦差。一年后的今日看到《兰州纪略》上有这样的记载,乾隆帝心中颇为感动,念及杨士玑被贼戕害,周植城亡与亡，二人都是"殁于王事"，况且从前守城时有微劳的谢桓等各犯又都全部邀恩宽宥免死发遣，乾隆帝立即传谕：著将该二犯之子已经发遣者赦回原籍，其年未及岁现在刑部监禁者一并释放。以此让那些身任地方之责者知有罪必惩，有功必禄，益当感发天良，力图报效，庶不负朕轸念微劳、格外施仁之至意。

光阴荏苒，岁月如梭，转眼十余年过去了。

乾隆五十九年（1794）六月，也就是乾隆帝归政的前一年。一日，国史馆呈进《王师列传》，乾隆帝详加批阅。王师即王亶望之父，他是雍正八年（1730）进士，历任知县、道员、藩臬，官至江苏巡抚。乾隆帝深感王师此人在巡抚任内办理地方事务"甚为实心认真"，由此乾隆帝不免忆及王师之子王亶望。十余年前，王亶望在甘肃藩司任内捏灾冒赈、贪婪枉法、侵帑殃民，实为罪不容诛；且以其一人连及众人，俱致身罹重辟，酿成巨案，不得不从重治罪，将王亶望立置典刑，并将其子全部发遣伊犁充当苦差。这样做本为惩儆贪墨起见，准情治罪，原所应得。但念及其父王师简任巡抚尚为国家良臣，若因其子王亶望贪默营私以致绝嗣，乾隆帝内心深处有所不忍。从王亶望的案子，乾隆帝又想到了勒尔谨、陈辉祖、王廷赞等人，这些人都因身获重罪而累及子嗣。于是，乾隆帝通过内阁传出谕旨："著留京办事王大臣会同刑部指出以上各案以及此外尚有类此发遣官犯及获重罪之子孙，一并查明案由，详细开单具奏，候朕加恩办理。王亶望诸人皆系朕简擢任用，因其自罹重辟累及妻孥固属罪由自取。今朕于归政以前，特沛殊恩施仁法外，让其子嗣仍得释回乡里，延其宗祀。"

二十天后，留京办事王大臣会同刑部将检阅案卷后查明的情况具奏:"王亶望有子八名,勒尔谨有子二名,陈辉祖有子一名,王廷赞有子二名,俱发往伊犁等处。可否准其释回乡里之处,伏候钦定。王亶望案内或得赃较少或有守城微劳,均荷圣慈减发黑龙江等处并云贵两广者,有侯作吴等共三十二名;陈辉祖案内扶同徇隐,奉旨免死减流者有杨仁誉等二名,核其情节皆属罪所应得,但念王亶望等首肆侵贪已沛殊恩宥其子嗣,这些官犯究缘同案牵连发遣,且在戍所均已十余年,可否准其一体查办,恭候圣裁。再王亶望案内发遣各官犯之亲子,前曾奉有谕旨,旗人不准挑补有顶戴职份,汉人不准应试出仕,亦均属罪所应得,惟现蒙旷典将罪应久戍之犯准令释回,此项因父罪连累者似应一体推广皇仁,仍许其挑差应试,但将来即有出仕,不论满汉文武概不得过六七品官职,可否如此办理出自皇上天恩。"

第二天,乾隆帝即传谕军机大臣,宣布了对甘案发遣子嗣及牵连官犯的宽释决定:"甘肃捏灾冒赈各案官犯子嗣因伊父身蹈重愆酿成巨案以致累及,该犯等早已身伏国典,其子嗣妻妾尚在可谅,均著加恩准其释回乡里,延其宗祀。又王亶望、陈辉祖案内牵连发遣官犯三十五名,前经减等治罪分别发往黑龙江等处及免死减流,本属咎由自取,今姑念王亶望等正犯子嗣业经加恩释回,此等官犯皆由王亶望等连及,俱著加恩准其一体释回,以示法外施仁至意。至于王亶望案内遣发子嗣及发遣官犯,此次均邀释回籍已属格外恩施,其王亶望案内发遣官犯之子无论旗人汉人,只应准其充伍仓粮,以资眷豢。今留京办事王大臣等请令伊子俱准应考出仕,不得过六七品官之处,办理殊属过当,著释回子嗣均不得应考出仕。"

世事沧桑,人间福祸,谁人能够料定。十几年来早已万念俱

惊回首

灰的涉案遣戍之员及子嗣,忽然在荒凉的边地接奉谕旨,无不感激涕零。"释回乡里,延其宗祀"这一天降福旨震惊了所有遣发之人。可以说乾隆帝于归政之前下发的这道谕旨拯救了一大批官犯子弟,为其重新建立新的生活创造了契机。可以预见,这批宽释回籍之人绵延数代之后必然有应考出仕之人,而其子嗣中定会有感念昔日乾隆帝恩典而矢志报效大清帝国之人。乾隆帝归政之前这一带有市恩味道的明智之举,无疑会受到人们传诵,同时也为甘省这一贪污巨案画上了令人略感宽慰的句号。

狂沙漫

—— 贩卖玉石案

祁美琴 著

引　子

乾隆四十三年八月底,即1778年秋,新疆乌什参赞大臣永贵出巡叶尔羌,此时虽是秋高气爽,但已略感寒意袭人。在永贵一行离叶尔羌还有数天的路程时,新任叶尔羌地方长官——阿奇木伯克色提巴尔第却突然出现,并言有要事密奏,永贵深感大惑不解,但觉得如此苦心远迎,他必有难于公开的事情,便驻骑升帐,宣色提巴尔第单独进帐。色提巴尔第进帐后,行完见面礼,一言未发,只是逞上一叠奏纸和值银两千五百两的五十个元宝。永贵见此番情景,也未多言,迅即打开奏纸,发现所报俱用回字(即维吾尔文)写就,色提巴尔第见状言到:"此奏俱是回众状告叶尔羌办事大臣高朴的状文,在下未敢有半点删漏,那五十个元宝是高朴行贿本官的物证,望大人明察。"永贵唤来通译,速将状文译出。看后,永贵大为震惊,想起乾隆三十年(1765)原乌什办事大臣素诚苦累回众,激发全城回众起义,占据了乌什城,后虽武力压服,但皇上严惩了扰民官吏。这对永贵来说不能不是一个明鉴。事不宜迟。参赞大臣永贵当下起草奏折,以六百里速骑直送京城,禀奏皇上。就此拉开了一场震惊朝野,牵涉皇亲国戚,损及督府要员不下百人的玉石案。

虽是冰清玉壶，难抵贪官污吏

世人都拿玉的纯洁秀美来比喻人的清风亮节。闲来读史，有君子与一块宝玉共生死的传说；有皇帝为一"和氏璧"而甘愿放弃到手的城池的史实；也有一块美玉得仙人化点，通灵转性的故事；更有多情男女以玉喻情、为情失玉、得玉丧情的诗词美文，数不胜数。惟有乾隆朝发生的这一玉石案最为奇巧，奇在只有新疆叶尔羌地区的密尔岱山出产这旷世罕有的特大宝玉，才生发出这段让后人百读不厌、回味无穷的玉石案;巧在玉终为有灵之物,断不能为贪婪凶残之人所得,这似乎成了所有美玉的"金科玉律"。

再说乌什参赞大臣永贵的奏折,于乾隆四十三年九月十六日送达,从新疆边陲到北京万里之遥,骑马跑半个月不算慢了。当日乾隆帝就看了奏折,此奏折是揭开玉石案的第一份文字材料,是玉石案展开的最初线索。

永贵在奏折中首先叙述了色提巴尔第呈上的回文字书的内容。叶尔羌阿奇木伯克(伯克乃地方官名)色提巴尔第向奴才永贵密呈回文字文书,经简译看得:皇上施龙恩让他当了叶尔羌的地方官,但自五月二十六日到任后,得悉侍郎高朴(高朴当时以兵部右侍郎衔出任叶尔羌办事大臣)贷买物品不付钱款,却让部众摊派支付;采挖玉石时,多派人夫,隐藏所得玉石,串通江南商人贩卖玉石。在巴尔楚克村的开渠引水工程中,他派伊什罕伯克阿布都舒库尔督办,水未引来,却谎报已引来水,高朴保奏其引水有功,赏给三品顶子,将阿布都舒库尔之弟阿布都拉赉则斯提升为五品伯克,并把阿布都舒库尔衙门内的一个皮匠和一个银匠保给顶子。高朴与阿布都舒库尔朋比为奸,盗采贩卖玉石,滋扰回众;贿赂色提巴尔第,要他派一亲信随同去密尔岱山,一次给银两千五百两。色提巴尔第屡劝高朴无效,又不敢直接向皇上进折,万般无奈,才密呈于本官。附带他们贪污款项的清单。

奏折的另一部分内容则是向皇上禀奏了他自己对上述指控的判断和准备采取的措施:奴才永贵细想,高朴荷蒙隆恩,是委以边陲重任之人,凡事即便谨慎办理,尚不能仰报万一,而他却

虽是冰清玉壶，难抵贪官污吏

惟利是图，向回众购买物品不付钱，多采玉石串通商人盗卖，保给未效力之卑贱匠役赏翎戴顶，为伊什罕伯克谎报有功，加级赏顶。如系属实，则高朴辜负皇上的隆恩。现叶尔羌地方正值采办玉石之际，此案若等候请示钦差大臣办理，则命下之前，高朴一旦发觉，必授意其亲信伯克、头目、家人攻守同盟，不招实情，或唆使商人远逃躲避，势必拖延时间，阻碍办案。现奴才永贵巡视地方恰到叶尔羌一带，再行数程就可抵达。奴才准备到后，即暂令高朴停职离任，委派干员看守，并将其所有物品封存不动。案内商人、心腹家人、伯克、头目等，应看押者看押之，应拘捕者拘捕之，彼此隔离，将色提巴尔第控告各款，逐项究审。高朴若招认，奴才即行严加治罪，奏请皇上明鉴，遵旨而行。如若情实，而高朴拒不招认，搪塞推诿，则当拔去高朴翎顶，与同案犯一并严行质审。另外，奴才准备摘去高朴所掌印信，代办地方事务，采玉之事与色提巴尔第一同办理，必不扰累回民。最后永贵又言明，这几份回字文书之清字译稿，皆为草书，若待缮写工整，恐怕耽误时日。

乾隆帝在九月十六日看完这份奏折，朱批到："尔如此果断办理，未曾料到，可嘉。此事想必属实，另有旨。钦此。"

放下这份奏折，乾隆帝陷入了沉思，他首先想到的是高朴乃出身包衣世家，竟如此辜负朕对他的信任。这里我们需要多说几句的是有关包衣与满族皇室的关系。入关前的满族社会是以封建家族为核心，实行庄园式的领主统治，包衣即作为主人的家仆，从事所有主人们需要和要求的服务性劳动。随着努尔哈赤家族的强大和清朝的建立，皇属包衣这一满族特有的阶层和组织逐步演化为专门为清朝皇室服务的内务府，而包衣世家就成了内务府的中坚,并往往扮演皇帝心腹的角色。高朴的祖父高斌历任直隶总督、吏部尚书、河道总督,晚年官至文渊阁大学士加太子太保。高朴的父亲高恒历任天津总兵、两淮盐政、总管内务府大臣,但高恒由于接受盐商贿赂事发,乾隆三十三年(1768)被斩。不能说有其父必有其子,可是恰巧十年后,其子高朴又犯下如此重罪,就连乾隆帝也在看完永贵奏折后发出的上谕中写到:"高朴乃高斌之孙,高斌在世时,不知造何孽,其子孙皆蹈重罪,实属费解。"不仅如此,乾隆帝尤其想到的是高朴是他最宠爱的贵妃慧贤皇贵妃的侄子,无论如何这事对贵妃娘娘是个刺激,使她在朕面前左右为难,一方面为自家出了如此有负皇恩之辈而脸上无光,一方面毕竟血浓于水而使贵妃不知该不该替这个不争气的侄子说句话,这种情景是乾隆帝所不愿看到的,当然他更不希望皇贵妃真的会在他面前为那个该死的家伙说话,这将使他对慧贤贵妃的好感大打折扣。想到此,乾隆帝即传谕旨:著福长安(侍卫内大臣、尚书)前往京城,会同金简(工部尚书、户部侍郎)、喀宁阿(刑部侍郎),严查高朴家产。高朴在叶尔羌所获物品皆交其沈姓家人送回,著将该家人严加究审外,并将有名管事家人逐一严加究审,查抄什物,不得稍有遗漏。惟高朴如此肆意妄行,为人告发,理应审辩,亦不可不辩。即朕欲加恩慧贤皇贵妃而施恩于高朴,亦不能矣。

在中国历史上的贤明君主中,乾隆帝可算是最辉煌的几个之一。所谓封建专制制度其"专"就专在"朕即国家"上,皇帝乃"受命于天"而君临天下。其实这种"绝对的权力"与其说是封建皇帝施展统治权术的条件,不如说是把皇帝本人的各种劣根暴露无遗的最佳保证。因此,历史上的各种各样的昏君数不胜数,贤明之君却少得可怜,就是因为作为皇帝,他们之愚、之残、之贪、之昏、之狠毒、之好淫,等等等等,都得到完完全全的发挥和显露。像乾隆帝这样的以国为重、自我节制的委实不多。我们这样说,当然是有一些根据的,从处理高朴一案便可窥见一斑。

就在上面那道圣旨发出后,乾隆帝忽感坐卧不安,他想,祖辈建立大清国是与蒙古结盟,稳定北部疆域分不开的,新疆乃屯兵戍边之重地,稍有不慎,极易激起少数民族不满,酿成边疆不稳之大患。此时,他猛然想起十三年前(乾隆三十年)南疆乌什城爆发的回人起义,就是因乌什办事大臣素诚平时滋扰苦累回人,肆意妄行,致使回众暴动,占据乌什城,素诚畏罪自杀,驻阿克苏副都统卞塔海率兵攻城,又被回人击退败走,不得已只得派伊犁将军明瑞率兵前去镇压。他记得自己当时在处理这件事情时,尤以维护各民族关系、稳定边疆局势为重,所以降旨道:"乌什回人一事,实由素诚等狂纵妄行,以致激成事变,及纳世通之妄自尊大,凌辱回众,卞塔海之轻率攻城,败走掩饰,均为法所难容。"最后将素诚等抄家治罪,卞塔海、纳世通军前正法才算了结。现高朴在叶尔羌又借采挖玉石苦累回众,强占勒索,勾结地方官盗卖玉石,此事如不严惩,一方面必使回人不服,埋下不稳之祸根;一方面易使其他地方官产生错觉,更加肆意妄行。再者高朴既是旧臣之后又是皇亲国戚,大臣们办案必有所畏惧,如若我不下明确旨意,定会影响大臣们究审案情,秉公办案。不能,决不能姑息这些在边关重地坏我大清的乱臣贼子。但高朴在叶尔羌如此大胆妄行,为何以前未见参奏,只是在新任叶尔羌阿奇木伯克色提巴尔第上任后才向乌什参赞大臣告发,这必与前任阿奇木伯克鄂对和其他地方官们有干系。想到此,乾隆帝觉得自己前边发出的圣旨有些分量不足,话没说透。乾隆帝立即唤来廷记拟就第二道上谕。

在这第二道圣旨中,乾隆帝略带自责地承认,高朴犯案"此实系意外之事",这样的话出自皇帝之口就等于说:我用人有误,识人不清。这对臣子们来说就要感到万般惶恐和该死了。乾隆帝本人首先排除了因个人恩怨而故意陷害的可能,"此事并非永贵与高朴不和,亦非色提巴尔第与伊什罕伯克不和,看来皆实有其事",充分肯定了乌什参赞大臣永贵"亲往拔去高朴翎顶究审"的先斩后奏的行动"甚是"。为了打消臣下们的顾虑,乾隆帝下了一道死命令:"高朴系慧贤皇贵妃之侄,然伊如此妄行,朕难欲顾念贵妃,亦难稍事姑容。犹如朕并未宽免其父高恒之事,即可知晓矣。著将此寄信永贵,务必秉公究审。俟审属实,一面具奏,一面即在彼处将高朴正法。"这决不能说是皇上无情无义,乾隆帝也担心,如果高朴押回京城究审后再正法,一方面会使当地回人对朝廷不信任,一方面也会引起高朴家人四处活动而干扰办案。既严惩高朴,与此案有干系的其他官员也决不姑容,"淑宝身为在彼处协同办事之人,高朴如此妄行,伊不能不知,竟不敢具奏,而色提巴尔第尚敢向永贵呈文控告耳。如此故作不知,乃何故耶?伊之罪亦为死罪也"。乾隆帝这时也开始反思高朴案发前的一些举动。原叶尔羌阿奇木伯克鄂对活着的时候,未闻有任何具奏,而且他们似乎关系甚好,鄂对去世后,高朴曾保奏鄂对之子鄂斯曼为叶尔羌阿奇木伯克,朕未允准,而改派色提巴尔第。显然,这对揭发高朴一案是最关键的举措,否则,高朴与地方官串通一气,肆意妄为,还不知要酿成多大的乱子,"久而久之,则又如同素诚逼迫乌什回众作乱,关系重大"。乾隆帝虽在任用高朴上有不慎之处,但在任用色提巴尔第上又十分英明,可见,其用人决不是唯亲唯近是用,所以"高朴身为钦差大臣到彼处办事,反为色提巴尔第控告,即便将高朴正法,朕亦自愧。总之,朕料理一切事宜,皆持大义而行,毫不袒护何人。永贵知此,惟当秉公审明此案,火速奏闻"。

这道旨由六百里加紧谕令送走后,乾隆帝始觉有些放心。但这件事几乎占满了他的脑子,无论如何不能使他安心去批阅其他奏折,索性推开手边的折子,站起身来,踱出养心殿。此时正值初秋,天高气爽,一派畅阳。他环顾左右和下面的侍卫、太监,心中忽然觉得好像这些毕恭毕敬的奴才们都是在装出一副恭顺忠诚的样子,都是怀抱个人目的欲讨得他的信任。乾隆帝此时已执掌朝政四十三年,他对身边手下大臣们的各种心理应该说是了如指掌,他始终以自己的宽容和善用来调动和协调大臣们的能力和关系,而不是像他父亲雍正那样以严厉和果决使臣子们尽心效力,不敢怠慢。他一直认为自己的作法是更合乎情理并且是成功的,但今天他忽然对自己的行为原则产生了怀疑,对自己一贯信任的那些近臣们产生了怀疑。这种思虑的出现使乾隆帝心情烦闷。

实际上,乾隆帝的烦闷心情不仅仅是因为高朴一案被揭发出来,而是有着更深的一层原因。乾隆帝临朝已四十余年,所取得的宏图伟业是以前各朝无法相比的,当然这是基于先辈们创下的基业,但乾隆帝历经康熙、雍正两朝,其治国方针和用人策略充分吸收了康雍时期的经验教训,将雍正朝已经开始的相对稳定和发展趋势给予保持和促进,终于形成了"康乾盛世"的局面。但到乾隆朝后期,朝政腐败、官场倾轧日甚,对乾隆帝来说突出的感觉就是参奏各级官员的贪污腐败、徇私枉法的奏折越来越多,而且官阶越来越大,这使他百思不得其解。他想知道,在朝政宽和、物产弥足的情况下,吏政为什么反倒如此下滑。用今天的理论观点来看,中国封建社会的历史发展到清代已走到了它的尽头,新的社会发展的萌芽也以各种潜在的形式出现并对旧的社会产生破坏作用,这种社会变革的趋势是任何一个明君所根本无法扭转的。此外,中国历代王朝的更迭都免不了最终"气数已尽,江山易主"的结局,这是因为它依然承袭了此前封建专制制度的基本内容。所不同的是,清代以一个北方少数民族入主中原,给腐朽的中国封建社会带来一些"新鲜血液",正如欧洲历史上日耳曼人给腐朽的罗马帝国注入了一股"新鲜血液"一样。但是,"野蛮的征服者总是被那些他们所征服的民族的较高文明所征服,这是一条永恒的历史规律"。马克思的这句话放在这里还是十分合适的。当然乾隆帝不可能站在历史发展的必然性的高度去认识这个问题,他只是在痛苦地思索,只是在企求获得一种中国历代王朝的皇帝都想方设法获得的"永保江山"的秘诀。当然,没有这样一个秘诀,相反,倒是有一个王朝更迭、江山轮转的铁定规律,这就从根本上注定了他们努力的结局必然是悲剧性的。越是明君,其后世带给他的悲剧色彩越浓。乾隆帝就是这样一个人物。从康雍中兴到乾隆盛世,乾隆帝扮演了一个达到高峰并开始下落的双重角色。但是,在历史必然性之外,我们还是应该肯定封建皇帝实施的维护国家统一、民族团结、改善人民生活和生产环境的举措。乾隆帝处理高朴一案就是以维护边疆地区稳定和民族团结为出发点的。他的确难以想象叶尔羌回众的不满态势发展到何种程度,高朴犯案的严重程度和背后是否还有其他原因。乾隆帝又回到养心殿，拿出永贵的奏折和色提巴尔第的控告信细细地看了起来。

第二天，即乾隆四十三年九月十七日，又一道圣旨传给侍卫内大臣福临安、大学士阿桂、工部尚书金简和乌什参赞大臣永贵。经过一夜的思考，乾隆仍觉昨天两道圣旨只是就高朴一案本身下达的处理指令，没有把其他涉案人员的处理意见说明。所以，第二天的这第一道圣旨，一开始就强调高朴诸罪，经审属实，即将高朴在彼处就地正法。然后，圣旨写道："兹经详思，伊什罕伯克乃帮同阿奇木伯克办事之人，高朴欲扰累彼等回众，伊理应谏阻，而阿布都舒库尔却怂恿高朴扰累回众。可见伊必从中渔利，情实可恶。倘不严惩示儆，则其他伯克均皆仿效，于地方回众甚无裨益。若阿布都舒库尔实从中渔利，俟审明后，一面具奏，一面召集回众，将阿布都舒库尔与高朴一并正法，并将其妻孥拿解送京城，其子侄等则恩免解送。如此，回众始能心服而畏法令。再，其弟阿布都拉莱则斯、什胡勒伯克果普尔等，皆为随同附和阿布都舒库尔之人，亦应分别治罪，以为众戒。"

此时乾隆帝已看到高朴犯案决不仅是高朴和阿布都舒库尔二人所为，没有叶尔羌原地方长官阿奇木伯克鄂对的纵容和包庇是不可能的，但由于鄂对已经故去，暂时没有进一步追究。但乾隆帝对边疆地方官与朝廷派驻官员互相勾结、肆意妄行的行为深恶痛绝，"我朝用兵戡定之地域，受害于几名无知之辈，以致瓦解，殊属可惜"。的确，康、雍、乾三朝都用兵准噶尔，直到乾隆二十五年（1760）清政府才彻底平息了准噶尔部的叛乱，统一新疆，加强了行政和军事管制。最后，乾隆帝认为，高朴当初奏请开采密尔岱山玉石，就"显存多采偷卖之意"，但那三名江南商人为了获利,竟敢"串通钦差大臣,借采办官玉之名,派人多采,惟利是图,目无法纪,亦应严加治罪。经永贵审明属实,著将伊等发遣伊犁,作为官兵之奴。其玉石财物皆抄没入官,以为贱商之戒"。

这一步一步的继续深究,反倒使乾隆帝开始意识到问题并不仅到此为止,三名江南商人如何能把重达几百斤的整块玉石运到江南,这途中万里之遥、关隘重重,玉石又是朝廷封禁盘查的重点对象,没有官方发的护牌或地方大臣的准许是根本运不出去的。高朴出身包衣世家,从其祖父、父亲到叔父、舅父以及故友至交,都多为身居要职的官员,如当时的两江总督高晋是高朴的堂叔,江宁织造基厚是高朴的表兄弟,淮关监督寅著是其父的至交,苏州织造舒文是高朴家的故友。这些人会不会和高朴倒卖玉石有关系呢?高朴如此大胆将朝廷严禁的玉石长途贩运到江南,必能获暴利,为此他必用银两贿赂途经各省关卡,而且其数额一定是很大的。高朴贿赂新任叶尔羌阿奇木伯克色提巴尔第的条件是:派一个人随同进出卡伦(即检查站)一次给银两千五百两。只是因为色提巴尔第告发,这件案子才揭发出来。而在此之前,这些官员有多少卷入此案,他们受了多少高朴的银两?这简直令乾隆帝不愿继续往下想。这几年他对官员们普遍的贪污受贿有所耳闻,但只要不参奏到他这里,或不至于给地方政务造成影响,他总是睁一只眼闭一只眼。后人在总结乾隆时期的功与过时,其功甚多,其过有二:一是贪官问题,二是农民土地问题。可见贪官问题成了乾隆帝的一大过失。

乾隆时的贪官问题集中表现在中、后期,这是由于当时国家的长期安定和经济文化的较大发展,使乾隆帝志得意满,开始松懈下来，也不严肃"察吏"了。最具代表性的就是他破格提拔和珅，而和珅在军机大臣位上窃取权威、贪赃枉法、广植党羽、排斥异己，居然形成了一个相互勾结的左右朝纲的"和党"，这不能不与乾隆帝听之任之有关。从乾隆二十年（1755）的中期开始直到乾隆晚期，二品以上大员的贪污案就连续发生，如山东巡抚乐舜、云贵总督恒文、陕西巡抚和其衷、浙江巡抚福崧、闽浙总督伍拉纳等，约二十余人均被处死。这不能说只是一个偶然现象。

高朴一案之所以引起乾隆帝的极大重视，关键原因在于此事发生在叶尔羌地方，民族关系复杂，一旦发生激变，一方面容易造成连锁反应，一方面给境外早就觊觎我国西北边疆的沙俄以机会。在清朝，康熙曾两次西征，但未能彻底根绝准噶尔部的分裂倾向。到乾隆时，他意识到只有加强中央政权在新疆的作用和驻兵屯田才能确保边疆的稳定，所以，在新疆地区建立适合民族区域特点的办事机构并派驻办事大臣。同时，加强与沙俄接壤边境的戒备，"我国与俄罗斯所有交界之处，俱应暗中警惕，加以防范。卡伦地方必须仔细留意，断不可轻视"。因为，沙俄一直企图在中国的新疆地区扶植一个亲俄势力，达到蚕食我国西部边疆的目的。在乾隆二十年，新疆准噶尔首领阿睦尔撒纳叛乱失败后，逃亡俄国，沙俄认为他是侵占中国领土的有力工具，企图日后扶植阿睦尔撒纳东山再起。清政府几次严正交涉，沙俄拒不遣返。乾隆帝明确降旨道："俄人窝藏阿睦尔撒纳，盖存日后图伊犁之念矣。"所以坚决要求俄方遣还人犯，直到乾隆二十二年（1757）阿睦尔撒纳患痘死于俄国托波尔，清政府两次派员验证尸体，确认无误，方才作罢。乾隆三十六年（1771），在土尔扈特蒙古回归祖国的问题上，乾隆帝与沙俄之间又进行了一次针锋相对的斗争。在沙俄堵截失败后,迁怒清政府,并发出战争叫嚣,清政府给予坚决回答:"尤属恶劣,此亦系尔俄罗斯欲破坏和好耳。或征战,或友好,皆看尔等如何动作。"沙俄还不断派兵深入我国领土,建房、立栅,企图强占我国领土,乾隆帝派官兵将俄罗斯所建房屋、栅栏全部拆毁。乾隆帝的一大功绩就是遏制了沙俄的侵略野心,稳定了中央政府在新疆的统治。乾隆帝在世半个多世纪,未与沙俄签订任何丧权辱国的协定,与他稳定民族关系,加强边疆力量的政策有很大关系。这些历史原因使乾隆帝觉得高朴一案不论牵涉多少官员,一定要追查到底,严肃处理,以为后戒。所以,在九月十七日第一道圣旨发出后,乾隆帝又发出了第二道圣旨。

这份圣旨除了发给办高朴一案的四位大臣以外,还发往直隶、河南、山西、陕甘各省督府,哈密、辟展、喀什喀尔、库车、乌什地方办事大臣。谕旨说道:"把玉石自叶尔羌运至内地,处处俱有关隘盘查,商人图利,藏带小块玉石偷过者,尚属有之。今以数百斤重玉石竟至携带行走,俱系地方大臣官员日久懈弛,不以事为重所致。"因为,稍大块玉石官运尚且费力,今高朴何以将每块重达数百斤的玉石运至内地。所以,乾隆申斥道:"伊等所查者何事?"严令"所有高朴差往京城家人,不拘行至何处,务必将人物一并拿获,委派干员作速解京,断不可致令逃脱"。

就在这第二道圣旨发出后,乾隆帝又唤来廷记拟就了第三道圣旨,他担心第二道圣旨谕令地方太多,恐耽误时日,使高朴差遣贩玉和回京的家人闻风藏匿,便给直隶、山西、河南、陕西、甘肃各督府直接发出一道圣旨,特别强调以五百里谕令告之上述督府:"高朴曾遣家人进京送回银两诸物,其家人既已在途中，恐闻知高朴之事，将银两诸物件沿途寄匿或乘机据为己有而潜逃，俱未可定。所以，谕令各督府飞饬各关口下属，留心盘查，如有高朴家人过境，即行锁拿，并将随带物件严查没收，委派精干人员一并解送京城。"

在收到乌什参赞大臣永贵奏折的两天内，即乾隆四十三年九月十六、十七日，乾隆帝就发出五道圣旨，从每道圣旨的内容来看，一道比一道深入，一道比一道严厉，反映出乾隆帝对高朴一案的认识也在不断加深，对处理高朴一案的态度也在不断明确。我们从对当时当地的历史和现实的介绍中就可以感到，高朴一案的影响绝不仅仅是一个一般的贪污案，也不同于一个内地督抚要员贪赃枉法，而是一个关系新疆边陲的安危，关系到边疆各民族团结的案子。用今天的观点来看，就是这个贪污案背后有相当的政治影响。乾隆帝作为一个英明君主，特别是作为一个北方少数民族入主中原的皇帝，他对西北边疆的少数民族的特点和习性了如指掌，对明代和清初西北地区民族战乱不定的状况十分熟悉，再加上乾隆帝经过两次亲征新疆，平定准噶尔部叛乱，他对新疆各民族之间复杂和敏感的关系有更深的体会。由此可以理解乾隆帝在处理关系到边疆安稳的重大问题时，他为什么如此谨慎，又如此坚决，为什么对当地少数民族实行宽大和安抚政策，而对商人和官吏却严惩不贷。乾隆帝的长远战略使中国的西北边疆趋于稳定，中央集权的封建国家制度在这些地区也逐步完善。清代奉行这种政策的突出表现，就是土尔扈特部不堪忍受沙俄的欺压，历经千难万险，回归祖国的壮举。这是我国民族史上可歌可泣的英雄事迹，是中华民族凝聚力最强有力的证明，在世界民族史上也属罕见的伟大事例。这也就难怪乾隆帝借高朴一案,整肃新疆吏治,惩治贪官,改善和加强中央政府在新疆各少数民族中的影响。可以说,这是乾隆帝处理高朴一案的积极和正面意义。

乾隆四十三年九月十八日,也就是接永贵奏折的第三天,乾隆帝在发出五道圣旨后,稍感放心,便与知晓此案的几位最贴近的廷记商讨永贵奏折中的一些细节问题。有人提到:现乌什参赞大臣永贵为究审高朴一案而滞留叶尔羌,并代办叶尔羌办事大臣之职,而现乌什反倒无人。这的确是一个必须解决的问题。乾隆帝责令通译明天必须把随永贵奏折一起呈递上来的回文字控告书译出,即色提巴尔第呈递给永贵的回众控告高朴的状子。这份状子十分详细地记述了高朴勒索、敲诈、收受贿赂和每次采玉肆意驱使苦累回众的数目。当天,乾隆帝又给四位办案的大臣发了一道圣旨,强调:朕曾经接连降旨,令其秉公确讯矣,以平息因高朴苦累回众而激起的不满。高朴一案理应速办,而乌什事务亦繁,永贵势难久停叶尔羌。所以,寄谕永贵,著将高朴案内应讯人犯均在彼处迅速究审,遵照朕前两次所降谕旨办理。究审办理的结果一面由六百里加紧驰奏,一面即返回乌什。叶尔羌办事大臣由和阗办事大臣玛兴阿接替。

乾隆四十三年九月十九日一早,色提巴尔第呈递的回文字控告书译出来了,乾隆帝宣大学士于学敏进见,商讨如何进一步追究与高朴一案有干系的人员。根据回文字控告书,乾隆帝向不同办事部门和官员分别发了五道圣旨,以期把高朴一案的来龙去脉彻底搞清楚。

乾隆帝首先谕令永贵对高朴和伊什罕伯克阿布都库舒尔盗卖玉石所得款项要严加究审。看来高朴早有盗卖玉石之心,从他奏请开采密尔岱山玉石起,他就已经在贩卖玉石了。高朴贿赂色提巴尔第,派人一次就拿出两千五百两银子,可见其贩玉石获利巨大,而伊什罕伯克阿布都库舒尔却只得两千腾格普尔(一腾格普尔值银一两),"伊系与高朴通同作弊之人,何乃反少于给色提巴尔第塞口之数,其赃数必不止于此"。

第二道圣旨是发给四位办案大臣的。乾隆谕令永贵:高朴不能即行正法,留与诸人犯对质,等弄清案情后,再依照前次谕令就地正法,查清串通高朴倒卖玉石的商人共贩玉几次、运往何处、如何过卡、数量多大。伊什罕伯克阿布都库舒尔怂恿高朴扰累回众,贪赃枉法,著永贵将其与高朴一并正法,以儆效尤。

第三道圣旨,乾隆帝想说明他为什么准高朴开采密尔岱山之玉,是皇上"为敷使用,方准开采二次",高朴乘机盗卖,而且动用了大量回人劳力,不给工钱,实属可恶。所以,派色提巴尔第看守密尔岱山,严禁采玉,"若有使用密尔岱山之玉处,经朕降旨调取,再行开采"。乾隆帝在看了回文字控告书以后,深感此案重大,"此案倘若色提巴尔第不告发,永贵不具奏,久而久之,再有一年半载,回众被害,皆失生计,必将招致如同乌什之事件,事关重大,高朴、阿布都库舒尔肆意累我朝用兵戡定地域之百姓,实为可恶。兹将译出回文字书寄于永贵,所有文内事项,著严加刑讯高朴和阿布都库舒尔"。在这道圣旨中,乾隆帝特意对永贵和色提巴尔第加以褒奖,"永贵果断办理此案,甚属可嘉,色提巴尔第据实呈告,更属可嘉"。

第四道圣旨是发给陕西巡抚和陕甘总督的,谕令对从甘肃嘉峪关和陕西潼关经过的所有贩玉商人即行缉拿,严加究审并将人、货解京。这道圣旨把与高朴有关和无关的商人全都包括了进去。因为,从色提巴尔第的控告信看,密尔岱山玉的盗贩情况十分严重,这并非从高朴奏请开采以后才出现的,在前任叶尔羌伯克鄂对时就有,而且当地大小官员都有涉嫌。所以,乾隆帝估计,凡从上述关隘经过的贩玉商人不与高朴有关,也与叶尔羌有关,尽行缉拿,严加追查,一方面对贩卖密尔岱山之玉的商人是一个打击,断了他们以此生财之路;一方面可能会获得一些更有价值的情况,便于搞清高朴一案。

第五道圣旨是发给查抄高朴在京家人的大臣,谕令"务将高朴盗卖玉石始于何时,均卖于何人,获得多少银,榨取回众物品带回家否,均系何物?"要向高朴家人讲明,此乃高朴所为,与家人无关,但如若隐瞒,一旦叶尔羌方面查出,则罪更重大。到此为止,四天内乾隆帝共发出了十二道圣旨,谕令各路大臣严办高朴一案。

这可以说是玉石案的开场白,虽说这个开场白长了一点,但这是与当时信息传递速度有关系的,我们必须时刻想到他们最快的"传媒"是马。现在从北京到新疆的喀什,火车需要三天到乌鲁木齐,然后还要乘一天的汽车。或许正由于这种客观原因,那时人办事的思考过程和决定时限不那么急,不像今天,一个电话过去谕令"就地正法",那边就开始办了,等你发觉有点问题时,恐怕已回天无力。当然,乾隆帝的圣旨按当时的速度来说是用最快的方式发出去的,所以我们的开场白也就是用"马"的速度进行的。但在我们仍然叙述乾隆帝旨意的时候,四位负责办理高朴一案的大臣正奉旨查抄高朴家,不过,消息传到皇上那儿已经是第二天,即九月十九日。

乾隆帝查抄高朴在京家产的谕令下达后,正巧督办此案的总管内务府大臣金简去了通州（今通县），而皇上著令他与阿桂、福长安和喀宁阿协同办理，其意在考验金简，因金简与高朴同为内务府人又是远亲，皇上讲"此案朕所以委派金简办理，特念伊素能办事。金简为内务府佐领下人，高朴原亦为内务府佐领下人，倘若金简稍有偏袒徇情之处，则难逃朕之洞鉴也"。所以，快骑即往通州把金简召回。到九月十八日下午，查抄高朴家人的行动才开始实施。四位办事大臣金简、福长安、阿桂、喀宁阿率一队京城禁军直奔高朴家，先将前后门封住，以防知情人逃跑。高家乃世袭官宦，且在京营造多年，家产颇丰，偌大一个宅院，光房间就有一百一十三间，住有家人八十余口，不包括下人和仆役。金简与高家常来常往，关系甚密，但这次却是奉旨前来抄家，心中感觉甚为复杂，而且，这突如其来的事变，也使他担心高朴从叶尔羌带给他的礼物被别人发现。但圣命难违，他只有抛开情面，秉公严查，才能遮人眼面，保住自己的乌纱和性命。

此时，高家的守门人一看这等阵势，急忙奔向府里，向老夫人禀报。众人一听早已慌作一团，但老夫人毕竟历经大事，甚至可以说是久经考验。自己的丈夫在两淮盐政职上，因收受盐商贿赂而被处死，她都挺过来了，面对突然事件她的头脑是清醒的。但她对今天的事变心中没有实底，虽说对儿子高朴从叶尔羌往家中捎回钱物有所耳闻，但现在家中平日事情和一切开销均由儿媳主持，她并不知其详情，但她想今天这事定与儿子高朴有关。

金简等四位大臣在侍卫们的簇拥下来到大院内，这时老夫人已站在中庭台阶上，金简一见，并未止步，一直走到台阶下，但毕竟是同属包衣出身且沾亲带故，金简先拱了拱手，然后正色厉言道:"奉皇上谕旨查抄高朴家产,所有人员集中在大院内,不得随意走动。"话还没有说完,老夫人身子晃了晃,旁边的侍女急忙扶住。金简回头看了一下其他三位大臣,命令道:"扶老夫人回屋,其他人不得走动。"随后,金简、喀宁阿指挥人马逐室搜查,把所有查抄出的物品搬到院内,逐一核实,登记造册,然后装车拉走。阿桂、福长安负责审讯有干系的人员。

先说大学士阿桂一行人马,他们据永贵奏折中提到有一个姓沈的家人,正从叶尔羌返回京城,此人就是高朴最信任的管理钱物的管家。所以,当所有人员集中在中庭大院后,他们首先质讯有无姓沈的管家,查实没有,便将现院内管家顾本、长生二人带到一旁单独审讯。据称:从高朴去叶尔羌后,只差家人王七一人回来一次,随后就又回去了,所有家书都是托顺路人带回的,而且每次带回的信件直接交与老夫人,他们下人并不知详情。

正在这时,金简、喀宁阿过来,他们从高朴妻子那里搜到高朴寄回的家书三封和寄回物品清单,四人急忙来到一旁细细读来。原来,共有四个高朴的家人参与了高朴贩玉一事,他们是沈太、李福、常永和侍卫纳苏图,现沈太是在叶尔羌还是正返回京城不清,但信中提到李福已被差到南方办事年底才能回来,常永随纳苏图携带物品已离开叶尔羌,正在返回京城的途中。但据家人供称:纳苏图先期到家,将家信带回,随后就已离开京城返回叶尔羌,而常永因故滞留后边,还未到。四位大臣商议,这几个人都是携带金银玉器回来,"实为要证",应人赃俱获。但现在高朴家产既已被查抄,恐这几个人中途有所耳闻,"转有逃匿寄顿情事",纳苏图离京刚刚几日,行途不会太远。当下,阿桂派快骑追回纳苏图,命令兵部员外郎阿彰、阿德,身揣密令,立即起程前往山西、陕西,一路沿途探听截拿高朴家人。然后,四位大臣逐一查对高朴家人带回物品清单。

忽然,喀宁阿拿着自己手中的单子停住了,眼睛转向金简,其他人感到大感,过来一看也都愣住了,在一份单子上竟然写着送给金简几件玉器的记录。金简心中虽然明白,但在这种场合被人当场拿到证据,他也没有想到,一时不知如何是好。喀宁阿这个人,正如乾隆帝派他随金简一同办此案时所说的"喀宁阿为人正直,无论如何亦不随从",所以乾隆帝当时已经想到金简与高朴俱为内务府佐领下人出身,又过往甚密,恐其办案不公,才派喀宁阿协办。现不出乾隆帝所料,喀宁阿质问金简道:"这是为何?说说清楚。"金简此时想,事已至此,再隐瞒只能是更糟。于是说道:"我与高朴乃同为内务府人,且为远亲,他托人带与我几件玉器,并不违理。高朴在叶尔羌的所作所为,我金简并不知晓。但今天的事,我会亲自奏明皇上,叩请降罚。"既已如此,其他三位大臣就依金简所言,由他自己亲拟奏折,并把高朴送与他的玉器一块呈给皇上。此事按下不说,先说他们按清单查抄高朴家产。

在庭院其他屋内查出了一些珍贵裘皮和细软,但没有发现密尔岱玉器。在搜查高朴妻子的卧室时,查获大量绝好的上等密尔岱玉器,与清单基本相符。四位大臣不敢怠慢,严密监督,细细清点,整整用了一个晚上才清理完毕。第二天,连同其他查获的物品,一并运至户部贴标造册,然后呈报皇上。在此之前,阿桂先进宫将查抄情况口头向乾隆帝奏明。

乾隆帝得知查抄情况后,对阿桂从速派员追捕李福、常永、纳苏图三人给予褒奖,"所办甚是,即此可见阿桂之善于办事"。

但当他得知从高朴家中查出大量密尔岱绝佳玉器以后,龙颜大怒:"今高朴家内既查金珠玉碗等物,与色提巴尔第所开之单约略相彷,其事断非虚妄。阅单内开载玉碗甚多,且其家信并云系极好者。高朴每次所进玉器不过几件,又俱甚平常,今乃以佳者留藏家内,即此一端亦可见其天良丧尽矣。"皇帝贵为天子,一切世间珍奇、所有的荣华富贵当然都属于他并由他先来享受,而作为臣子把好的留下,次的送给皇上,他当然觉得这种行为是天大的不道。这样一来,乾隆帝更是下决心要把所有贩卖玉石的人犯拿获,把贩卖出去的密尔岱玉器追回。这其中自然也与乾隆帝有收藏美玉的狂热癖好有关,这个问题留待后面再叙。根据抄到的高朴寄回家的书信,乾隆帝连颁圣旨,指挥各路办案大臣。

九月二十日这天,乾隆帝连下了四道圣旨,第一道圣旨谕令速派人员前往江南和进京各必经关隘,一路缉拿高朴家人李福、常永、沈太和侍卫纳苏图,一路查获贩玉的江南商人,并将人犯物品一起从速解京,"著阿桂严加刑讯,令将高朴数年来贪赃作弊之事和盘托出,勿令稍有讳饰"。

第二道圣旨主要是针对高朴欺扰叶尔羌回众,恐酿出祸端,"此事幸早败露,否则,再有一年半载,必肇事端。进而思之,高朴等所犯之罪,更不可宽免"。虽然乾隆帝连降圣旨将高朴严加究审正法,其家产也抄没入官,但当地受到高朴勒索和征调采玉的大量回众却未得安抚,所以乾隆帝谕令永贵查清高朴等勒索回众之腾格普尔,然后动用彼处钱粮,照数偿还。同时晓谕回众:"你们都是皇上的属民,多年蒙受皇恩,安居乐业。今得知高朴等百般额外苦累尔等,圣心极为不忍,特降仁旨,查明尔等被勒索之数,动用官项予以偿还。"但是,乾隆帝要回众知道,不仅仅是高朴贪赃枉法,欺扰你们,如果没有你们的伊什罕伯克阿布都库舒尔惟利是图,怂恿高朴,亦难到如此严重的地步。这样一种提法,就可以将高朴犯案的原因与当地地方官联系起来,淡化因高朴犯案给中央派驻官员带来的恶劣影响,减轻回众对满族官员的不满和愤恨。由此可见乾隆帝在处理这件事情上的良苦用心。"大皇帝赏罚分明,秉公办理,毫不袒护。高朴欺扰回众,我从严治罪,阿布都库舒尔怂恿高朴欺扰你们,我也从重治罪。不存在偏袒哪一个民族官员的倾向,以后再无胆敢扰累回众之人。所以,你们自当感激皇恩,安居乐业,勿再妄兹事端,辜负皇上隆恩"。

第三道圣旨,著令永贵把高朴在叶尔羌的帮办大臣淑宝看押究审,因为乾隆帝认为此事让色提巴尔第告发,给朝廷带来很大的被动,淑宝久为叶尔羌帮办大臣,从前曾任布政使署理巡抚,并非阅历浅薄不知事情轻重之人。高朴若勒索回众少许物件,隐匿行迹,他或许不知,"今高朴如此肆意扰累回众,色提巴尔第尚不堪忍受,向永贵控告,淑宝岂可诿为不知!"倘若知而不奏,他必与高朴一起扰累回众或伙同高朴分赃,所以淑宝也不能轻饶。不过这道圣旨不必专传,放到传送给永贵的报匣之内,顺便捎去。通过像类似这种细节,我们也可以看到乾隆帝在办理此案时是如何区分轻重缓急的。

第四道圣旨是发给两江总督、江苏巡抚的,说阿桂已命令派员缉拿高朴遣往江南的家人李福,但皇上在查看高朴家信时发现"尚有办事的熊先生今年冬底也可到京等语",乾隆帝判定姓熊的就是李福去江南将要接头的商人,办完事情以后和李福一同来北京,所以谕令将熊姓商人缉拿,与即将拿获的李福一并解京,但途中要分别看押,勿让其见面而"串供"。

乾隆帝把这四道圣旨口谕完了以后,廷记于学敏迅速抄好,又呈乾隆帝看了一遍,圈画后,遵照谕旨以不同的路径和方式分别发出。这一整套手续办完后,怎么也需要半天时间。乾隆帝在此后,方才细细看金简的奏折和查抄高朴家所获物品、玉器的清单。

其实,乾隆帝对金简与高朴一家的关系心中十分清楚,在这种情况下派金简办理高朴一案,一方面说明皇上对金简的信任,一方面也给金简一个自责的机会。一旦金简让别人参奏,皇上也不好说什么了。只要金简明白事理,自觉向乾隆帝上奏自责,皇上是准备宽免他的。因为,乾隆帝十分喜爱像金简这样精通汉文的满族亲信大臣,而且金简素来办事稳重,又是出身内务府世家,是为皇上管理宫廷事务的极好人选。对这样的人乾隆帝一般是多加爱护的。金简出身正黄旗,但初在汉军中服务,可是金简勤奋好学,智勇双全,被赐姓金桂氏,乾隆初期授内务府笔帖式,乾隆中期升任内务府总管大臣、户部侍郎、镶黄旗汉军副都统,还充任《四库全书》副总裁,编纂《四库全书汇要》,后以功升工部尚书、镶黄旗汉军都统。所以,当乾隆帝看到金简的自责奏折后,既没吃惊更没震怒,相反心中暗暗想金简已知朕意。金简的奏折也很简单,"训勉有加,感激微微忱,莫能言喻。奴才与高朴不但同系内务府人,并关亲谊。现在查出高朴家书单内有寄奴才物件,现存家内。而上年冬间尚有寄奴才玉扳指二个、小玉镜一个,不敢隐匿。奴才仰蒙皇上天恩,至深极厚,只知上图报效,岂敢稍涉瞻徇,况高朴身犯重罪,即骨肉至亲,亦不能稍为隐护。奴才至愚,何敢自取咎戾,如有丝毫私情,实自难逃。圣明洞鉴为此谨"。

金简这份奏折虽然言语不多,但字里行间透露出诚惶诚恐、忠心不二但自觉自信的形象,乾隆帝要的就是金简的这个样子。看完金简的奏折,乾隆帝只在上面批了三个字:"知道了",就把折子放到了一边。

乾隆帝此时急想看的是阿桂回京面呈的高朴从叶尔羌偷带回家的密尔岱玉器和所列清单。乾隆帝要一件一件细细欣赏。这些玉器的确都是稀世珍宝,从每一件玉器的名称上我们都能想象出它的精美与价值。为使读者有一个形象的印象,我们在这里举出一部分玉器的名称:

  妙青玉葵花秀碗一个　　　　海蓝玉海棠双耳碗一个
  葱白玉莲盘一件　　　　　　白玉镶宝石花瓶一件
  葱白玉六马阵图一件　　　　葱白玉菊花盘上有盖子花托中五件
  葱白玉凸花如意一件　　　　葱白玉有花玉锁链双耳镂花壶一件
  葱玉双耳钟一件　　　　　　葱白玉有花双耳加盖樽一件
  镂花白玉套盒一件　　　　　碧玉凸花碗一个
  青玉净水钟一件　　　　　　墨玉有耳加盖钟碗一个

加上其他各式各样的玉器一共是八十四件。另外,还有银鼠皮衣三百二十件,羊羔皮七百二十张,皮棉单衣二百四十八件,绫罗绸缎六十八块,金银铜器八十三件,房地人口契纸五十九张,但只查出金钱五吊,没有金银。

乾隆帝在看这些玉器时的心情是十分复杂奇特的,他对精美玉器的喜好超过历代帝王中的任何一个,也正由于这个原因,乾隆朝时才会有产玉之地向皇上专门进贡稀世玉器的事由,才会出现这种独一无二的玉石案。说他此时心情复杂奇特,一方面是他在欣赏每一件精美玉器的时候,被这些艺术品所吸引而忘掉它们的来历;一方面他转而想到高朴竟然把这些本属于他的宝物私藏于家中,欣赏的喜悦便不由得被怒气所取代;一方面他暂时耽于重新占有这些宝物的快乐之中而细细把玩,一方面他又想起为这些珍宝玉器,在叶尔羌回众中不知种下多少的怨恨。乾隆帝就是怀着这种纷乱的心情一边看一边想,高朴在叶尔羌时间并不长,居然贪到如此多的金银财宝,可见其欺诈回众、倒卖玉石到了多么严重的地步,而且,如果没有各处官员的袒护和高朴给的贿赂,他也不能这么容易。必须把所有的赃款赃物追回来,才能断了他们的贪婪之心;必须把所有与高朴贩玉有干系的官员查清并给予惩罚,才能起到惩戒作用。所以,高朴家还要彻底搜查和侦讯,防止家人藏匿和隐瞒。乾隆帝谕令再严查高朴家,从查抄出的金银玉器来看,与高朴在家信中所提数目基本相符,但没有抄到高朴前后捎回家中的近两千两金银,他不相信高朴家中没有金银。

九月二十一日,四位办案大臣又一次来到高朴家仔细查讯,在此期间高朴家一直由刑部派员看守,高家主要人员也被软禁。他们事先根据高朴在家书中提到的一些线索,把高朴胞弟高械、常永之弟常贵作为重点审讯。他们先将高朴之弟高械带上来,问到:"高朴从叶尔羌托人捎回金银玉器给你,是否有大块玉石托你卖出?"高械回答说:"我兄去叶尔羌后,除寄给我绵绸袍料一疋,玉扳指一个,银五十两外,并无别的任何东西,如有隐匿甘愿认罪。"其他管事家人也具供,高朴捎回的银两都用以购买房产和抵还债务了,常永之弟常贵更是口口声声说"不知情,冤枉"。四位大臣认为常永是高朴三个贴身心腹家人之一,其中沈太负责把在叶尔羌搜刮到的金银玉石集中起来,李福负责前往江南与江南商人联系贩玉,常永则负责叶尔羌与京城的往来联系,而常贵又是高朴京城家中的管家,他应该对高朴从叶尔羌带回的物品最清楚。于是,他们决定对常贵的屋子进行重点搜查,掘地三尺也要把银子找出来,遂吩咐押上常贵径直往常贵院内走去。

常贵本来心中有鬼,一见此番情景自然心里发慌,两眼四处乱看,表面上也不像先前那么老实,但屋里院外搜了个遍,也没有发现一点蛛丝马迹。金简来到屋内又仔细看了一遍,他用脚在屋子地下的每一块砖上都踩了踩,常贵一见,脸色骤变,这个情景没有逃过金简的眼睛。他吩咐挖地寻找。兵卒们找来锹镐,就在屋内掘了起来。把地砖挖起来后,在靠近门边的东墙下,挖出一个木箱子,常贵一看事已至此,急忙跪下,如捣蒜般地磕起头来,口中连连喊道:"大人饶命,大人饶命。"金简命令把箱子打开,从里面拿出五十两一个的大元宝二十五个,四十两一个的大元宝饼五个,五两重一个的锞子十三个,一共是一千五百两,还有一些小件的密尔岱玉器。金简对常贵厉声说道:"大胆奴才,你家主子已触犯王法,皇上已降旨将他撤官查办,尔等执迷不悟,想犯上抵赖不成。"常贵连说不敢,据实交待:今年六月一个姓德的侍卫从叶尔羌捎回常永带给常贵的一个箱子,内有银子一千两及皮统等物。八月又有纳侍卫带回箱子两个,内有银子一千二百两和其他一些小件玉器。这二千二百两银子我已私下用去了三百余两,另外,在通州买地用去了近五百两银子。我住在主子大院后街,十八日听见前院查抄我主子家产,我就急忙将银子埋在屋内地下,这些银子是我兄弟的还是我家主子的,我真的不知道,只是叫我好生收藏。金简想,这些银子或许是常永所贪,而高朴托人带的银子还没有带回,因为高朴信中提到李福随同纳侍卫即将回京,而只见纳侍卫回来即又返回,所以,可以肯定还有李福、常永携银子在路上。

随后,四位大臣命将高朴管家押来审讯,并把往来账目与高朴所提银钱数目一一核对。高朴到叶尔羌后,捎回第一笔银子是一千五百两,其中在涿州购买土地用去八百余两,赎回典当物品用去三百多两,年底还米账银二百两,剩下的贴补家用了。第二笔是把江南一个姓熊的商人用来捐买官职的三百六十两银子据为己有,后姓熊的又捐加级封银一百四十两,高朴也未上交,留下私用。其余就是金银玉器和珍贵皮统等物。高朴在寄回的家信中所提李、常二人带银子回来,一直未见。但从账上看,高朴到叶尔羌后,除了在通县买地之外,还在北京城内购置房产两处,用去银子三千九百两,这些银子是高朴派人从叶尔羌回来直接兑付的。可见高朴在叶尔羌勒索、贪污、贩玉的数额有多么大。

四位大臣命把管家押下,将高朴之弟高械带上审讯。高朴有两个弟弟,一个就是高械,另一个叫高杞的在山西交城县当通判,但高朴素与高杞冷淡,与高械交好。但高械交待自高朴出差到叶尔羌后,只给他捎回绵绸袍料一疋、玉扳指一个、银五十两外,没有别的东西。但四位大臣关心的是高朴是否把大块玉石偷运回京,交与高械和高朴的堂侄双庆贩卖,这也是皇上最关心的事情,如果真有这等事情,就必须立即追查线索将玉石追回,而且,其家人也就罪上加罪了。高械和高朴的堂侄双庆俱供:只有上述这些礼物,绝没有大块玉石捎回,而且,我们都别居他处,与高朴家院相隔,他家的事情我们并不详知。金简言道:"你家父亲高恒虽犯死罪,但皇上并没有连累子辈,而且高朴官至侍郎。现高朴犯案,如你们不具实招来,一旦高朴坦白或别处查出,就成重罪。"高械与双庆坚持原供。

四位大臣商量了一下,先将高械二人带下,唤高械的管家审讯。金简对他说:"你家主人已经招供,现与你的口供核对,如有半点误证,你家主人的性命就难保了。"然后问道:"高朴从叶尔羌给你家主人寄回不少玉器,据实交待。"管家答道:"其兄高朴是给我家主人寄回一些玉器,十九日听说高朴家大院被抄,我主子就将这些玉器匿藏在院里花池中。"又问:"可见有大块玉石?是否将大块玉石卖出?"管家回答:"未见有大块玉石,也没有见主人卖过,我说的句句都是实情,高朴寄来的玉器也有原账可查。"四位大臣商量认为,管家之言可信,决定先将今天的人犯和赃物清点押回,同时,分出一路人马前往高械家起获匿藏玉器。

等两路人马汇合后,阿桂等即迅速拟就奏折,向皇上禀奏查办情况,并奏请皇上迅速下旨,加紧往江南和山西、陕西、甘肃派人缉拿高朴家人和江南姓熊的商人。从高械家中获得玉器计有二十余件,还有一些珍贵的新疆特产皮张。九月二十二日,乾隆帝看完阿桂的奏折后,连发三道圣旨,谕令阿桂等四人继续追查高朴在京家人和所有与高朴案子有干系人员。给两淮盐政伊龄阿下旨道:"高朴之父高恒曾任两淮盐政,且扬州行盐商人均系其父旧时熟识,故遣李福前往访该处售卖玉石,著令伊龄阿严查李福和江南商人,一经查获即将人犯物品迅速解京,不得有误。

伊龄阿与高朴同系内务府人员，倘稍有隐饰，也当其咎。"在给两江总督萨载和江苏巡抚杨魁的圣旨中，乾隆帝谕令萨、杨二人在镇江和苏州密查熊姓商人和高朴家人李福，一旦拿获立即将二人隔离押送京城。乾隆帝还谕令山西巡抚巴延三、陕甘总督勒尔谨、陕西巡抚毕沅和高朴堂叔两江总督高晋严查高朴贩玉途经各处未觉之罪，先行自责。由此引出了一大批幕后人物，使追剿高朴家人和江南商人的情节更带有神秘色彩和戏剧性。

乾隆喜玉，玉却无情

高朴扰累回众、盗卖密尔岱玉石一案被揭出来以后，上至乾隆皇帝，下至百官群臣，闻之无不感到震惊。乾隆帝在谕旨中几次提到："高朴贪渎负恩，若比较其父高恒尤甚，不能念系慧贤皇贵妃之侄、高斌之孙，稍为矜持。"所以，乾隆帝在处理高朴一案时，果断迅速，严追不怠。当然，这其中还有深层次的原因：

一是乾隆朝后期，贪污腐败日盛，社会风气每况愈下。任何事物当他发展到他的顶峰的时候，其实也就是他衰落的开始。清朝经过康熙、雍正两朝的安定和发展，到乾隆朝达到了全盛时期,但也正因为如此,统治集团中创业发展的精神开始减弱,享受安乐之风盛起。乾隆帝虽为一代明君,但他好大喜功,特别是对自己信任的中上层官吏的贪污腐败行为采取了纵容的态度。最典型的就是乾隆三十七年,他破例提拔毫无才干的侍卫和珅,并迅速提升到军机大臣的要职上。而和珅执政二十余年,窃取威权,贪赃受贿,广植党羽,排斥异己,形成一个相互勾结的庞大的"和党"。乾隆帝对此却听之任之,甚至还处置了弹劾和珅及其党羽的正直官员,无形中,乾隆帝就成为贪污腐败势力的保护人。如果因此说乾隆帝昏庸无能,显然是片面的,不中肯的。就拿高朴一案来说,乾隆帝也是想借机严罚贪官,整肃政绩,起一种杀一儆百的作用。乾隆帝在谈到高朴一案时,曾承认此案发生并非偶然,"皆由平日吏治因循"所致。他曾愤愤指道:"官官相护,恶习固结不懈,实为可恨。"但用今天的观点来看,这种征兆正所谓封建主义制度开始走向没落,是一种制度性的、结构上的痼疾,是无法避免的。

二是高朴一案发生在新疆少数民族聚居的地方,而且,从康熙一直到乾隆屡次西征,才将西北疆界稳定下来。清朝政府把新疆置于中央的直接领导下,对新疆的政治平稳和社会安定给予极大的关注,高朴竟然敢在"我朝用兵戡定之地"肆意妄为,真是撞在了枪口上。就从这个原因来看,高朴也是一个目光短浅、急功近利的小人。其实,高朴得到重用就是他在乾隆帝面前"检举"别人开始的。乾隆三十九年七月的一天,高朴闻知太监高云从把皇帝对各道府优劣的记载泄露出去,而且高朴的几位好友,左都御史观保和侍郎蒋赐启、吴坛,当着高朴的面议论记载优劣,高朴第二天就奏报皇上,结果,观保被革职,高云从被诛杀。乾隆帝曾为这件事下旨道:"此案高云从以下贱太监肆无忌惮,岂可不亟为整饬,以肃纲纪?但不屑因此遽兴大狱,故将高云从即行正法,不复一一穷治,岂观保等所能狡词幸免乎?若自知身获重愆,朕加恩不为穷究,感愧无地,尚得谓之稍有人心,至若无知之徒闻之,妄以观保等为无辜受诬,且以为高朴为小人多事,则是观保等良心泯灭殆尽。若众人因高朴具奏此事,私心衔恨,计图巧为倾陷,则自取其死岂能逃朕之洞鉴?若高朴以此沾沾自喜,遂因而高兴多事,则属器小易盈;或高朴因此事已显其公正,不复自知谨凛,肆意妄为,转自营私舞弊,则高云从即其榜样。朕亦不能曲为宽贷也。"从这段话看,就好像乾隆帝已经知道高朴的未来一样,三年后高朴就犯案了。高朴其人实属"器小易盈"。

三是乾隆时期在政治、经济、文化上取得的发展,使乾隆帝志得意满,他当然认为天下一切珍奇宝物都归他所有,应该供他享受。特别是乾隆帝对珠宝玉器极为喜好,想方设法、不惜人力物力寻觅珍奇异宝。在中国的玉器发展史上,乾隆朝可以说是具有特殊历史地位的时期,其主要原因当然和乾隆帝喜爱玉器有必然的联系。此事说来话长。

满族作为生活在我国东北地区的少数民族,有自己独特的传统文化和习俗,在满族入关以前,他们的社会发展水平是比较落后的,而且与汉族的来往也是有限的和局部的。在入关后,作为一个庞大的发达的中华封建帝国的新的统治民族,客观上要求满族必须学习和接受汉族的传统和文化,而且,满族统治阶级也充分意识到这个问题的重要性。但是,真正理解汉族传统和文化的皇帝始于乾隆帝,真正在实践中把满汉传统融会贯通、应用自如的却只有乾隆帝一人。他喜爱历史悠久的、博大精深的中原文化,自然更加喜爱反映和记载这一古老文化的物品,所以乾隆帝对前朝留下的珍奇异宝以及书籍文物十分爱恋,尤其对精美玉器达到了迷恋的程度。乾隆帝对玉器产生迷恋的原因,恐怕还要从玉器在中国传统文化中所具有的独特的意义和价值方面去理解。而且,要想对这一清代奇案有深入的理解,对中国玉器必须有一个简单的了解。

我们知道,世界上有许多国家和地区都有玉石出产,其中不乏拥有悠久历史的国家,如印度、墨西哥及中亚一些国家。在这些国家中也使用玉器,如玉石饰件、陈设品,但远远没有一个国家能够像中国使用玉器如此广泛,对玉的喜爱可以达到崇拜的程度,这是因为在传统的中国人心中,玉不但有灵性,还兼有神性和道德的意蕴。

目前所知,中国最早的玉器大约是在河姆渡文化遗址出土的,该文化属新石器时代早期,距今约7000—8000年左右。在新石器时代中晚期的诸多文化遗址和墓葬出土中,玉器已经不是少见的特例了,而是遍布大江南北。通过对这个时期玉器的历史考察,我们可以肯定,玉器的出现是与当时人们的自然崇拜和稍后出现的宗教意识有关。由于这个时期在人类发展史上属于从蒙昧时代到文明时代的过渡,人们的思想观念仍停留在对变幻莫测的自然现象不理解的自然崇拜的水平上,"万物有灵"的意识是这个时期人们思考周围一切事物的基本特点。所以,对玉这种质地细腻坚硬而又美丽无比的石质,自然而然地把它看做是具有某种神性、灵性的化身,其中蕴藏着超人类的力量和意志。于是,人们对它顶礼膜拜,而玉器自然而然地被用来作为礼器,如玉琮、玉璧等,就连用玉雕刻的龙、猪、鸟等动物制品也同样被作为礼器来看待,将它们视为人与天地神灵之间沟通的"中介"用具。另一方面,由于崇拜而产生的祈福心理,也使一部分玉石被加工成装饰品,佩戴于身上的某一部位,以求福佑。当然,也只有少数上层统治者和祭司们才有钱和权力佩带这些珍贵的饰物,如酋长、首领、祭司、巫等。当然,随着历史的发展,玉器的礼器和通神的作用下降了,但从文化心理学上看,玉器产生时的这种作用却作为深层次的文化心理而积淀在玉器的价值和欣赏心理中。直到今天,一些旷世奇玉仍给人们一种高深莫测的感觉。我们把玉器的作用大致分为三个方面:一是礼器和神物崇拜,二是祈福避邪,三是欣赏和财富。虽然这三种作用在不同的历史时期和地区偏重不同,但基本上它们是并行发生作用的。

中国传统文化观念赋予玉以极高的精神内涵,因而,玉在中国传统文化意识中扮演着极其重要的角色。玉之所以有如此深厚的精神文化内涵,与从春秋战国一直到汉代对玉器使用礼制化、规范化有关,使玉器带上纯粹精神、道德的意味。最有代表性的是东汉许慎在《说文解字》中对玉的品性的"五德"说,他认为:"玉,石之美,有五德。"第一德是"润泽以温,仁之方也",这是从触觉角度说玉石温软中和,不冷不热,不虚不假,是为仁方面的象征;第二德是"理自外,可以知中,义之方也",这是从视觉角度说玉不仅外观美丽,而且玉透明,可以直观其内,表里如一、坦白自然,是为义方面的象征;第三德是"其声舒扬,专以远闻,智之方也",这是从听觉角度说玉敲之,其声不仅优美,而且专以传达远方为其特点,能有如此功能的自然发声物恐怕还是极为少见的,这是玉的长人之处,是为智方面的象征;第四德是"不挠而折,勇之方也",这是从玉的质地上说玉不是弯曲以后才折断,而是不弯就折,志刚意猛,勇往直前,是为勇方面的象征;第五德是"锐廉而不技,洁之方也",这显然是从赏玉人的想象来说玉的纯洁和清廉是自然而然得到的,不矫揉造作,没有人工斧凿之痕,是纯洁方面的象征。

从对玉的五德的阐述中我们可以看出,在中国传统文化观念中,玉具有着多么崇高的地位。时至今日,玉器之所以依然被人们所喜爱,其中除了玉的欣赏和收藏价值外,玉带给人的精神娱乐和性情陶冶也是一个重要的原因。当然,在乾隆帝生活的那个时代,玉器作为祭器和皇帝生活的必要用具,也是玉器得以繁盛的一个重要原因。在中国封建社会,祭祀和皇室用具都有特别的规定,尤其到了清代,这两项事情要求更是繁琐和铺张。这是中国封建国家政权的一个主要特点。所谓祭祀包括很多内容,如祭天、祭地、祭祖、祭山、祭神等,这些祭祀都表现了人与神灵渴望交往,祈神保佑的愿望。那么什么器物担当祭祀用具最好呢?正如我们前面说到的,玉作为人与神沟通的天然"美石"而被人们所崇拜,自然,祭祀重器的首选就是玉器,像玉琮、玉璧、玉环、玉圭等等,几乎所有祭祀器皿都要用得上玉器。玉器的另一个重要作用,就是用来殓葬。清代皇族一类的人埋葬时都陪葬大量的珍贵玉器,这一方面是因为他们认为玉可以防腐,保护死者的身体不受侵害;另一方面就是等级和财富的象征。

应该明确一点的是,自唐宋以后,特别是明清两代,玉器的作用主要集中在装饰性和观赏性上,这一方面是由于玉石开采的规模、地区扩大,产量增加;一方面是由于社会财富的总量增加了。它的直接结果就是社会对玉石总量的需求增加了,民间对玉器的购买力和保有量增加了。在清代就表现为江南豪门巨贾对玉器的大量购买和收藏。所以,才有高朴把新疆密尔岱玉贩往江南,牟取暴利的缘由。这当然与新疆出产独特的玉石料也有一定关系。

在中国虽然产玉石的地方不少,如河南南阳出产的南阳玉,辽宁岫岩县出产的岫玉等都非常有名,但新疆玉却占据着首屈一指的地位。清代一位名叫陈性的人,写的一本《玉纪》中曾这样说道,新疆玉"体如凝脂,精光内蕴,质厚温润,脉理紧密,声音洪亮",新疆玉是制作玉器的上佳之材。过去根据《山海经》和《穆天子传奇》等书的记载,以为新疆玉石是从商周时候才开始使用的,但随着良渚文化遗址和墓葬中大量玉器的出土,发现其中一部分玉器的质地就是新疆软玉,这就使新疆玉石使用的最早年代上推到新石器晚期,距今五千年左右。所以,新疆玉石在中国玉器发展史上占有极其重要的地位。需要注意的是,新疆玉石的开采、使用量最大的却是在清朝,这是因为,一方面清朝对新疆的统治得到加强和巩固,一方面统治阶级对新疆玉器的喜好和需求加大。一些清代著名的巨型玉器就是用新疆玉制成的,如"大禹治水图山子"、"会昌九老图山子"、"携琴访友图山子"、"碧玉大盘"等。据古代文献记载,新疆玉主要产于和田地区,根据现代矿物分布调查,和田玉主要分布在昆仑山麓及其河床之中,产玉的地点一般在叶尔羌河、密尔岱山、玛尔湖普克山、玉龙喀什河、喀拉喀什河、阿拉玛斯山等地。新疆玉质地坚硬、细腻,分山玉和籽玉两种。山玉多产于密尔岱山,一般矿料较大,现故宫所藏几件大型玉山所用之料,都取材于密尔岱山玉。籽玉产于河床之中，但实际上河中之玉也是生自于高山之上，被冰川水冲刷，裹挟到下游河床中，所以质量更优，但个头较小。

问题是乾隆时，为什么专产大块玉石的密尔岱山玉备受青睐呢？这还要从纵横两方面予以说明。从纵的方面说，中国玉器发展到清朝初期，似乎走入了一个停滞阶段，因为中国玉器的形式风格经过秦汉以前的古朴自然，到秦汉时期的恢宏狞厉，再经历了唐代几百年的奢华壮丽，到宋明两代，已达到从自然到精美的发展道路的顶峰，就是说，玉器在造型的精制美丽上，在当时的生产水平条件下，确实是已达到前代无法相比的程度。这也就是说，到清代，玉器造型的发展只有两条路：一是模仿，二是求大。所以，清代的玉器有两个特点：一是以大为美，巨型玉器作品突出；二是模仿作品居多，大量的玉器加工作坊模仿以前玉器作品的形式进行批量生产，使民间玉器保有量大增。从横的方面说，乾隆时期，经济发展，物产丰富，边疆趋于稳定，为玉器的大量生产创造了社会条件，尤其是乾隆帝喜好巨型玉器，喜好收藏前朝著名的玉器作品，而这在皇权占绝对统治地位的封建社会中，他们的价值取向和宫廷爱好绝对促进了清代对玉器种类和形式的追求，决定了对玉石材料的需求。

根据有关专门研究玉器发展史的材料得出的结论：清代玉器的材料主要来自新疆和田和叶尔羌，只有少量采用岫玉和南阳玉等。这与一般其他朝代所产玉器的材料来源比较复杂的情况不同。据研究认为：一是与清代行政区域远达新疆，新疆直接受控于清朝政府管辖有关。二是与清代玉匠对玉石材料的认识进一步提高，在长期的实践中对玉石材料优劣的区分经验有关。

就是说，新疆叶尔羌产的玉石材料体积大、质量好，清朝政府又可以直接采挖，所以，才会有叶尔羌办事大臣高朴盗采贩卖玉石这种奇案。

在前面的一章中，我们说到在乾隆帝一道道圣旨的严厉督检下，各路办案大臣不敢怠慢，飞饬有关总督、巡抚、道台，严密查访所涉案犯。因此，几乎有三件事情在同时进行：一件是追捕前往江南苏州、扬州贩卖玉石的李福等有关人犯，一是前往陕、甘缉拿从新疆押运玉石回京的高朴家人常永等人，还有一件事情就是在叶尔羌的乌什办事大臣永贵对高朴的审讯和处理。为了能让读者更清楚地了解案情的发展，我们先从事件的发生地叶尔羌开始，记叙永贵是如何对高朴进行审讯和处理的。

高朴胆敢在叶尔羌如此肆意妄为，除了身为朝廷直接委派的办事大臣，权重势大，又是皇亲国戚这一原因外，还因为原叶尔羌阿奇木伯克鄂对原先就与高朴有交往，鄂对就是用这种方法敛财的，只不过是谨慎小心，在数量规模上不敢闹大，况且他是本地人，一切交通往来、人情世故自然谙熟。高朴被委任为叶尔羌办事大臣后，鄂对担心自己的盗卖玉石诸行为被高朴抓住，便想方设法先把高朴拉下水。

高朴一到叶尔羌，鄂对就找机会把高朴请到自己的府上，那天高朴是带着自己的大管家李福和常永来到鄂对家的。高朴十分羡慕鄂对府第的豪华，心想一个叶尔羌的地方官居然如此气派阔绰，就是京城中的一些大官也比不上，高朴当时心里就琢磨着如何从鄂对手里榨出银子来。鄂对自然明白此时高朴心里在想什么，席间故意大讲叶尔羌是一个如何如何好的地方，它的特产是什么。高朴闻之，故意问道："既然有这上等的好玉，鄂对公何不拿出几件先让我们一饱眼福。"鄂对吩咐手下拿几件玉器给高大人看看。一会儿,鄂对手下就拿来几件事先准备好的不大但十分精美的上等货色,高朴一见,拿在手里,左右前后细细看来,口中连连道:"好货色,就是在京城也难见到此等玉器。"不忍释手。鄂对一见时机到了,便说:"这些玉器其实根本不算什么,既然高大人喜欢就送与高大人玩赏,如果高大人喜欢金石玉器,在下可帮助高大人。"高朴本性乃是极贪婪之人,有此等好事他是绝不放过的,便先试探鄂对道:"在下初来乍到,别说金石玉器,眼下就是日用开销都快成问题了。"鄂对笑道:"高大人不必着急,在下先奉上金五百两,以解燃眉。"当下吩咐手下人端来一个盘子,上面放着五十两一个的大金元宝十个,高朴一见,眉开眼笑:"鄂大人真是自家人,以后我高朴还需鄂大人指点。"鄂对便向高朴言明盗卖玉石这一发财之道。其实,高朴来叶尔羌之前已有所闻,他心里最惦记的事也就是如何在叶尔羌发一笔大财,回到京城后置办家业,享受荣华富贵。听鄂对一番启发,高朴眼界大开,从此,便与鄂对勾结在一起,大肆敛财和盗卖玉石。

有了鄂对的庇护纵容,高朴更加肆无忌惮,可以说敛财到了疯狂的地步。高朴是乾隆四十二年二月上任的,奏请开采密尔岱玉石是在乾隆四十三年二月,犯事是在乾隆四十三年九月,前后也就是一年半的时间,盗采密尔岱玉石的时间则只有半年的时间,可是高朴盗采和贩卖玉石达三万三千四百五十一斤,案内查得银十三万九千二百九十余两。

高朴的口子一开,那些趁机盗挖玉石的大小管事比高朴更胆大妄为,如高朴委派的密尔岱山卡伦的总负责达三泰、伊什罕伯克阿布都库尔霍卓和通事果普尔等多派民夫,多盗玉石达十万斤,终于引起了回众的不满。老天有眼,正在这个时候,鄂对突发重病,没有几天就死了。临死之前,鄂对深感他这个位置一旦让别人来坐,他们的事情必然暴露,所以,在高朴前来探视他的时候,他对高朴说:"我把我藏的所有玉石都送给你,我只有一个要求,就是在皇上面前保举我的儿子鄂斯曼承袭我的爵位和伯克职位,只有这样才能保住你我的平安。"从高朴当时的行为来看,他对他们盗卖玉石已经引起的严重后果认识不是不足,但是,迅速得到大量的金银财宝,已使高朴丧失了理智,他眼里只有一件事,就是如何能快速地拿到玉石,然后再把玉石变成钱。当然,他拿了鄂对的玉石,还是在乾隆帝面前举荐鄂对之子鄂斯曼承袭其父的职位。乾隆帝当时只是想,如果让鄂斯曼继承他父亲的职位,会给其他伯克留下坏印象,好像这个职位就是他鄂家的了,于是未准,而是准鄂斯曼继承爵位,派到另一个地方任阿奇木伯克。乾隆帝在高朴一案被揭发出来后,把他无意中作的这个英明决定看做是祖宗显灵,保我大清;看做是高朴逆天,天理不容。这是后话。

在新任叶尔羌阿奇木伯克色提巴尔第上任后,他马上就收到了众多回民的控告书,控告高朴强派回众达三千余人,不顾季节,进密尔岱山采挖玉石,而且不付工钱,给这些回众带来了极大苦难;强占和强拿草料和牲畜,不付钱或摊派到别人名下;为提升伊什罕伯克阿布都库尔霍卓,谎奏功劳,任意提升加官,然后索要金银。色提巴尔第开始并没有什么举动,高朴以为他一是不敢,二是等他亲自上门给予好处。于是,他来到色提巴尔第办公的地方,以办事大臣的身份要色提巴尔第为他采挖玉石提供方便,因为,采挖玉石是高朴奏请并得到皇上恩准的,所以这件事表面上依然是件公差。高朴要求色提巴尔第以阿奇木伯克的名义派一名办事人员,与运送玉石的人马一同进山,进一次给色提巴尔第五十两一个的大银元宝五十个。当下高朴吩咐手下拿上一个小箱子,高朴打开,色提巴尔第一看,里面是白花花的银子,不由一愣。高朴心想,在这世上没有一个人看见这白花花的银子不动心的,我就不信他色提巴尔第能过了这一关。人就是这样,当他自己把一种东西作为思维的中心,当做行动的坐标,这种东西也就成了他衡量其他所有人的尺子。高朴就栽在这个定律上了。

色提巴尔第能够当上叶尔羌阿奇木伯克,完全是一种偶然。他是地地道道的新疆回人,在一个偏远的小地方当阿奇木伯克,但色提巴尔第是承袭其父的贝子爵位出任阿奇木伯克的,而且在此之前,色提巴尔第作为"培养对象",曾在当时负责新疆军需事务的永贵帐前学习了一段时间,是作为忠实有为的伯克调补出任的。他了解新疆普通回众的心理,知道游牧民族的性情。简单地说,他希望他管辖下的百姓生活安稳,各民族相安无事。在高朴保举鄂对之子鄂斯曼接替其父的职位后,乾隆帝觉得不妥,决定另外选派官员。选谁合适呢?乾隆帝对色提巴尔第这个职位不大但政绩可佳的伯克颇感兴趣,于是选调色提巴尔第充任叶尔羌阿奇木伯克。这个调动就好像今天由管一个镇到管一个县,所以,色提巴尔第对皇上的恩宠感激万分。这对色提巴尔第决定控告高朴贪赃枉法、欺扰回众,肯定起了重大作用。在高朴案发并被就地正法后,色提巴尔第向乌什办事大臣永贵表白道:"卑职荷蒙皇恩,补授大城阿奇木,又赏难得且尊贵公职衔。"他自当感激不尽,准备为皇上好好效力,可正逢高朴之事,这就给色提巴尔第出了一道危险的大难题。但此时色提巴尔第已下决心揭露高朴的罪行,对色提巴尔第来说,这既为了报答皇上的恩宠和信任,也为了平息当地百姓的抱怨,给他们以生计。这当然也是后话,乾隆帝曾在给永贵的圣旨中特意提到,色提巴尔第举报高朴的方式,说明他是个极聪明之人。

前段说到高朴给色提巴尔第送上两千五百两银子,色提巴尔第当时没有作什么表示。高朴以为色提巴尔第已经认可,便打道回府,放开手脚,以色提巴尔第的名义,又差派大量回众进山采挖玉石。其实,色提巴尔第对高朴欺扰回众,盗挖玉石,串通江南商人牟取暴利的行为深恶痛绝,他正在收集证据,准备控告高朴。但他深知这一步棋一旦失手,除自己的身家性命保不住外,就是妻子儿女也肯定在劫难逃。当时色提巴尔第的处境十分为难。首先,高朴官大权重,又是皇亲国戚,他是代表皇上总办叶尔羌事务,所以,当地官员都想方设法迎奉高朴,哪有敢和高朴作对的官员,像伊什罕伯克阿布都库尔霍卓、通事果普尔、卡伦总管达三泰等人都助纣为虐,甚至趁机中饱私囊。这样,举报高朴无疑也就等于把这些人一同揭发出来,波及面大,也必然引起既得利益者及这些地方官员的关系网的反对。其次,是向谁举报的问题。当时除高朴外,还有一位叶尔羌协理大臣淑宝,他负责帮助高朴办事,应当说是一种互相制约的关系,但淑宝明知高朴贪赃枉法,却采取明哲保身的态度,只做到自己清白,对高朴的事佯作不知。如果色提巴尔第到他那里控告高朴,就等于自寻死路,淑宝必不敢做主,一旦高朴听到风声,一定来个先下手为强,将他斩尽杀绝。这就是色提巴尔第犹豫再三,没有立即举报高朴的主要原因。

正在这时,色提巴尔第闻知乌什参赞大臣永贵出巡,并将巡视叶尔羌地方,色提巴尔第感到这是一个天赐良机。永贵是正白旗人,笔帖式出身,乾隆初年授郎中,乾隆十六年(1751)在浙江巡抚任上,因虚报灾情被革职,随后又以按察使衔赴新疆巴里坤主持军需,乾隆二十三年(1758)任刑部侍郎,主持新疆乌鲁木齐等地驻兵屯田,修河开渠以利灌溉,得到皇上赞赏。在乌什回众起义并击败前来镇压的官兵后,清廷又派永贵率兵前往乌什镇压了起义,并以乌什参赞大臣的身份,驻防乌什兼理新疆军需事务。永贵在新疆驻防办事近二十年,对新疆的特殊环境和民族矛盾有切身的体会,对喜好自由的游牧民族的习性颇为了解,主张在尽可能的情况下,不要扰乱他们的生活习俗。而且,永贵在新疆是戴罪立功,处处尽心竭力。乌什是当时南疆的重镇,驻兵屯田的要地,叶尔羌地区隶属乌什管辖,所以,才有永贵出巡叶尔羌地区。清代在新疆和外蒙古设参赞大臣,其职位仅次于驻防将军,主办地方日常军政事务。由于叶尔羌地区盛产玉石,且一直为官方严格管理,所以在叶尔羌专设朝廷直接委派的办事大臣。在官衔上,高朴是兵部侍郎,永贵是吏部尚书,永贵比高朴高一阶;在职责上,乌什参赞大臣比叶尔羌办事大臣权大,叶尔羌办事大臣是专办朝廷与叶尔羌地方发生联系的事务,而乌什参赞大臣在新疆总兵之下,督察各地事务,但在一般情况下,参赞大臣不直接干涉办事大臣的事务。

色提巴尔第当然了解永贵其人其事,因为,在出任阿奇木伯克以前,色提巴尔第曾在永贵帐前行走,因忠实肯干,颇受永贵器重。后来,色提巴尔第承袭贝子爵,才离开永贵处,到一个小地方当阿奇木伯克。可以说,在过去双方建立了互相信任的关系。这是色提巴尔第想到永贵面前控告高朴的关键原因,当然也是色提巴尔第敢在永贵面前告高朴的决定性因素。但他想:如果等到参赞大臣来到叶尔羌衙门后,就根本没有告发高朴的机会,而且就是把控告书递上去,永贵一干人马都在叶尔羌,一旦走漏风声,高朴及其同伙转移证据,密谋对策,攻守同盟,一时拿不到证据的话,拖延几日,不但事情搞不清楚,高朴在朝廷中的势力必然先期在皇上面前说情,使高朴逃脱惩罚,一旦出现了这样的结果,他色提巴尔第必然要死在高朴的回马枪下。所以,要想告高朴这样手眼通天、权大势重的办事大臣,就必须一炮打准,先拿到证据和口供,使其成为铁证,然后再让皇上知道。但如果是先斩后奏,这对待像高朴这样的大人物是不可能的。色提巴尔第最聪明的一招就是打了个"时间差"。他在乌什参赞大臣永贵来叶尔羌的中途迎接,使永贵有时间考虑和相信他的控告,并在去往叶尔羌办案途中给皇上发出奏折。这样永贵可派几路人马分头控制住重要的人犯和证据,使他们来不及接触串供,等证据和口供拿到后,估计这时皇上的圣旨才来到叶尔羌。而在皇上看到第一份奏折后不久,有关证据和口供的第二份奏折可能也快到达京城了。只有如此,才能使高朴一案成为死案。对这个问题,乾隆帝曾专门给诸位办案大臣下旨道:"因伊知淑宝无能,若呈报高朴此等妄行,淑宝必转告高朴,而高朴闻悉后,必借故参劾色提巴尔第。伊之控告,乃为回众,倘泄露被害,回众不服,必将节外生枝,色提巴尔第亦遭迫害。色提巴尔第虑及此,未向淑宝呈报,而直禀永贵。观此,色提巴尔第考虑周详,乃聪明之人也。"这就是说乾隆帝也意识到,色提巴尔

第代表了当地回众的意愿,而色提巴尔第直接向永贵呈报,避免了两方面可能带来的麻烦:一是他反对的一方,一是他代表的一方。这两方面假如知道了他的举动,都会因为他而作出危险的事情。

乌什参赞大臣永贵是在乾隆四十三年八月出巡到叶尔羌一带,色提巴尔第以叶尔羌阿奇木伯克的身份远行前往迎接。这个举动当然没有引起高朴等人的怀疑,因为高朴认为,色提巴尔第已收下他送上门的两千五百两银子,就已成为他圈内的人了。没想到这正是色提巴尔第的缓兵之计,先稳住高朴。所以,高朴并没有提防色提巴尔第。见到永贵,色提巴尔第把自己早已拟就的奏文和回众用回文字写的控告书双手递给了永贵,然后说:"我色提巴尔第荷蒙皇恩,授以公品,并补授叶尔羌这样大的地方的阿奇木伯克。这是皇上对奴才的信任,我不能辜负皇上对我的恩宠,所以,眼见高大人在叶尔羌如此行事,色提巴尔第我生死事小,我朝江山能否安稳事大,故特向参赞大人面呈文书。我远行前来迎接参赞大臣,是因为高大人坐镇叶尔羌,诸事不便向参赞大人细禀质询。"其实,永贵在乌什得知高朴奏请开采密尔岱山玉石并得到恩准后,对能否在开禁后的采挖中办好此事一直放心不下。因为,盗采和贩卖密尔岱山玉石在叶尔羌一直屡禁不止,当地人员和外地商人互相勾结,牟取暴利。这次关卡一开,此类事情恐怕更难禁止,千万不能闹出事来。他出巡叶尔羌也带有督察这方面问题的意思。

听了色提巴尔第的话后,永贵不由紧张起来。因为,他首先想到的就是乌什回众暴动,起因就是当地官员欺压滋扰回众,回众不堪忍受而奋起反抗的。虽然是他率兵镇压了起义回众,但这件事情对清朝政府官员在当地人中的威信和民族情绪的影响是十分严重的。他深知回众的反抗情绪不同内地百姓，在朝廷用兵戡定的边陲之地，一旦出现暴动，后果不堪设想。他先粗略看了一下奏文，然后急忙唤来通译就在帐内一旁翻译回文字控告书。他把色提巴尔第叫到近前，认真地盘问起来。原来色提巴尔第到叶尔羌上任后，回众得知他与高朴并无关系，便纷纷前来控告高朴、阿布都库尔霍卓强行摊派工夫，进山采挖玉石，而且不付工钱。由于所用工夫多达三千余人，在当地影响很大。高朴为使阿布都库尔霍卓甘心为他效力，谎报阿布都库尔霍卓承办的开渠引水工程完工并引来水，在皇上面前举荐阿布都库尔霍卓封赏，赐三品顶子，赏给阿布都库尔霍卓之弟阿布都拉莱则斯为五品伯克。通事果普尔为六品什胡勒，本来只应戴白顶子，却赏给蓝顶子。阿布都库尔霍卓在高朴面前又为他另外两个弟弟保给顶子，他自己也把手下的一个皮匠和一个银匠赏给顶子。这件事在当地的官员中引起愤怒。叶尔羌巴尔楚克村无水，伊什罕伯克阿布都库尔霍卓征调四五千人开渠引水，水根本就没有引来，是巴尔楚克阿奇木伯克色第克从别处引来纤纤细水，现仅够使用。而阿布都库尔霍卓却因引水有功，高朴便又把征调进山采玉所需工夫的差役委派给他，阿布都库尔霍卓又借机欺扰回众。连续的劳役使地方百姓苦不堪言，民怨沸腾。

此时通译已把控告高朴的回文字书基本上译了出来，永贵仔细一看，文中所列事实均详细到哪月哪天、何时何地、何人用何名义或以何方式勒索银两的数目，强拿物品的数量，总计有多少。并且列出高朴私采玉石及埋藏地点，鄂对贿赂高朴的金银玉石数目，其后均有证人签字。显然这份控告书是经过调查并与当事人联系核实后写出来的。永贵这时更感到此事重大。

　　从与色提巴尔第的谈话和控告书来看，永贵认为案情肯定属实，但毕竟还没有证实。如果属实而没有马上采取行动，其必酿成祸患，到那时皇上怪罪下来，我永贵肩上吃饭的家伙就保不住了。但如果贸然行事，极易走漏风声。"今叶尔羌地方，正值采办玉石之际，此案若等候请示钦差大臣办理，则命下之前，高朴一旦发觉，或授意其亲信伯克、头目、家人不招实情，或唆使商人远逃躲避，势必拖延时日，有碍办案。"永贵在给皇上的奏折中陈述了自己的看法。从中可以看出，永贵显然是把此案作为实案来办理的，他并不怀疑控告书中列举的高朴的罪状，而是想方设法去抓住证据。所以，经过与色提巴尔第商量，永贵向皇上禀奏道："臣抵达叶尔羌后，拟即暂令高朴停职留任，委派干员看守，并暂将其所有物品封存不动。案内商人、心腹家人、伯克、头目等，应看押者看押，应拘捕者拘捕，并彼此隔离。将色提巴尔第所控告各款，逐项究审，高朴若招认，始才即行严加治罪，奏请皇上容鉴，遵旨而行。如若情实，而高朴拒不招认，则当拔去高朴翎顶，与同案犯一并严行质审。"这个行动计划完全是按色提巴尔第事先策划好的步骤进行的，这样既给高朴一个突然袭击，使其防不胜防，又能在朝廷命下之前充分掌握证据。

　　永贵一行是在乾隆四十三年八月二十八日抵达叶尔羌的。在进城之前，永贵并未事先派前哨通报，而是分派四路人马直接前往案内关键人犯处缉拿。一路委派蓝翎永德直奔叶尔羌密尔岱山，拿捕正在那里监督采挖玉石的伊什罕伯克阿布都库尔霍卓；一路委派笔帖式敏舒、哈尔噶里克阿奇木伯克玉素朴拿捕正在督运玉石的达三泰和孙福，并负责查点民夫；一路委派几名得力助手直奔叶尔羌办事协理淑宝府第,将其软禁;永贵自己带一行人马来到办事大臣府。

高朴这几日正作着发财的美梦。来叶尔羌后,他发现这比作京官强多了,虽然小小的叶尔羌远没有京城繁华热闹,但毕竟是边陲风光,别有一番情调。当然,最让他感到高兴的是:叶尔羌真是一个生财宝地,这里几乎到处都是金银珠宝,而且得来并不费太大的工夫,他高朴在叶尔羌一手遮天,那些富得流油的伯克们如要想升官,几乎没有一个不需要他点头的,点头的条件自然是视金银的多寡来定。但这里的人显然是出手大方,补一个阿奇木伯克正职,便送金五百、银五千;官升一级,一般是金二百、银二千。很多时候高朴为了收受贿赂,私许官爵,任意加级,并未上报朝廷。他以为这里天高皇帝远,谁去跑到京城告发他?况且他四处散布自己是皇亲国戚,更使这偏远小城的人们不敢冒犯他。特别是自从鄂对授意他奏请开采玉石趁机盗卖后,更加使高朴感到金银真是滚滚而来。几个月前他派走两路人马,一路把贿赂和贩卖玉石所得金银和一些珍贵珠宝运回京城家中,置房购田;一路把盗采的大块玉石运往江南,他估计就这一趟,少说也能得银十多万两。虽然把这么大的玉石运到江南的确不易,特别是沿途关隘重重,他这十多辆大车浩浩荡荡,真有点太显眼了,但这是十多万两银子,他高朴宁愿冒这个险。况且,沿途各省总督不是他爷爷高斌的旧部,就是与高家世代之交,而且苏州、扬州织造都是高家的人,这事只要不被皇上知道,那就万无一失。可是谁敢把他告到皇上那里呢?高朴想来想去,觉得周围还没有这么一个人。

古人早就讲过"人为财死,鸟为食亡"。人一旦钱迷心窍,这时他的心思、视野、精神感觉都只围绕一个中心——如何有更多的钱。高朴现在就处在这样一种状况下。他对自己身处边关、负责少数民族聚居区的地方事务这一特殊任务的重要性视而不见,对他的行为引起回众的怨恨和其他官员的不满没有察觉,全部的心思就是怎样捞钱。人到这个地步,也就活该他倒霉,谁也救不了他了。

话说永贵一干人马来到办事大臣府前,守卫们一见来势,感到事情不妙,一面有人慌忙进去向高朴通报,一面站立两旁,恭候永贵等。永贵先吩咐手下兵士把前后门把住,任何人不得进出,然后直奔府内。再说高朴闻报永贵一队人马已经来到府前,颇感意外,怎么未见快骑先来通报?高朴一边想一边站起身来,整理衣冠,准备出迎。还没有出得了门,永贵和色提巴尔第已率几位都骑校尉推门进来。此时高朴才突然感到坏了,他才突然自觉先前犯下的罪行实在深重,急欲上前参见,但内心突然降临的慌乱使他迈不动步,脸上的表情也如僵住了一般。永贵见高朴情状,心想此等京城纨绔真是误国误民,误了自己的性命。沉了沉气,永贵问道:"高大人,别来无恙?"高朴极力掩饰自己的恐慌,强打精神地答道:"还好,还好。不知大人……"没等高朴的话说完,永贵突然厉声喝道:"高大人,我是前来查办你盗挖玉石、滥派工夫、欺扰回民的。"高朴一听,顿时两腿发软,张口结舌地嘟哝:"这、这、这……"永贵喝道:"来人,给我拔去高朴顶戴,扒去官服,就地锁押起来。"高朴此时已魂飞魄散,扑通一下子跪在地上,语无伦次,不停地说道:"大人饶命,我罪该万死。"永贵在后来给乾隆帝的奏折中这样写道:"奴才将色提巴尔第所控各款令高朴阅看,高朴魂飞魄散,言语不清。"其实,像高朴这样不学无术，依仗自己是皇亲国戚飞黄腾达之辈，在外狗胆包天，胡作非为，实际上是草包废物一个。

永贵见高朴此等情状，知道案情属实，便来个趁热打铁，令高朴就所控各状一一查对，写下供词，如胆敢有半点隐瞒，定严究不怠。同时，将高朴所辖办事大臣的所有印信收缴，仓库封存，手下办事人员分别看押，将高朴所有私人物品集中登记造册。既然高朴这里已经攻下，那么不能等风声传出去，让其他案犯有时间藏匿罪证。永贵又令一队人马把伊什罕伯克阿布都库尔霍卓、通事什胡勒伯克果普尔几家看守起来，严禁一切人员出入，所有物品封存。然后永贵集中力量把高朴所犯罪行审清，物品查清，奏明皇上，遵旨执行。永贵查高朴主要犯罪事实如下：

一、借皇上恩准开采密尔岱山玉石之机，多派工夫，伙同伊什罕伯克阿布都库尔霍卓、达三泰、果普尔等盗采玉石；串通商人徐茂儒、阿布拉、袁炳堂以及已经离开叶尔羌往内地贩玉的江南熊濂、张名远、山西商人张銮等偷贩玉石，牟取暴利。

二、向地方官员索要贿赂；为阿布都库尔霍卓迁升，谎报开渠引水成功，奏请顶戴；给无功回人、下等匠役以顶戴，然后索要金银。

三、在市场上强行拿用商贩物品，不给付钱；勒索草薪，然后向部众摊派，欺扰回众，纵容管家沈泰、侍卫纳苏图向求职求荐官员索要金银，贩卖玉石。

从高朴住处搜出金条五百余两，银一万六千余两，宝石顶、宝石、小珍珠、珍珠、手珠、珊瑚素珠、玉石、玉碗、玉盘等无数。经审讯，高朴还供认，因为存放不下和为了起运方便，在院子内和城外还埋有大量的玉石。永贵立即派笔帖式海良押高朴到城外,寻找埋藏玉石的地方,共起出大块玉石一百多块。乾隆帝在看到永贵的奏折中关于高朴所犯罪行事实这部分时,在奏折旁边批道:"殊属奇怪!诚属奇怪!高斌尚属好人也,为何有此等子孙耶?朕虽怜伊,亦不能宽容,此等孽种极其可恶!"可见高朴的肆意妄为连皇上也感到吃惊和不解。

再说前往密尔岱山捉拿阿布都库尔霍卓和监运玉石的达三泰一行人马,在永德、敏舒、玉素朴的带领下直奔密尔岱山。到了那里后,永德负责拿捕阿布都库尔霍卓,敏舒等负责抓达三泰。永德先来到行帐前,宣布"奉令将伊什罕伯克阿布都库尔霍卓就地锁铐,押回叶尔羌城"。敏舒一行也没费多大力气就把三泰拿获。就是在当天下午,当他们准备押着犯人回城的时候,那些被强行差派来的回民工夫拦住了去路,他们要自己采挖玉石的工钱,他们要回家的路费,永德等一看问题严重,先稳住众人,然后急忙派人回城请示。永贵接到报告已是傍晚,他感到此事非同小可,如若处理不当,极易引起回众不满,激起祸乱,事态就严重了,而且,处理这种事情单派上级官员或当地官员都不行。永贵与色提巴尔第商议后,决定派永贵手下佐领乌格以参领之职会同当地帕第沙布伯克阿布都尼则尔,连夜速往密尔岱山,负责善后事宜。

这二人赶到密尔岱山已是第二天早晨,他们先把已采挖出来的玉石清点封存,然后传来采玉民夫,他们看上去皆已精疲力竭,面露怨色。佐领乌格对众人说:"今阿布都库尔霍卓、达三泰如此苦累尔等,大人决不会宽恕这等伯克。"而后解来阿布都库尔霍卓、达三泰,当众板笞示众,并把阿布都库尔霍卓准备送给高朴的二十只羊分给众人吃。乾隆帝在这段奏折旁批道:

"何不板笞高朴,伊尤为可恶!"然后,根据需要留下修路、制造工具、搬运柴薪饮水和运回玉石的民夫,其余人发给路费,准许回家,并奉皇上恩典,以便休养生息,恢复生产。因为,这些民夫进山挖玉石的时间正是春夏之际,误了农时和放牧的好时机。留下近千人也另有监理,这才把这件事压下,随后押着阿布都库尔霍卓和达三泰回叶尔羌城。

在究审高朴之后,高朴已对回众所控告他的各项罪状供认不讳,将记录口供画押后,永贵令其再行反省,自撰口供,把受贿赂数额和行贿人的名字都一一写下,特别是偷运玉石的沿途关隘,他是托谁,和什么人联系才得以过关。永贵吩咐手下好生看押高朴,然后来到叶尔羌协理大臣淑宝家。

淑宝这个人本是一个多一事不如少一事的胆小无能之辈,高朴在叶尔羌的事他当然知道,可他不但不敢阻止,反而收受高朴送给他的玉石,所以他干脆连衙门都不去,给高朴一个清静。永贵曾问色提巴尔第为什么不向淑宝控告高朴?当时色提巴尔第回答主要是说高朴独断,淑宝不管事,这是实情。另外主要是因为淑宝并未欺扰当地百姓,所以色提巴尔第也就没有控告淑宝。但永贵认为,这件事能发展到如此严重的地步是与淑宝纵容有关,是明显的渎职。如果只查办高朴,其他官员必不服气,不给这些只当官拿俸禄的庸碌之辈以惩罚,其他官员就会效法他们而无所作为。所以,在给乾隆帝的第一份奏折中,永贵就明确提出淑宝也罪不容宽。但乾隆帝在看到这份奏折时认为,淑宝只是无能,与高朴肆意妄行无关,主张从轻发落。在后来审讯押运玉石的案犯时,乾隆帝得知其中还有一些是淑宝的玉石时,大怒,下旨从重治罪,这是后话。当时永贵还没有接到圣旨,只是按自己的计划处理。

淑宝已闻知高朴被押,伊什罕伯克家和什胡勒伯克家都被查禁,惟独他的家还没有来人,此时他还摸不着深浅,也不知道这只是一时风声,还是动真的。但他认为像高朴这样的皇亲国戚,不可能真的去治罪。显然淑宝对高朴犯案的性质和严重程度没有足够的认识。所以,当永贵来到他家时,他还自称身体不适,正在家修养。永贵问道:"你系协同高朴办事的大臣,高朴如此贪赃枉法,你未闻乎?何不阻止参奏?色提巴尔第亦未呈告你乎?"淑宝听了这几个问题,一时竟哑口无言。永贵又道:"此地为边关要地,高朴肆意欺扰回众、盗采玉石、欺君谎报,能与你无关?!来人,拔去淑宝顶戴花翎,带回府内严加究审。"

到第三天,永贵共拿获案犯高朴、淑宝、阿布都库尔霍卓、什胡勒伯克果普尔、采办密尔岱山玉石主事达三泰、高朴家人沈泰,拘押从犯阿布都库尔霍卓一家老小、协同高朴贩玉的商人、鄂对家及其子鄂斯曼一家。但此时乾隆帝还没有接到永贵的奏折,所以永贵也根本不可能照皇上的圣旨办理。那时的通讯信息只有快马传递,但事情的发展却并不等有了指示才开始,所谓"将在外,君命有所不受",其实,想受也没有命令到来,只有酌情办理了。从永贵的处理计划和方式来看,他还是十分有经验的。因为,在高朴被抓和叶尔羌一些显赫人物的家被查封以后,市面上出现不稳定的迹象。一是那些被强行拉去采挖玉石的民夫陆续来到叶尔羌城,要求官府把他们的工钱给予补偿,因没有来得及种地和放养牲畜,他们没有足够的粮食和肉来度过寒冷的冬天;二是叶尔羌城内的一些商人店铺长期遭受高朴等盘剥,拿东西不给钱,他们要求官府强迫高朴还清他们的钱;三是地方官员们得知这个消息后,他们对惩办高朴十分高兴,但把鄂对家和阿布都库尔霍卓等也抓起来,认为这是色提巴尔第出卖自己族人。这一方面反映出鄂对和阿布都库尔霍卓在当地还是有相当势力的,一方面也说明色提巴尔第这个外乡人在叶尔羌还没有站稳。

对高朴等强拉民夫进山采玉不给工钱一事,永贵著令他们各自回到当地,由当地公役登记造册,然后具实奏报应付银两。这件事在乾隆帝九月二十九日传给永贵的圣旨中专门提到:"高朴对采玉之三千名回民,不知是否付给工钱,倘若不付给工钱,此等回民甚苦也。将此传谕永贵,被派三千回民,从各自原籍起行时,想必俱有名册,可以查出姓名。一经查明,著免其来年一年应纳之贡,以示朕之怜爱回民之意。并告之,高朴欺扰彼众,皇上闻悉后,圣心甚为不忍。为慈爱尔等,遂降谕旨,免来年之贡。今后再无敢苦累尔等之人。尔等务当各守本分,安居乐业。"从以上圣旨可以看出,乾隆帝在处理这类事情时,是十分慎重的。而永贵的处理方法也基本上符合皇上的旨意,在有些情况下,乾隆帝比手下的大臣们对待他的臣民更宽容。比如对高朴欺扰叶尔羌的回众,乾隆帝想办法给予补偿,就是如此。在处理高朴等人拖欠商人店铺钱物时,永贵为安抚人心,也是令他们据实把所欠银两报上,并由索拿之人证明,由官银补偿。后来,在乾隆帝给永贵的上谕中,专门命将一部分没收高朴等案犯的物品用来抵偿应付商人之银两。在究审高朴各项罪状之后,永贵便开始让证人进行认真的对质。

先是从抓到的三名与高朴串通的经商汉人开始提审,令色提巴尔第的手下通事萨木萨克确认,他指认徐茂儒即系与高朴串通之人。永贵遂究讯徐茂儒，诘以如何结识高朴私卖玉石、给何物件、得玉多少等情。徐茂儒供到："我本在关外经商，因为传闻准许商贾购买叶尔羌山中玉石，遂于本年四月间来到此处。经高朴家人沈泰引见给高朴，议定卖给上好玉石三千斤，折合金二百一十两、银六千三百五十两，共付给高朴银九千五百两，又给沈泰合银三百两之绸缎等物，高朴因此付给玉石二千余斤。"他又供出高朴贿赂色提巴尔第的二千五百两银子也是他拿的，因为高朴欲派一人代色提巴尔第协办玉石时，沈泰与他商议，将一名安集延回民阿布拉作为色提巴尔第之人派往密尔岱山，并由高朴所派之人携回玉石内，给他玉石一千三百余斤，他遂当沈泰面交给色提巴尔第手下通事萨木萨克银二千五百两。永贵遂又传讯阿布拉，其供与徐茂儒同，从阿布拉处究审还得知：他欲乘机购买玉石，请达三泰的通事托克托转付给达三泰金二百二十七两、银一千七百五十两，得玉石二千六百余斤，又给托克托缎四匹。他又给阿布都库尔霍卓金七十六两、银五千三百两，珠子二百一十八颗、小宝石八颗，阿布都库尔霍卓给他玉石四千余斤，其不足部分商定日后补。对这一重大案情，永贵又重新分别究审达三泰和阿布都库尔霍卓及托克托，阿布都库尔霍卓所供与阿布拉同，但达三泰却供：阿布拉仅给他金二百两、银八百五十两，他给阿布拉玉石一千六百余斤。这与阿布拉所供不符，又究审托克托，据供：他掩过达三泰耳目，将他私隐玉石卖给阿布拉一千余斤，向阿布拉索取金十七两，银九百两。这真是恶吃恶，黑吃黑。

审讯商人袁炳堂，据供：他借取金银等物，于本年六月前来叶尔羌经商。高朴家人沈泰将其唤入衙署内，及见高朴，议定给上好玉石三千斤,付其金二百两,银六千五百两,并给沈泰合银一百七十两之绸缎。但高朴仅给他玉石一千六百余斤,其余尚未付给。永贵当即派人到徐茂儒、袁炳堂家搜查,查出玉石数目与所供相同。又讯商人周星若,据供称:其来叶尔羌经商已近十载,因平素制玉器,高朴借口令其观看,将其唤至衙署内制造玉器是实。因无力购买玉器,并未给高朴银物,曾言欲购本年由官出售之玉石些许,但并未买成。从其处搜出玉石五百余斤,系本年六月照例呈报纳税后官颁凭证者。将此项搜缴之玉石,与其凭证核对,彼此相符。经严加审讯高朴家人沈泰,已逐项招认。沈泰供词均与徐茂儒、袁炳堂、周星若、阿布拉所供相符。

又严讯达三泰、阿布都舒库尔霍卓,诘以"自尔等去密尔岱山采玉,给高朴送玉几次?共有几何?皆交付于何人?"据达三泰供称:本年五月间,高朴派伊等往密尔岱山采玉,照高朴之意,共送玉十一次,有二万余斤。此等玉石,或由达三泰等派人送往,或交高朴所派之人领取,均交给高朴家人沈泰。除高朴所取者外,再无携玉进城之处。将此究讯沈泰,据供称:伊仅收到十次送来之玉石一万五千余斤,均为所派官员拿获。

又据色提巴尔第原呈控称:商伯克伊比雅里木等控告,自五月二十四日起至七月初五止,高朴派其手下之人,从他这里拿走金、珠子、珊瑚、玉器、裘皮等物件,其价值五千二百七十六腾格普尔,至今未还。据色提巴尔第询问众伯克,此等款项后来都由回众摊派了结。

审讯伊什罕伯克有关盗采玉石的情况,据供称:他们曾采获大块重达五百斤的玉石,继而又在该处采获一块约三百斤重之玉石,由却布鲁克伯克和家人额兰运至山下藏匿。此外,又将十二驮玉石,通过大卡伦,置于小卡伦以东牧羊人麦马萨木家。又将一驮玉石,通过二个卡伦,置于罕萨勒地方的腾格里之莫罗阿尔祖家。有二十驮玉石,通过三达勒岗,送至布隆地方,由兰春雅尔送往哈尔噶礼克。因此等玉石分藏于各处,尚未起出,在密尔岱山内隐藏之玉石,皆由明伯克玉都克等人知晓。为了把藏匿的玉石查清拿获,虽然派了一些官员伯克,但经过数日,尚未查获这些玉石。永贵询问色提巴尔第,认为匿藏玉石的人,均惧治罪,各将所匿玉石埋于不易被人察觉之处,无论所派遣人员如何搜查,难以得到,而且这些回众又都被阿布都库尔霍卓威逼,无奈胁从,为之隐匿。倘若宣告不再究其窝藏之罪,定能尽数交出。永贵遂于九月二十七日一面上奏皇上,请求圣旨,一面交由色提巴尔第布告众人:倘将各自所匿玉石尽数送交官府,则免其治罪,倘自始匿而不报,一旦查出,或为旁人告发,务必从重治罪。同时又派出呈告阿布都库尔霍卓的奇盘伯克玉素朴,前往藏玉石的地方和人家查看。不久,奇盘地方、密尔岱山区周围居住的回众,将其为阿布都库尔霍卓藏匿的玉石相继送至官府,经查,大小优劣不一,共获五千余斤,略多于原色提巴尔第控告的数目,但未发现有五百斤重的玉石。遂询问玉素朴,他也是听手下人的报告,并未亲见,现交上来的玉石中有一块三百斤重的玉石,可能就是此玉石。为了证实,色提巴尔第向藏匿玉石的回众质询,据称:"我们起初都是为阿布都库尔霍卓威逼胁从,而今得知已将阿布都库尔霍卓拿办,皆均欢悦,且又布告宽免交出藏匿玉石之人,人各恐为旁人首告,但求免罪尚且不及,哪敢匿而不报?"后又专派搜查玉石的奇盘伯克玉素朴查讯核对,密尔岱山周围回众及阿布都库尔霍卓的亲眷所藏匿的玉石都已尽数交出。

等收缴玉石基本结束以后,又将阿布都库尔霍卓严加究审,质问为他藏匿玉石的回众所交出的玉石与他威胁他们藏匿的玉石数目是否相符。阿布都库尔霍卓称:采玉回众对他十分怨恨,因为他看到这次进山采出的玉石甚多,利欲熏心,先从所采玉石中掩过达三泰耳目,先后藏匿玉石五千余斤。为了使他们不向外讲出,每人收取了十九腾格普尔,所以这些回众十分不满,他们一定愿意交出藏匿玉石。这次进山采玉,先是由阿布都库尔霍卓于五月二十六日携四百人前往,又因人数过少,复派三百人,共七百人。继以抬玉所需人手多,经报知高朴,交由彼处等又派二千二百人。为看管物品和监督运输,派四五名伯克带七百人前往,前后共派遣近二千八百人。当时正值该地百姓秋收复耕之际,误其生计。

永贵质问阿布都库尔霍卓和达三泰他们前后为什么派这么多人进山采挖玉石?据二犯供称:今年五月,高朴派他们二人率领回众四百余人进山采玉,继而采获二千斤玉石一块,他们二人协商并经过高朴同意,调来回民三百人,抬运此块玉石。后来,因在山中采获的大块玉石共有十七块,经禀报高朴,又派回民二千二百人至山中。这次采玉石过程中,挖到的大块玉石比以往多,像二千斤重的确实罕见,所以想多派些民夫,采挖大块玉石。以往偷运到内地的玉石都是些小块和渣子石,这回因有高朴大人的担保,人们都想乘机运出一些内地罕见的大块玉石,价值当然不薄。

在审讯阿布都库尔霍卓为何串通高朴给其弟举授五品职衔等事由及拿人草薪不付给相应的钱时,阿布都库尔霍卓供称:其弟阿布都拉艾则斯并非真是其弟,实为刋养子。今年四月,他为将其养子由托果斯牵之哈孜伯克请补帕斯牵之五品米拉布伯克,送高朴银五百两,家人常永银二百两,后又送高朴玉器十五件,家人浓泰银五百两。经与阿布都拉艾则斯、沈泰核对,属实。又讯通事什胡勒伯克果普尔,给予高朴何等物件,如何准其戴蓝翎之由,果普尔供称:他原系鄂对贝勒之侍卫,高朴以他翻译明白准确,且于公私诸事皆勤奋,授予六品什胡勒伯克,仍戴先前所戴蓝翎。授他为伯克时,实未给过什么物件,只有今年八月,为感谢高朴的提携,送高朴小珊瑚珠子一串,在此之前,尚有两次送马两匹,高朴回赠他马一匹。又讯他索要草薪如何渔利,据供:高朴日需草薪三十六驮,他以每驮十二腾格普尔的价格向属下回众敛收,而后到集市上以每驮七八腾格普尔购买,自去年十二月起到今年八月止,他从中得九百腾格普尔。

　　永贵认为高朴之所以敢肆意妄为,除了先前提到的原因以外,与伊什罕伯克阿布都库尔霍卓有很大关系。据供称:阿布都库尔霍卓心性奸猾,平日为迎合高朴屡屡送其金银物品,高朴因此待他甚厚,将采玉之事完全委托他办理。动用数千民夫之事,虽经高朴同意,但皆阿布都库尔霍卓先出主意,高朴对当地回众的真实情况并不了解。而且,阿布都库尔霍卓之养子阿布都拉艾则斯会满语,高朴又看其父之面,也曾派其进山采玉。不过,阿布都拉艾则斯除其父为他向高朴求情,擢升伯克以外,他本人并没有什么劣迹。果普尔又供称:因他为通事,出入高朴住所衙署,每次伯克等来求见,皆由他传话;高朴买取物件,他从中或多或少地侵吞。阿布都库尔霍卓托他送给高朴的一些物品,他曾变卖得银二百两和四十腾格普尔。

经过连续十几天的审讯、调查、取证,并将以上审讯口供与高朴口供一一对质,旁加证实后,永贵根据大清律法,分别治罪:凡监守自盗仓库钱粮等物,数逾千两者,不分主从,拟斩监候。又百姓偷盗仓库钱粮,不论内地边塞沿海,数至三百两者,拟斩监候。又各衙署歹徒胁迫索取之财至一百二十两者,即以违法之例斩。又以财物贿赂官员,违法乱纪,则计其行贿财物,坐赃拟罪。贿赂无俸之人,其财至一百二十两者,拟绞。官吏之家人借故索要财物,仍照官员受贿罪拟。官员索要财物达八十两者,则按违法拟绞监候。一家人共同犯罪,则仅罪及上辈。又据《大清律》载,凡律内未载明,拟罪时无专法可依者,则比照其他刑律,或增或减,拟定罪名奏闻。"今高朴乃荷蒙皇帝隆恩,官至侍郎,派驻边陲要地办事之官员,凡事理应约束自己,矢慎矢勤。不料竟如此贪赃枉法,目无法纪,辜负皇上鸿恩至极。伊什罕伯克阿布都库尔霍卓,乃蒙皇上隆恩,帮助高朴办事,然并不计回子百姓平民生计之艰难,一味图利,迎合高朴,借采办贡玉之机,征调回众数千人进山,采获的大块玉石藏匿各处,并向回众民夫索要金银,为其养子补授伯克之职行贿高朴,情殊可恶,无法无天之极。尽早将高朴、阿布都库尔霍卓正法,以安抚人心。"

就在永贵根据大清律法,分别拟罪并请旨具奏的时候,乾隆帝的第一批圣旨到了叶尔羌,永贵根据圣旨,首先将高朴、阿布都库尔霍卓绑至城外正法,用今天的话说,就是公开宣判,执行死刑。那天叶尔羌城几乎倾城出动,永贵命众伯克也去观看行刑,以儆效尤。在对高朴行刑前,永贵上前问他还有什么可说,高朴答道:"我有何才,难承福分,鬼使神差,利欲熏心,胡作妄为,即使粉身碎骨,亦难抵罪,但请尽早正法,犹有何说。"高朴连连叩首,恸哭不已。这时高朴恐怕是真有点后悔了。行刑时间一到,刽子手即手起刀落,二犯身首离异。众伯克及所有会集老幼回众俱摘帽下跪禀称:"大皇帝仁比天地,明如日月,相距遥远,尚且洞鉴我等贱奴之困苦,革除了苦累我等之辈,各游牧老少永远感激大皇帝恩德,资生有望。"老百姓是十分高兴的。

"原主事职达三泰,系特派承办玉石之员,伊不思先将送玉办理解京,而是随和高朴,先后调集三千多回众民夫进山,不仅将玉石送给高朴,卖与商人,而且将安集延回民阿布拉之金二百余两、银八百余两据为己有,又擅自将采获贡玉二千余斤偷卖给阿布拉。情亦可恶,目无法纪,卑鄙至极。若将达三泰比照偷盗仓库钱粮一千两以上者,按斩监候之律拟罪,否则难以为其他人之诫。永贵原来拟将达三泰也就地即行正法,但圣旨中要求将达三泰解京交刑部,所以,兹钦奉谕旨,命将达三泰解送京城。"

"托克托索丕乃跟随达三泰之通事,竟敢偷盗贡玉千余斤,卖金十七两、银九百两,亦属罪大恶极,将托克托索丕按百姓偷盗钱粮,数至三百两,拟绞监候之律,定拟绞监候,秋后处决。"

"原什胡勒伯克果普尔,依恃高朴平素待其甚厚,伊向回子百姓收取草薪之机,索取普尔,渔利九百腾格普尔,又为其亲戚代请顶戴,甚属胆大狡诈,不成体统。若将果普尔按衙署内歹徒胁逼索取财一百二十两,拟绞监候之律拟罪,难抵其罪。高朴家人沈泰,怂恿其主,多行不义,伊又从中侵吞银物若干。将此若按官吏家人借故索要财物,照官员索要财物之例拟绞监候之律拟罪,亦难惩戒。"永贵原拟奏折中将二犯处斩,后遵乾隆帝九月二十八日圣旨,将果普尔、沈泰即行正法。

"商人徐茂儒、袁炳堂、安集延回子阿布拉,并不安生,敢恃金银,串通高朴等,觅利妄为,皆非本分之人。将徐茂儒、袁炳堂、阿布拉皆按几人因事贿赂官员,触犯法律,数至一百二十两拟绞之律,拟绞监候,秋后处决。"

"高朴家人常永,舞弊婪银应照沈泰拟罪,惟常永现赴京城,拘后执行。与常永同赴京城的还有鄂对之侍卫纳苏图,他将偷采玉石卖与商人赵钧瑞等,并偕同常永等携至关外,已于十二月十三日查奏,请交部办。"

"帕斯牵之五品米拉布伯克阿布都拉艾则斯,其父将他奏补五品伯克,命给高朴玉器十五件、银五百两,给高朴家人常永银二百两,沈泰银一百两。因皆照其父言而行,虽应照一家人共同犯罪,仅罪及上辈之律,惩治其父阿布都库尔霍卓,然其终究亦有罪,不可仍留其伯克之衔。"这时乾隆帝来了圣旨,命将阿布都拉艾则斯和其妻子一并解往京城,相应不再拟罪。

"给戴金顶之回子阿布都扎礼勒、巴拉特、阿布都喇嘛、玉素朴等四人,或照通事果普尔请给顶,或因系时常为高朴制造物件而给顶,并无行贿等情,现业已摘顶,相应交阿奇木伯克色提巴尔第严加管束。此四人之内唯阿布都扎礼勒戴顶一事,已业经报部,需相应勾销其印照外,还需在部内注销。"

"商人周星若,因被高朴叫至衙署内,经办修琢玉器等事,请求购买官玉,因官玉未至,没能购买,然终究涉嫌。拟将周星若照行为无理鞭笞八十之律,板责三十,遣返原籍,交地方官严加管束。"

"将高朴、阿布都库尔霍卓、达三泰、果普尔、托克托索丕、商人徐茂儒、袁炳堂、阿布拉之全部家产物品抄没入官。"

至此,对叶尔羌方面的有关案犯的审讯和处理基本结束。从乌什办事大臣永贵的办事方法来看,他对整个事件的重视和把握还是十分正确的,因为,他自己首先要相信色提巴尔第的控告,采取先斩后奏的行动,才能迅速将高朴的犯罪事实查清,使其不能翻案。这需要相当的胆量和办事经验,这也是一场赌博,胜了,皇上给他加官晋爵;输了,高朴必将他置于死地。而永贵取胜的原因恐怕主要有这样几方面:一方面是他对叶尔羌阿奇木伯克色提巴尔第的了解和信任,以及色提巴尔第控告高朴所掌握的人证物证,这些证据使永贵确认他们是真实的;其次是乌什发生回民起义后,作为南疆重镇的乌什办事大臣,永贵具有的责任和能力也是使他迅速作出判断、采取果断行动重要的主观原因。有关乌什起义及影响我们在下面还要提到。其三就是高朴的行为太胆大妄为,而且是在边关要地,乾隆帝对此是绝不会姑息的,正如与处理乌什起义事件一样,稳定大局、安抚少数民族是乾隆帝处理这类事情的原则。当然,高朴竟敢如此胆大妄为,与他的家世和叶尔羌的特殊环境有不可忽视的关系,这些内容在下一节中我们将作更详细的介绍。

灵秀美玉,丑陋人间

在中国古代,从新石器时代一直到清代,玉器主要是以权威、财富、地位等象征物的面目出现的。进入现代社会,蒙在玉器上的神秘面纱已经揭去,它以惊人的美丽、奇特和温情,获得了大众的普遍喜爱。当然,玉器本身所具有的经济价值,在当今社会中的高昂不落,也是它得宠的一个重要原因。但是,正因为玉器具有的美丽和价值,特别是一些珍稀玉器和古代流传下来的奇玉具有的收藏价值,使它们成为无价之宝,成为一些贪婪的人千方百计追寻的对象。类似高朴这样的事件,古已有之,今天也一定有,只不过我们没有听到看到罢了。所以,读史是为了以史为鉴,告诉后人们,不要再重蹈覆辙。然而,就是有一些像高朴这样的人,利令智昏、忘乎所以,哪里还记得前人之鉴,最后还是误了卿卿性命,我们从高朴的家世中更能清楚地看到这一点。这也是高朴玉石案的独特性。

高朴一家系满族高佳氏,后改汉姓高,世居盖州(今辽宁省盖县)、吉林乌拉(今吉林省吉林市境内),是满族一大姓,清朝时属镶黄旗。高朴祖上即与皇室家族有着亲密的关系,世袭包衣出身。早期满族把自己的家人和仆人称作包衣,他们虽然属奴仆阶层,但由于满族的生产方式和生活习俗的关系,特别是在八旗制度形成过程中,许多满族世仆被作为家庭成员而编入牛录。满族本是一个狩猎民族,牛录是他们早期按族寨出猎行围的一个行动组织,这种组织在频繁的部族战争中发挥了很大的作用。在努尔哈赤家族逐步兴起以后,他们把这种可靠的生产组织与军事征服联系在一起,按轻重亲疏编为八个旗,每旗下属牛录三十个左右,每牛录大约三百人。这些旗既是军事组织又是生产单位,这可以说是满族能够入主中原的关键的政治军事原因。而皇室家族的这些包衣,由于与主人们在长期的生产和战争中建立的亲密关系,他们被按家庭成员编入包衣牛录。他们除了承担一些服务性的事情外,还要披甲出征打仗,特别是在后一种情况下,包衣是主人的战友。皇属包衣也不例外,他们与皇家家庭成员一起征战,并屡建战功,他们被清朝统治者提拔为重臣,委以重任的为数甚多。在清初历史上有不少开国元勋就是包衣出身,他们的后代子孙也一直受到朝廷的恩宠。

在满族入关后,这种已经形成的、与自身历史和民族传统紧密相连的包衣组织，就与中国封建皇权统治特有的宦官制度发生了冲突，而清朝统治者又对明代任用宦官和宦官干政导致灭亡有比较清楚的认识，故宫中专为限制宦官的铁牌就是明证。但无论如何他们的认识不会超出封建统治意识的历史局限，他们认识的目的是如何限制宦官干政而已，而绝不会不用宦官。那么，在这种情况下，皇属包衣牛录取代中国历朝的宦官机构就是自然而然的事情了。事实也证明，有清一代，基本上没有出现宦官干政的现象，这与由包衣组成的内务府有极大的关系，这个问题有必要交待清楚，因为，只有在了解包衣和内务府的关系后，我们才能更准确地把握高朴一家的社会地位，明白高朴的所作所为。

前边我们曾介绍过高朴出身于内务府世家，而且他的很多亲戚也由内务府外放为官，深受皇帝的恩宠。其中的根本原因当然是因为内务府主要人员出身包衣，这些人与皇帝家族有着密切的关系。随着满族社会的发展和大清国封建君主制的建立，皇属包衣牛录的职责和地位也发生了变化，形成了早期内务府。但内务府也不是轻易就取代了历朝的宦官衙门，满族入关后，在顺治朝时，曾又起用明代原有的宦官机构十三衙门，这引起了满族统治集团的不满，与满族固有的政治集团利益发生了矛盾，所以顺治皇帝一死，十三衙门被立即撤销，为此还专门发布了"罪己诏"，就是顺治皇帝自己对起用宦官深表忏悔。这不一定就是顺治皇帝自己写的诏书，但它反映出满族统治集团对宦官机构的反对和对内务府的信任。此后，可以说内务府在为清朝统治阶级服务上发挥了极大的作用。

清代内务府是清朝总管皇室宫禁事务的机构。它的成员由内务府三旗（即镶黄、黄、正白）的十五个包衣佐领、十八个旗鼓佐领、二个朝鲜佐领、一个回子佐领和三十个内管领的包衣及太监组成。清代内务府的职责是"奉天子之家事"，管理宫禁事务。然而，实际上皇帝家事，大可至国家，小也可至他个人，几乎什么事内务府都要管一管，内务府总管大臣往往由身兼要职的大臣担任，皇帝常常派内务府官员充任本届户部和工部管辖的各重要关口的监督和盐政等肥差。高朴之所以能在江南私贩玉石而通行无阻，就是因为其祖父高斌是三朝内务府元老，其叔父高晋为两广总督，他们的亲戚朋友把持了各关口要塞，他们不愿或者害怕得罪高家。那么高家与皇上究竟关系如何呢？让我们来看看高朴的家世：

高朴祖上即为满洲镶黄旗人，隶属包衣牛录，在康熙朝撤汰十三衙门，恢复内务府后，高朴的祖父高斌即在内务府为皇上效力。从雍正朝开始，高斌逐步受到重视和提拔。雍正元年（1723）正月，高斌由内务府升为员外郎，兼佐领。到当年四月就升任内务府郎中。四年后，由于高斌的忠实能干，被外放为苏州织造。织造这个官看上去不大，但它作用甚大而且是个肥缺。织造表面上的职责主要是为宫内置办绸缎纺织品等。清代的江南三织造，即江宁、苏州、杭州织造，其地位尤其不同。因为实际上这些织造的事务远远超出了它应有的经济范围，其一是他们作为皇帝的亲信被派往江南，就是要把从江南敛收到的财物用在统治阶级身上，因此，他们有相当的特权。织造一般都同时兼管附近关税的收缴，有时还兼两淮盐政，而后两项是清代国家经济收入的重要来源。此外，他们还伙同皇商，进行人参和铜的买卖。清统治者之所以如此厚待他们，只不过是因为他们能够利用皇上给予的特权,收敛巨额财富为皇上服务罢了。其二是织造作为皇帝的亲信,他们负责监督、体察、反映江南地方政治经济情况,直接向皇上汇报。这当然只有最可靠的人才能胜任。其三是织造负责接待皇帝南巡,修建行宫,采办贡物,这些事情都需要大量财物和相当权力的人办理。所以,能被选派为织造,本身就证明他与皇帝的关系非同一般。最典型的一个例子就是著名的《红楼梦》作者曹雪芹的家世。曹家也是出身于内务府正白旗旗鼓佐领下包衣,曹雪芹的高祖曹玺之妻孙氏是康熙帝的保姆,曹玺能以内务府郎中出任江宁织造恐怕这是关键原因,而且此后曹家三代四人都备受恩宠也与此有关。据记载,康熙南巡途中遇到孙氏:"色喜,且劳之曰:此吾家老人也。"曹玺在织造任上二十二年,深得康熙信任。他死后,其子曹寅因从小即与皇上为伴,"自黄口充任犬马",那时曹寅的母亲专门陪幼年康熙"护视于紫禁城外",所以,曹寅十六岁当选为侍卫,二十一岁当銮仪卫职,二十五岁为治仪正,三十岁就以广储司郎中兼佐领出任苏州织造,两年后调江宁织造并一干就是二十年,四次兼巡盐政,成为康熙最宠信的家奴和耳目。曹寅死后,其子曹颙直接继承父业,但过早去世。为不使家业败落,皇上专门将其子曹𫖯过继给他宠信的苏州织造李煦,承业袭职,曹𫖯就是曹雪芹的父亲。由此可见,内务府官员能被外放出任织造者必与皇上有特殊的关系。

高朴的祖父高斌在雍正四年(1726)为苏州织造,雍正六年(1728)授广东布政使,后又历任浙江、江苏布政使,雍正十年(1732)调两淮盐政,兼署江宁织造。第二年二月,雍正帝令其就近学习治理河道,并在年底任其为江南河道总督。乾隆即位后，把治理江河水患之任委以高斌，从乾隆元年六月起，命他与河南、安徽、江苏、湖北四省布政使一同协商治理淮河和大运河。三年后淮河和大运河治理竣工，得旨嘉奖。乾隆帝为治理黄河，在乾隆四年（1739），命高斌前往勘测并赐诗曰："禹功万古仰平成，疏浚随时赖俊英。淮浦建牙资保障，黄流奏绩久澄清。息机早是无穿凿，顺性犹然矢朴诚。潘靳嘉遒编简在，千秋唯尔继贤声。"从乾隆帝的诗中，我们可以清楚地看到对高斌寄予的厚望。所以，乾隆六年（1741），高斌被任命为直隶总督，兼管总河印务。因治黄河有功，皇上嘉奖，又赐诗："淮扬底定早垂勋，节钺新开紫气分。自是经纶万藉展，可知鱼水正需殷。人言久庆江南雨，物望应归冀北云。保障蚕丝须识取，编氓一路闻颂声。"乾隆十年（1745），高斌被封为太子太保，授吏部尚书，仍管理直隶水利河道工程，并在议政处行走。同年十一月，兼授内务府大臣，充经筵讲官、协办大学士，并在军机处行走。可见这时的高斌深得乾隆帝信任和恩宠，真是一身兼数职。乾隆十二年（1747）五月，直隶水利工程告竣，授高斌文渊阁大学士。但在乾隆十三年（1748），奉旨查办浙江巡抚常安贪赃一案，高斌先是想作"和事老人"，不料乾隆帝有所察觉，复派大学士讷亲前往调查，高斌闻之，赶紧重又拟奏，在讷亲抵达浙江之前向乾隆帝奏闻。乾隆帝认为："此明系闻讷亲往浙之信，为此先发掩饰之计。"但乾隆帝还是为他担保说："高斌承审此案，若谓其有意瞻徇常安，朕可保其实无是心；而身为大臣，特交查审重案，乃不知秉公办事，模棱两可，尚以为识大体而沽名誉，则实有负委任，咎无可辞。交部严察议奏。"但当部议拟革职时，却被从宽留任。乾隆十六年（1751），乾隆帝南巡，命高斌以大学士衔管河道总督,随上南巡。十七年(1752)三月,逢高斌七十,乾隆帝赐诗曰:"早参黄阁待金銮,晚觉扶鸠步履难。卧理借卿为保障,成工告我永安澜。读书未懈平生志,益寿何须九转丹。黄发皤皤在朝众,勤劳轸念久河干。"可以说这是对高斌一生为朝廷效力的最高嘉奖。乾隆二十年(1755)三月,高斌卒于治河工地上。乾隆帝闻之,赏以内大臣衔,赏内库银一千两料理丧事。两年后,乾隆帝再次南巡时曾谕道:"原任大学士、内大臣高斌前任河道总督时,颇著劳绩。即如毛城铺所以分泄黄流,高斌设立徐州水志,至七尺方开,后人不用其法,遂至黄弱沙淤,隐贻河患。在本朝河臣中,即不能如靳辅,而较齐格勒、嵇曾筠,朕以为有过之而无不及也。兹者翠华南幸,追溯前劳,特沛恩纶,用孚公论。可与齐格勒、靳辅、嵇曾筠一同祠祀,以昭国家念旧酬功之典,且亦使后之司河务者知所激功。"乾隆二十三年(1758),赐谥文定,在御制《怀旧诗》中位列五督臣中。尤其值得一提的是,乾隆帝还娶了高朴的姑姑为慧贤皇贵妃,使原本密切的君臣关系更近了一层。

应该说高斌为其儿孙打下了良好的当官晋爵的基础,但从高朴的父亲高恒开始,他们父子两代屡屡犯法,都被如律问斩,这不能不说真有些令人不解。难怪乾隆帝也几次发出感叹:"惟高朴系高斌亲孙,高斌在世时,并未作恶,其子孙不成器至此耶!"高朴的父亲高恒,由荫生授户部主事,后升任郎中,监督山海关税务,后调署长芦盐政。乾隆十六年,任天津总兵。第二年,调任监督淮安关税务。乾隆二十年,其父卒,往调张家口,监督税务。乾隆二十二年,授两淮盐政。应该说,至此高恒的官运一直是扶摇而上的。乾隆二十六年(1761)又署苏州织造。当时湖北、安徽的盐价由他拟定,奏请皇上恩准。二十六年湖广总督李侍尧奏楚盐陡贵,请皇上恩准由淮商定价,皇上派高恒处理,后得恩准。乾隆三十年(1765)四月,以从兄高晋任两江总督,应回避,复任户部侍郎。九月,任总管内务府大臣。第二年,又授正白旗汉军副都统。乾隆三十二年(1767),调正白旗满洲副都统,兼吏部侍郎。正在高恒如日中天的时候,乾隆三十三年(1768),江苏巡抚彰宝、两淮盐政尤拔世查奏两淮提引历任盐政借端侵吞财物一案,乾隆帝大怒,诏革高恒职,并论斩如律。

高斌之子高恒出了这等事,如果是一般家世的官员,恐怕由此一蹶不振,但作为内务府包衣出身又与皇帝有姻亲关系的高家,却似乎没有受到多大影响,乾隆帝对他们的确是恩宠倍至。在高朴也因贪赃枉法被问斩以后,乾隆五十二年(1787)二月,乾隆帝在追忆自己的老臣时,曾下谕道:"原任大学士高斌,宣力年久,伊之子孙皆经获罪,现在并无服官者。着将伊孙候补通判高杞调取来京,以内务府郎中补用,以示朕轸念前劳,眷注旧臣之意。"这是后话。但它证明高朴的父亲被论斩如律,并没有影响到高朴的提升。像高朴这样的内务府官员的子孙,从小就在内务府为专门培养自己的子弟而设的学校学习,皇上对他们的情况也很了解,因此,在乾隆三十二年,高朴就由武备院员外郎调吏部任用。其父是三十三年被斩的,他在三十五年升吏部行走,三十六年五月升任广西道御史。在此任上,高朴向乾隆帝奏言道:"年满书吏应即撤回原处,不准私入衙署。"乾隆帝认为此奏甚好。这年十月高朴转给事中。年底,乾隆帝命高朴巡视山东漕务,高朴在此任上又上奏言:"各省漕船,过去每船只准带货物一百二十六石,超过者治罪。现经部议,额外多带之货,免其治罪，与民船一起征税就准予放行。这就容易使漕船任意揽载，必臻漕船过重，遇风抢溜，不能相让，堵滞航道。仍请按照旧例执行。"乾隆帝把此奏交部议，允行，得嘉奖。

乾隆三十七年（1772）四月，高朴被提升为都察院左副都御使。到了这个位置上，高朴的妄自尊大、胆大妄为的本性开始显露。这年九月，高朴因救护月食不到班，皇上怪罪下来："高朴年力正少，朕特因其人尚明白，遇事颇知奋勉，是以加恩擢用，非他人可比。向日方虑其性近喜事，不无过当之处，何臻遇有公事，辄行退诿不前？则其平日办事在朕前或有意见长，而退后遂图安逸，岂是负朕造就栽成之意？着交部严加议处。"从这道上谕中我们可以看出，乾隆帝对高朴还是十分了解的，他特别强调，因高朴为人聪明，而且勤奋，所以特加关照，提拔任用与一般人不同，但他也知道高朴性喜好事，就是说遇有利的事向前、不利的事退后。此为小人之本性。乾隆帝原想用这件事给高朴一个提醒，所以，当部议降高朴一级，调它处使用时，乾隆帝又下旨宽免留任。应该说，此为乾隆帝对高朴的格外关照了。乾隆三十八年（1773）正月，高朴升为工部侍郎；九月，被调往兵部侍郎。在此任上，高朴又请旨办了一件好事，就是给军营中未及请封者，请自凯旋之日起，展宽一年，按恩诏以前各原品补给。这当然是皆大欢喜的事情，所以，一年后，高朴便被授为兵部右侍郎。

这年七月发生了一件对高朴仕途极有影响的事。高朴从自己的朋友处得知：内监高云从泄漏道府记载，左都御史观保，侍郎蒋赐启、吴坛在九卿班私论记载优劣。前一项犯了清朝严令规定的严禁内宫侍人与外官交通往来，违者一律问斩之律；后者犯了私论国家机密,扰乱朝纲之罪。高朴把这件事情奏于皇上,乾隆帝大怒,下诏革观保等职,交刑部严审,高云从伏诛。谕曰:"此案高云从以下贱太监肆无忌惮,岂可不亟为整饬,以肃纲纪?但不屑因此遽兴大狱,故将高云从即行正法,不复一一穷治,岂观保等所能狡词幸免乎?观保、蒋赐启、吴坛等清夜扪心,若自知身获重愆,朕加恩不为穷究,感愧无地,尚得谓之稍有人心,至若无知之徒闻之,妄以观保等为无辜受诬,且以为高朴为小人多事,则是观保等良心泯灭殆尽。"乾隆帝这时对高朴的小人本性有比较清楚的了解,但从统治阶级的利益出发,这种性格未见得不是一件好事。其实,在清朝,由于各种严法酷律,特别是经过清初几朝的文字狱,使臣子们的人格变成了一种绝对依附性格,忠诚只对皇帝有意义,曲意逢迎成了在朝官员的本领。从根本上看,这也是一个社会失去主动性和变革能力的表现,也是从乾隆开始,清朝步入了不可挽回的衰退的必然之路。像高朴这样人格低劣、投机取巧的小人,哪个皇上用了,结局肯定都是一样的。但乾隆帝是要求臣子们对他的忠心,而并不在乎是告密还是背叛,所以他说:"高云从之事,大臣中岂无见闻?独高朴为之陈奏,众人抚躬内省,对高朴应多自惭。然此乃大臣应奏之事,而并不因此赏鉴高朴重加任用。"乾隆帝也感到就这件事而重用高朴必为众人不满,他毕竟还是屈指可数的明白君主,能从两方面看问题:"若众人因高朴具奏此事,私心衔恨,计图巧为倾陷,则自取其死,岂能逃朕之洞鉴也?若高朴以此沾沾自喜,遂因而高兴多事,即属器小易盈;或高朴因此事已显公正,不识自知谨凛,肆意妄为,转致营私舞弊,则高云从即其榜样。朕不能曲为宽贷也。"这不能不说乾隆帝对高朴的将来还是有所感觉的,还是有所担心的。我们从高朴父亲的档案材料中发现,其父高恒也有"揭发"朋友这一手段。乾隆二十五年,高恒为两淮盐政时,上奏疏劾以前他保荐的淮南监掣同知张永贵,谓其狡黠不职。皇上闻后,将张永贵革职,并嘉奖高恒,第二年便升任苏州织造。这真是有其父必有其子。这或许只是巧合,但我们仔细想想,高朴从小耳濡目染其父的宦海仕途,他没有从中接受被砍头的深刻教训,而是觉得父亲做事胆子太小,恐怕他认为,要捞就一下捞个够,即便是被革职,只要不杀头就值得。况且,他以为他在皇上面前已经有了面子,有了些资本,他的几次"大公无私"肯定给皇上留下了深刻的印象,这会使皇上委任他一些重要的差事,就是有些反映,皇上也会法外开恩,或许皇上会以为是因他"大公无私"而结下的仇家陷害他呢。

的确,人太聪明的最后结果,总是栽在自己设下的圈套中。高朴恐怕就是这种人。在他赢得乾隆帝的一些信任后,乾隆三十九年(1774)十一月,高朴被派去岫岩城查办仓粮出粜、减价过多的案子,高朴又来了个雷厉风行、秉公办案,将率请减价之城守卫雷健革职,并奏请允准处理出粜方案:"旗仓米价应照月报市价酌减,每石不得过二钱,月报仅令文职专司,又恐浮开预留,请一体将军等,然后转报户部,以备稽查。出粜时,城中守卫先报盛京户部,并令该管将军、副都统各派员赴仓监粜。"部议高朴的方案后准行。这件事使高朴的办事能力又给皇上留下了很深的印象。乾隆四十一年(1776),高朴被授予镶蓝旗满洲副都统,不久即调正白旗满洲都统,兼署礼部侍郎。就是在这一年年底,高朴被派往新疆叶尔羌,任叶尔羌办事大臣。这时距高朴的父亲被斩已有八年,而两年后,就是其父被斩正好十年的时候,高朴也如律问斩。这真是无巧不成书啊。高朴原以为叶尔羌天高皇帝远,正好是他施展一番的好地方,其实,他太不了解叶尔羌和居住在那里的回族百姓了。从另一个角度说,他并不知道玉乃山神之灵秀,取之必有道,得之必有信,藏之必有德。否则,只能是人财两空。

从前边的叙述中我们知道,新疆玉的使用大约始于五千年前,而且,新疆玉以它精良细腻的质地,纯净怡人的色泽,在中国玉器史上占据了极其重要的地位。但是,以往新疆玉石产地主要集中在和田、玛纳斯等地,而密尔岱山的发现和开采较上述地区晚得多,密尔岱山玉石以巨大的山玉而闻名全国却是从高朴玉石案后才广为人知的。密尔岱山玉石的发现大约在17世纪,最早关于密尔岱山玉石的详细的文字记载是清人徐松,他是嘉庆进士,生于1781年,由翰林院编修擢湖南学政。此人博览群书,精于史事,尤其擅长地理之学。后因事谪官,发往伊犁。在新疆伊犁时期,他亲历天山南北,记下山川道里,询问于仆夫、驿卒、通事,并遍览旧史、方略、地志有关地理记载,一一录之,写成《西域水道记》。就在这本书里,徐松是这样记载密尔岱玉石的:"密尔岱山之北,山峻三十许里……谷深六十余里。山三成……中一成则琼瑶函之,弥望无际,故曰玉山。采者乘牛车至,穿凿于其间,坠而后取,往往重千万斛。山与玛尔湖鲁克山峰峦相属,玉色黝而质坚,声清越以长。"如此巨大的山,将近有一半都蕴藏着玉石,而且只用一般工具穿凿就能得到。但当时的采挖玉石完全是当地人,个体手工式的,因此,不会采出巨大的整玉。而和田玉石由于是在河床中拾取,不用进入深山,不用寻找、采挖和驮运,所以比密尔岱玉石使用早,流传广,影响大。但实际上,无论就其成色还是体积而论,密尔岱玉石比和田玉石更好,特别是重达几千斤一块的巨型玉石,在全世界也是十分罕见的。

最著名的一个实例,就是"密尔岱山玉大禹治水图",这块玉石的发现和采挖,就在高朴犯案的乾隆四十三年。据史书记载,当时开采出的原石重一万零七百斤,是用了几百匹马拉,上千人推,经过三年时间才运到北京的。后经水路运至扬州雕琢,又经过七年才雕制完毕,制成后又经水路运回北京。前后共用了十年时间。据有关权威著作介绍,"玉雕大禹治水图"是世界上最大的玉石艺术品,是无价之宝。玉雕高2.24米,宽0.96米,错金铜座高0.6米,正面和两侧为构图,后面是题诗处。这个巨大的玉雕作品是专门为乾隆八十寿诞而进贡的。玉雕展示了不同动作的民工,拿着各种工具在山势险峻的悬崖峭壁上凿石打钻的劳动场面,气势雄伟,精美绝伦。正面山巅刻有"玉福五代堂古稀天子宝"一方印,左有"天恩八旬"一圆印,背面上方刻"古稀天子"一圆印,正中琢隶书"密尔岱山玉大禹治水图",其下为当时最著名的玉雕专家朱永泰镌刻的乾隆帝题写的诗词:

神禹敷土定九州,帝都之地冀州始。冀州也近距三河,其中大河巨擘是。导之虽曰由积石,意在寻源必于尾。雍州九末继昆仑,于斯可识神禹旨。乘四载迹遍寰区,曾主否乎难究红。昆仑河源并产玉,大都早见简明语。设曰积石即河源,是实拘墟耳食矣。汉武之言有见哉,昆仑产玉千古美。兹得密勒塔巨材,昆仑宛延乾所遁。其高七尺博三尺,卓立如峰之列施。不中尊垒中图画,石渠古轴传治水。装潢边幅失姓名,顾展朱赵难率拟。以为粉本命玉人,宛见躬劳崇伯子。免收执斧同众工,诚感神明助力台……无服远德莫为漠,求珍玩扬或致否。慎哉长言示奕祀,如伯训当塾读尔。

这段诗可以说把乾隆喜玉爱玉之情都写出来了,特别是最后他强调,有德才是玩玉藏玉的基础,无德之人根本无福消受美玉纯净飘然的品格和高贵价值。这是否是乾隆帝在这巨大的密尔岱山玉雕前,想起为盗玉敛财而问斩的高朴?不得而知,但人们,包括像乾隆帝这样的封建社会的最高统治者,为了占有这些珍奇异宝,又有多少人丢失了性命,又演出了多少离奇曲折的人间悲剧。

就新疆少数民族生活习俗来看,玉在其生活中并没有起着多大的作用,并不像在江南有那么高的价值,当然,这与当时宫廷的喜好和江南富商巨贾大量购买和使用有关,而之所以要购买和使用玉器,又与汉族的生活习俗和民间信仰有关。当时新疆维吾尔族的生产方式主要以游牧为主,整个社会政治组织保持着封建游牧部落或庄园领主式的统治,这种制度使大部分人处于失去自由的境地,只能为自己的主人或租用他人的劳动工具进行生产,因此他们不可能积累财富,也就不可能大量使用以陈列和装饰为主要用途的玉器了。而少数富有的达官贵人对玉器的需求毕竟是十分有限的,所以,新疆玉石历来都是以原料的方式向内地输送。当然,在少数民族中,用一些小块玉器来装饰马具、刀具或用作妇女的头饰是相当普遍的,但这种需求的总量是微乎其微的。只有在江南和中原地区玉的广泛使用,并成为财富和高贵的象征,玉石的需求才会达到一定的规模。而形成这种社会风尚,又要有统治阶级的喜好和追求为引导。因为,他们的喜好、追求必然成为社会其他阶层喜好和追求的目标。乾隆帝喜爱玉器,所以在乾隆时代,社会各阶层对玉器的总需求大大增加,一些精美的、独一无二的玉雕艺术品也都出现在这个时期。而新疆维吾尔族的社会文化生活都在伊斯兰教的影响之下,伊斯兰教反对奢侈、浪费,主张朴素、节俭和信仰忠诚。这对当时政教合一的新疆地区的政治经济的确有很大影响,特别是叶尔羌地区,更具有自己的历史独特性。

1513年,察合台的后裔赛义德击败了喀什噶尔苏丹,在叶尔羌城建立了新的政权,这个政权被称为"叶尔羌汗国"。叶尔羌汗国先后存在了一百六十四年,它最强盛的时候,除了天山南部地区外,还将巴尔喀什湖以南地区、伊赛克湖地区、费尔干盆地以及巴达克山地区,都纳入了自己的统治范围,管辖着祖国西部的实际版图。直到1678年,在准噶尔可汗噶尔丹的进攻下,叶尔羌汗国才结束了自己的统治。而清朝消灭准噶尔汗国是在1697年,就是说,叶尔羌汗国存在的历史与臣服于清朝之间,仅间隔不到二十年。它出现了两种形势,一种是长期的叶尔羌汗国形成了一定的、相对稳定的社会阶层和生产方式,清朝的统治一开始只是形式上的,由臣服的当地可汗们继续实施统治。另一种形势是在此后的很长时间里,皇帝不得不几次御驾亲征新疆地区,平息准噶尔部的叛乱和其他一些地方的起义,直到乾隆二十四年,清朝对新疆的统治才真正稳定下来。

在第一种形势下,清朝的统治并未真正达到叶尔羌地区,因为清朝军队在打败准噶尔汗国对叶尔羌的统治后,扶植了原来叶尔羌可汗后裔大和卓波罗尼都、小和卓霍集占管理南疆。但他们认为这种任用依然是对他们的禁锢,企图摆脱清朝中央政府对他们的控制。在这种形势下,他们对叶尔羌地区的统治必然表现出自己原有的特点,而排斥清朝统治的影响,这就使得清朝后来在对新疆南疆地区实施真正统治后,总面临复杂的民族矛盾,这对中央派驻官员的要求和责任也十分重大。这也是为什么高朴案发后,乾隆帝大怒,并严厉处置的主要原因。

在第二种形势下,清朝政府视新疆地区为"我朝用兵戡定"之地,加强对新疆的统治,采取了一些有效措施。在新疆地区实行军府制,建立军政机构。在伊犁设伊犁将军,总管新疆事务。在回疆设参赞大臣一员,驻喀什噶尔,"总理回疆事务"。在叶尔羌、乌什、阿克苏、库车等十一城,各设办事大臣或协办大臣一员。又依回疆原有制度,在各城设阿奇木伯克,但取消了伯克职位世袭,并分散其权力,使之分别受各大臣管理。在喀什噶尔等十一城均派驻八旗军驻防。在经济上,清政府减少回疆的贡赋数量,比如叶尔羌所司七十二城、村,计三万户,十余万口人,过去每年贡赋交纳十万腾格普尔,另外还有"金税、贸易缎布、牲支等税",改为一年征粮一千四百普特,约折钱一万五千腾格普尔。同时,在新疆兴办屯垦,以期兵民两利。但就是如此,在乾隆时期仍发生了类似乌什起义这样的重大事件。乌什起义对乾隆帝处理高朴玉石案有很大影响。

乾隆三十年(1764),清朝完成了重新统一天山南北的伟大事业。此后,乌什和叶尔羌城都成为清朝军队驻防的要地。叶尔羌引起清朝政府重视的另一个原因,是此城一直是叶尔羌汗国的守旧势力——黑山派的中心,清朝格外关注叶尔羌城的政治经济变化。而乌什的重要在于,它位于阿克苏河上游,即托什士干河畔,离阿克苏城约二百四十多里,向来是出入天山南部的重要门户。乌什的名字与天山南部的许多历史事件联系在一起,从而使它扬名于天山南北和中亚地区。清朝政府最初选派到乌什的阿奇木伯克,名叫阿布都拉。他是哈密世袭贵族玉素甫的胞弟。这个家族与清朝有相当深远的关系,清朝政府任用阿布都拉,说明它是非常重视乌什的。但阿布都拉依仗权势,暴戾贪婪,指使其手下欺压回众,贱价强买布匹,抢夺肥壮马羊,又勾结办事大臣素诚采买官粮,均不给价。又将瘦羊四百只,命乌什城中百姓必须购买,而且每只银四两。而办事大臣素诚昏庸懒惰,不理政事,惟务苛索,苦累回众。在1764年2月,乌什百姓二百四十人,奉命解送沙枣树苗,小伯克赖黑木图拉负责押运,但官府却不告之解送地点,他们去阿布都拉处问,阿布都拉以冒犯重责数十鞭。到办事大臣府问,办事大臣又以唐突重责每人三十杖。大家忿怨交集,共推赖黑木图拉为首领,发难起义,一夜之间杀死阿布都拉、素诚及兵役,放火烧毁了办事大臣衙门。事发后,驻阿克苏办事大臣率领一支五百人的军队前来镇压。据当时文献记载,城中百姓见清军来了,一些百姓打开城门,想迎接办事大臣,诉说事情的原委,不料,办事大臣卞塔海以为是开城迎战,慌忙开炮,百姓只好退回城内。结果,清军被打败。随后来的喀什噶尔参赞大臣纳世通也败下阵来。此事引起乾隆帝的极大重视,他派伊犁将军明瑞率军一万人会攻乌什城,历时三月才克。这次起义对清朝政府认真考虑安抚和改革统治新疆的政策起了相当大的作用。乾隆帝认为，这次起义完全是参赞大臣纳世通、办事大臣素诚等官员欺压、勒索回众，激成事变，因此，连续下诏，严令明瑞调查各办事大臣的行为，将纳世通、弁塔海处死，抄没素诚家产，将贪赃枉法、索取回人金银财物、使百姓无不嗟怨的和田总兵和诚正法。乾隆三十年，伊犁将军奏上"回部善后事宜"共八项，经军机处部议后，乾隆帝恩准执行。这就是著名的《明瑞奏议》，它后来成为清政府实施于维吾尔地区诸措施的核心部分。从这层意义上讲，乌什起义是清朝对新疆政策的一个重要转折，在策略上作了重大修改和补充。其后，天山南部出现了半个多世纪安定的政治局面。

而事隔五年，就出现高朴欺扰回众、盗卖玉石案，这对乾隆帝的刺激是可以想象的。所以，乾隆帝一看到永贵的奏折后，发出的第一道圣旨中，就强调"此案今若不为色提巴尔第告发，久而久之，则又如同素诚逼迫乌什回众作乱，关系重大"。类似这样的话，在以后的上谕中也时时出现，证明乾隆帝深恐高朴一案酿成乌什之变，如果在两个南疆重镇，乌什和叶尔羌接连发生少数民族起义，对清政府在新疆的统治是极为不利的。所以，乾隆帝处理高朴一案的原则是：对中央派驻官员所犯罪行，严惩不贷；对造成或参与此案的一切人员都严加追究，财产全部罚没，以此表明一种彻底根绝此类事件再发生的决心，让无论是官员还是商人都感到这是一条绝路。

当高朴盗卖玉石、欺扰回众的事实越来越明确以后，乾隆帝更感气愤，在乾隆四十三年十月十九日给永贵的上谕中言道："高朴在叶尔羌种种贪赃之事，甚属明显；其委任伯克时，高朴仍索取银两。此等之事，就在内地亦不准，更岂在新疆如此目无法纪,任意贪赃?况且,据高朴家人常永所遣马德亮供称,今年正月上元之际,高朴不仅观赏百戏,且听秧歌等语。高朴身为钦差大臣,值此孝贤章皇后大事尚未过二十七月之际,高朴在彼处竟敢如此寻欢作乐,有此种种劣行殊为无情之人,愈思愈可恨。现将伊在彼处正法,实不能与其罪相抵。著将此谕知永贵,俟高朴正法后,即将其尸体弃于荒野喂野兽,断不可入殓运回内地。倘有私自偷运带回者,务必严加治罪。"永贵接旨后,即照上谕将高朴尸体弃于荒野。可见,皇上对高朴怨恨之极。

乌什参赞大臣永贵在叶尔羌城将高朴案内有关人员、有关事由一一审清后,遵旨分别加以惩处,并遵旨布告叶尔羌百姓:

> 今年五月间,高朴奏请开采密尔岱山玉石,以为给皇上贡赋,实为借机多采盗卖。并借进贡大块玉石之名,多派工夫达三千余名,并伙同伊什罕伯克阿布都库尔霍卓、通事什胡勒伯克果普尔、密尔岱山卡伦监理达三泰欺扰回众,盗采玉石,与不法商人徐茂儒、张銮、阿布拉等结伙,将大量玉石偷运过关,销往江南,牟取暴利。因高朴身为钦差大臣,竟敢如此目无法纪,投机取巧,肆意欺扰回众,现已遵旨,将伊严加审讯,即行正法。伊什罕伯克阿布都库尔霍卓谎报功绩,怂恿高朴盗卖玉石,并贿赂高朴为其办事,乘机偷盗玉石上万斤,身为地方伯克,不但不为回众着想,谏阻高朴,竟敢怂恿其主,仗势欺人,现遵旨,已将其与高朴一并正法,以儆效尤。其余案犯已按大清律法,严惩不贷。以上案犯财产全部罚没入官。

狂沙漫

遵皇上旨意，将本年派出采玉之三千六百名人数，饬交阿奇木伯克等查清，遵照圣旨，宽免其来年应纳之一年贡赋，以后再无扰累。尔等唯当感激皇恩，不误年交之贡，按时交纳，各守本分，安居乐业。尔等诸伯克业已将上山受苦之回民姓名，尽数呈报本大臣等，何人上山应差，本大臣皆知，档册记载亦甚明白。不肖伯克头目等，若将宽免来年贡赋之人，复加苦累，摊派贡赋，即行告知本大臣等及阿奇木。故此，尔等务按大皇帝谕旨，遵照实行。

驻乌什永宁城总统回子诸城事务参赞大臣、吏部尚书、世袭轻车都尉永大臣布告。

此后，永贵将所有罚没财产清点、封存，该解往京城的，派得力人员押解进京。乾隆帝特别强调，将所有起获、罚没、收缴的整块玉石和渣子玉都押解至京，恐怕他也是想看看高朴到底贪了多少东西。剩下的，凡是金银、牛羊、田产、宅院都直接归入官府，抄没的一些其他物品折银拍卖。这是在处理叶尔羌在案人犯后，永贵作的另一项关键工作，也是揭开高朴等盗卖玉石案的主要事实和成果。此项工作量大而且琐细，一直到乾隆四十三年年底才基本结束，并上报朝廷。

首先是如何处理鄂对及其财产。因鄂对以前在军营效力，被恩赏贝勒爵位，授为叶尔羌大城阿奇木伯克。在高朴案发后，乾隆帝因鄂对已故，一开始不打算追究鄂对的责任。但在审讯高朴家人李福的口供中，乾隆帝得知，高朴到叶尔羌后，见鄂对生活富裕，即让鄂对为其寻玉。鄂对后来给高朴金五十两，玉石九十块计两千余斤，交李福、张銮携至苏州出售，得银十二万两。

乾隆帝震怒："足见鄂对昧良负恩,先前就有勒索回民、私采玉石之事。鄂对如不处理,以后朕将如何其他伯克。伊若尚在,亦当正法。今虽身故,理应革去贝勒爵位,查抄家产,以示众戒。其子伊斯曼所袭贝勒爵位,即应革去。因他所承袭的贝勒爵位是尔父效力所得,今尔父蹈此重罪,理应革去。但鄂斯曼并未随其父居住,此事与他无干。著加恩授为散佚大臣,仍留喀什噶尔阿奇木伯克之任。但伊既已革去贝勒,不可仍戴二眼翎,为此著摘去现戴之二眼翎,赏戴一眼翎。亦不动尔之家产。尔惟当感激皇上隆恩,凡因公务尽当效力,安抚所辖回民,以报皇上恩典,断不可仿效尔父行事。"

鄂对在世时,其妻随子鄂斯曼住阿克苏城,其妾随鄂对住叶尔羌。及至鄂对亡故,补授色提巴尔第为叶尔羌阿奇木伯克,鄂斯曼为喀什噶尔阿奇木伯克后,鄂对之妻亲自前来叶尔羌,接走鄂对之妾。所以,鄂对在叶尔羌的家产,除其妻妾拿走的以外,经色提巴尔第查,有宅第一处,城外有园圃一处,田五十帕特玛(维族度量单位),还有一些小物件,其余牛、马、驼、羊和贵重物品尽数被迁往喀什噶尔。乾隆帝谕令,因色提巴尔第即已为叶尔羌阿奇木伯克,鄂对宅第不必充公,赏予色提巴尔第。其他查出鄂对留在叶尔羌的珍珠玉器银钱牲畜衣物等有:

一、应行送京的

珍珠耳坠一对;	小珍珠十粒;
青白玉狮子一件;	青白玉小碟二件;
镶宝石白玉花一件;	镶宝石青玉小钟一件;
白玉匙三件;	白玉杖头一件;
白玉刀柄二件;	玛瑙小钟二件;

水晶石一块；　　　　　玉石三块；
　　金丝缎四匹；　　　　　蟒袍料一匹；
　　镶银宝石马鞍一副；　　黑羊羔皮三十张。
二、应行入官的
　　银五百两；　　　　　　普尔钱七千文；
　　马一匹；　　　　　　　羊五十只。
三、应折价变卖的
　　折价变卖田宅一处，有土房二十八间，树七百四十七株，估银一百两。
　　其余旧衣物等折银二百二十三两，两项合计银三百二十三两。
　　因鄂对的主要财产已转移到阿克苏，而且，到底有多少是鄂对的，有多少是其子鄂斯曼的，说不清楚。乾隆帝谕命不准动鄂斯曼的财产，也就使随后追查鄂对的财产的行动成为走走形式。而高朴及高朴家人名下罚没的财产，数量可观。
　　高朴名下入官变价各项：
　　银一万六千六百一十两七钱三分五厘；
　　链子甲二副；　　弓四张；　　　箭九枝；
　　撒袋一副；　　　大小鸟枪八枝；腰刀十三把；
　　马四十匹；　　　骡九匹；　　　驴一头；
　　衣物变卖折银一千二百七十五两二钱七分八厘。
　　高朴家人名下入官变价各项：
　　银五百六十两；衣物变价折银六十六两六钱五分。
　　达三泰名下入官变价各项：
　　银一千九百一十七两五钱；　普尔钱七千五百文；

腰刀一把；　　　　　　　马二匹；

衣物折银一百零六两三钱二分。

阿布都库尔霍卓名下入官变价各项：

银五千九百七十两三钱；　普尔钱五万一千九百文；

锁子甲一副；　　　　　　鸟枪八枝；

腰刀四把；　　　　　　　撒袋五副；

弓五张；　　　　　　　　箭三十四枝；

驼三十四只；　　　　　　大小马三十四匹；

大小牛四十三只；　　　　大小驴三十八头；

羊一千一百七十只；

衣物房产变价折银三千七百九十两二钱。

什胡勒伯克果普尔名下入官变价各项：

银一千二百两；　　　　　普尔钱四万五千六百七
　　　　　　　　　　　　十八文；

鸟枪五枝；　　　　　　　腰刀八把；

撒袋两副；　　　　　　　弓三张；

箭五十四枝；　　　　　　铅四斛；

驼一只；　　　　　　　　马十四匹；

牛十八只；　　　　　　　驴二十三头；

羊一百一十八只；

衣物房产变价折银二千零九两七钱七分。

托克托索丕名下入官变价各项：

银一百五十两；　　　　　弓二张；

箭十五枝；　　　　　　　马二匹；

大小牛二只；

衣物房产变价折银四十八两八钱八分。

同时,还将在叶尔羌与高朴串通贩卖玉石的四名商人的所有财产尽数罚没入官,如本人已离开叶尔羌的商人,其家也要全部抄没。具体情况如下:

商人徐茂儒名下入官变价有:

  银七十四两;   普尔钱五百九十七文;

  马九匹;   骡八匹;

  货物变价折银一百三十三两六钱四分。

商人袁炳堂名下入官变价有:

  银六十七两;   马八匹;

  骡五匹;   货物变价折银一百七十二两四分。

商人赵均瑞名下变价入官的有:

  普尔钱八百三十文;货物房产变价折银四百七十八两一钱七分。

回子商人阿布拉名下入官变价的有:

  银一两;   普尔钱五百五十文;

  马十五匹;   羊七百只;

  衣物变价折银一百九十三两五钱。

以上各项总计入官:

  银二万九千五十两五钱二分;

  普尔钱十万六千六百余文;

  衣物房产货物等变价折银八千二百七十四两四钱一分;

  锁子甲三副;   弓十四张;

  箭一百一十二枝;   撒袋八副;

鸟枪二十一枝；	腰刀二十六把；
马一百三十八匹；	骡二十六匹；
驼十五只；	牛六十三头；
驴六十二头；	羊一千九百二十五只。

以上财物，银子存入官库并入正项奏销，军械入军库备用，马匹并入特木尔牧场妥为放牧，牛、骡、驴交会绿营官员，并入官办牧群放养。

古人早就说过"人为财死，鸟为食亡"。的确，高朴等人都是为了得到更多的钱，而贪赃枉法，或投机取巧，结果都是为别人作了"嫁衣裳"。但将上述人等细细看来，却又各有不同。鄂对恐怕最是老奸巨猾，他在叶尔羌多年，而且靠军功授贝勒爵位，可以说，是资历深、官阶高、名气大。乾隆二十三年（1758），在平定汗和卓叛乱中，鄂对由于对当地环境和民意的了解，而提出了一些正确的建议。鄂对早就以自己手中的权力，偷采玉石，违法倒卖。他靠贩玉获得了大量的财物，利用手中的金银，拉拢朝中官员，其中高朴就与他素来相好。我们不知道高朴被派到叶尔羌是否有鄂对的怂恿，或鄂对引诱他如果能来叶尔羌，保证让他发财。不然，为什么高朴一到叶尔羌，鄂对就送给高朴金子和重达两千余斤的大块玉石。高朴把鄂对送给他的玉石偷运到江南，卖了十几万两银子。高朴是尝到大甜头后，才请旨每年开采密尔岱山玉石两次，为进贡而用。其实，就是借机大肆盗采玉石，牟取暴利。但鄂对对自己的未来可能已不抱什么希望，他也不想此事的可怕后果。因为，从后来的审讯的结果看，鄂对死后，永贵查出他欠别人的银子就达七千余两，在这种情况下，他居然还大方地把银子送给高朴。这难以让人置信。当然，高朴奏请开采密尔岱山玉石以后，真正获利的并不止高朴，像阿尔都库尔霍卓、达三泰竟然能把十万斤的玉石运往江南，这种肆无忌惮的盗采和贩运，恐怕高朴本人并不了解，也没办法控制。他以为叶尔羌这个小城的官员和百姓，见了他这个钦差大臣，一定会唯命是从，小心谨慎。他可能并不完全了解叶尔羌城的百姓，他们也曾是一个十分强大的、历史悠久的并作为中心地区的百姓，他们使高朴上了当，以为他的行为不会引起当地官员的反感和百姓的反抗。所以，他才敢如此胆大妄为。不然我们无法理解高朴愚蠢的行为，他在被永贵锁押以后，好像才明白了自己在干什么。他对自己所犯罪行供认不讳，也没有作一些争辩，或许他根本就没有这个机会。高朴的父亲高恒被斩时，高朴已在衙门任事，他应该最明白此等事件的结局。我们无法知道高朴被斩时的心理，但我们可以猜想，他是不是在怨恨他的父亲，因为，父亲的行为曾直接影响了他的思想和做人准则；他是不是在哀叹自己的命运，与其父落得了一样的结局；他是不是真的在后悔，在自己年轻有为、官运亨通的时候，却栽在了叶尔羌出产的美丽迷人的玉石上。不过，人到了这个时候，真的有所悔悟，反倒说明了他先前是利欲迷心。如果他此时自认倒霉，那倒说明他原本打算就是如此，骨子里就是想方设法要贪钱。从高朴的口供来看，他好像应该属于前一种人。

而伊什罕伯克阿布都库尔霍卓，他是那种自以为聪明，且为人奸猾的人，他给人表面上的感觉是豪爽的，但他的目的是为了自己的利益。在高朴上任叶尔羌办事大臣后，阿布都库尔霍卓想尽一切办法赢得高朴的信任，并表现出为高朴办事情他愿意尽心尽力。高朴想在叶尔羌办事，自然需要这样一个忠心耿耿的伯克，于是他们一拍即合，高朴有什么要求，阿布都库尔霍卓尽力去办，而阿布都库尔霍卓对高朴的要求，高朴自然不能应付了事。所以，在为阿布都库尔霍卓的养子阿布都拉艾则斯保举顶子和加升官品的事情上，高朴正式报部议存档，而其他几个保举顶子的人都是高朴擅自私封，没有实际作用。与鄂对相比，阿布都库尔霍卓失去的太多了，这也说明他与鄂对在认识这个问题上的差距。他不仅自己丢了性命，而且所有家产全部被罚没，妻子被赏与其他有功伯克，儿子、亲戚遭连累，可以说是彻底的家破人亡了。

至于像通事果普尔、主事达三泰，他们从某种意义上讲是受害者，这些人如果跟一个不似高朴这样的官员，他们就不会犯这样的错误。我们为什么敢这样说呢？因为，从果普尔的口供及达三泰的行为来看，他们都属年轻有为，想干一番事业的人，他们并不是一开始就想从中捞取金银，当然，我们也不能肯定他们过去就没有倒卖过玉石，但起码在高朴之前还是少量的、小型的、私下里进行，这还不至于到杀头丢官的地步。但高朴来了以后，名正言顺地奏请开采密尔岱山玉石一年二次，并动用三千八百多民夫，简直就是浩浩荡荡地公开为皇上采挖玉石，实际是采到的玉石大部分又被个人所得而倒卖出去。这种公开地轻易地获利，使他们原来的警惕和自我约束意识彻底丧失，与高朴一起大肆偷采盗卖玉石，结果断送了自己的前程。

在中国封建社会，对商人犯法的处理和惩罚是十分严厉的，这从一个方面反映出商人阶层在封建社会中的地位还是有限的。有权力和地位的是封建专制统治集团和封建地主。只有到了封建社会末期，当新的生产方式逐渐出现，一定规模的生产组织取代家庭式的、以手工为主的生产方式以后,商人的资本在社会生活中开始起到相当的作用时,商人即资本家阶级才上升为社会的主导集团。但由于中国长久以来由封建制度和封建思想占主导地位,商人阶层的发展始终受到专制制度的制约,而结果就是官商结合。在清代,很多有利可图的行业都以官办的名义,被统治阶级垄断。像玉石开采就是这样。但既然官方负责采玉,而贩卖仍需商人从中进行,清代玉石行业还没有达到像人参贸易那样高度的官商垄断。所以,高朴玉石案牵涉到很多商人,其处理都是抄没全部财产,涉案人入狱。尤其是一开始,乾隆帝谕令,凡是陕甘沿途截获的所有携带玉石之人,一律押之,没收玉石和玉器。很多有凭有照的正经商人也逢遭劫难。官府在惩治和罚没商人财产时的积极性也是很高的。如获罪叶尔羌商人赵钧瑞和张銮,当时赵钧瑞与高朴家人常永携带四千余斤玉石正在返回京城的路上,张銮与高朴另一家人李福正在去江南贩玉的路上。他们除了参与高朴贩卖玉石以外,在叶尔羌、阿克苏和内地还经营几处店铺。在查到赵钧瑞与高朴等串通倒卖玉石后,除了把他在叶尔羌的货物和店铺变价后,还立即差人将其在阿克苏的财产店铺查封,然后变价拍卖。而赵钧瑞在新疆的主要财产在阿克苏,变价拍卖所获当然是很大的:

银三百一十四两六钱三分;

驼三十二只;

锦缎五疋折银五十两;

参花缎料上衣折银五两;

蓝西绸二十丈折银九两;

蓝绸二十丈折银九两;

绵绸二十四丈折银十六两八分；

宗巴绸七丈二尺折银三两四分；

杂色绒十二疋折银八十四两；

洗绒袍料九件折银三十一两五分；

皱袍料一件折银一两六分；

挞链布十件折银二十二两；

对子挞链布五付折银十二两；

海龙皮帽一顶折银一十两；

杂色布一千二百七丈二尺折银二百四十一两四分；

水獭皮帽十顶折银三十五两；

水獭皮领袖五付折银十四两；

丝线三十六觔折银七十二两；

瓷汤碗一千五百捆折银三百两；

其他瓷器折银一百一十两；

陆安茶一百一十觔折银五十五两；

松苏茶一千一十四觔折银三百余两；

阴茶三十六封折银四十三两；

珠兰茶九十七觔折银六十七两五钱；

武葵茶一百五十四觔折银三十两；

白糖一千一百觔折银二百五十七两；

冰糖八十五觔折银二十三两；

红糖一百七十觔折银五十两；

花椒一百一十觔折银二十二两；

胡椒五十觔折银三十两；

马前子九十觔折银三十三两二钱；

黄蜡八十一斛折银四十一两；

安息香一万一千枝折银十八两；

改莲纸一百二十合折银六十两；

骡马掌一百副折银三十两。

共变价折银二千三百五十两六钱四分,这还不包括店铺房产。张銮的结果也是如此。

从以上我们列出官府变价拍卖的各项来看,首先,赵钧瑞是一个典型的杂货商人,他们的商业买卖活动对边远少数民族的生活影响是很大的。而在边远少数民族地区,几乎没有日常生活必需品的生产,经营这类商品的商家往往在当地少数民族中成为必不可少的人,但也因此被当地人看做是剥削他们的财主,在经济和民族关系上形成矛盾。其次,这些商家一般与内地联系广泛,信息灵通,经常与官府勾结,牟取暴利,所以,每当当地出现起义或叛乱时,他们是首当其冲者。其三,官府在平息与百姓的矛盾时,他们往往成为替罪羊,而且,查抄他们的财产官府也不遗余力。赵钧瑞是内地回民,且会维吾尔语,在叶尔羌经商多年,关键是他用钱把阿布都库尔霍卓拉住了。据称,他与阿布都库尔霍卓来往日久,而阿布都库尔霍卓家的银两、普尔、缎布等物,皆取用于赵钧瑞之店铺,从来不付银两。在阿布都库尔霍卓负责管辖密尔岱山后,赵钧瑞与张銮联手,出钱购买玉石,并由高朴家人李福携带,贩运至江南。

但美丽的玉石并没有给他们带来财福和好运,贪婪的结果却是人财两空。从某种角度看,这些商人的结局,依然是清朝政治风云作用下的特殊现象,是官商结合中,当"官"一方出现问题时,他们的买卖成与不成就不由他们自己了。但如果因此就说他们选择高朴本身就是愚蠢的,那也不对。因为,在封建社会除了"天子"一人以外,其余的人恐怕都处在"伴君如伴虎"的位置上。从高朴所读书目来看,他也不是个不学无术之辈。在给永贵的圣旨中,乾隆帝谕令永贵查抄高朴所藏之书,看看高朴有无不端之念。这可能与乾隆时期大搞文字狱有关,但我们通过高朴所藏书籍,从一个侧面认识像高朴这样官阶的人物读些什么书,这也是认识高朴思想的一个十分重要的方面。

永贵从高朴处查获的书有:

幸鲁盛典	太平广集	池北偶谈
砚云中编	练川十二家诗	春星堂诗集
情中烈传	排闷录	西堂余集
寄园寄所寄	琵琶记	小学大全
李石亭诗记	固哉草亭记	国朝诗别裁集
博古图	虞初新志	聊斋志异
韵府群玉	列国全志	变仙集
梅村集	吕子节录	狯图
古事苑	情史类略	通鉴举要
赐书堂集	清风阁米帖	清文鉴
砚北偶抄	资治通鉴	应录办书两种
可备陈谏两种	两堂余稿	

还有小说杂书十八本。永贵认为其中《西堂余集》记载世祖章皇帝与僧人道者问答语,非臣下所宜刊刻流传,而且记载亦多失实。《练川十二家诗》内有题钱谦益《有学集》七律诗一首,应该销毁。其实,这些书籍在当时已流传广泛,内容亦无特别反清之处。倒是其中的《情中烈传》、《情史类略》、《聊斋志异》及

十余本小说,使我们觉得高朴在性格上或许更接近一个情感型的人,而不是一个理智型的人。他在叶尔羌胆大妄为的作法,使他在短短的时间内就被告发,并被斩首,说明他缺乏自我控制和对环境的正确把握。同样,鄂对也在盗卖玉石,但却一直安然无恙,从与他合作以后,鄂对也感到末日即将来临,所以,诸事都好像事先安排。高朴却没有丝毫察觉,人家都把材料准备好,并出行远迎参赞大臣,他还蒙在鼓里,以为自己所作所为神不知鬼不觉,不会出事,结果却误了自己的性命。

关隘重重,利为路石

  清清代对玉石的采伐和贩运都由官家垄断,一般商人即使在叶尔羌买到玉石,但要把这些宝贵的、沉重的玉石运到内地,却比登天还难。更何况在那时,从新疆南疆到内地,万里之遥,道路崎岖,险滩大河,关隘重重。而高朴的两位贴身家人却可以押数辆大车与驮马,携数千斤玉石,一路"过五关斩六将",径直南下;一路一边沿途贩卖,一边驶往京城。在永贵奏报皇上以后,乾隆帝根据从叶尔羌返回京城的高朴侍卫纳苏图口供和高朴给家人的信中提到的线索,得知上述两路人马信息,便飞饬沿途各省总督、巡抚严拿高朴家人李福、常永,并责令两江总督高晋、陕西巡抚毕沅、苏州织造舒文、陕甘部督勒尔谨、山西巡抚巴延三、直隶总督周元理立功赎罪。随即,围绕这两条线索,又展开了一场别开生面的追捕战。

我们先从常永一路说起。在乾隆帝接到永贵从叶尔羌发来奏折的第二天,即乾隆四十三年九月十七日,就向直隶、山西、陕甘各省督抚,及喀什噶尔和库车等地方办事大臣下旨:"玉石从叶尔羌贩至内地,处处俱有关隘盘查,商人图利,藏带小块玉石偷过者,尚属有之。今以数百斤重玉石竟至携带行走,官运尚且费力,兹高朴如何将数百斤重玉石运至内地,伊等所查者何事?除严行申饬各地方大臣外,著寄直隶、山西、河南、陕甘督抚,所有高朴差往京城之家人,不拘行至何处,务必将人、物一并拿获,派委干员作速解京。"各督抚接到圣旨后,自知先前因高朴关照,打通关隘,已过玉车,其责难逃。今高朴事发,皇上已下令将其抄家并就地正法,这些督抚都觉事态严重,不敢怠慢,严查过往客商。

在乾隆四十三年九月二十六日,直隶总督周元理就向皇上奏报,他在顺义县巡视途中,接到保定府知府梁肯堂禀奏,望都县知县赵大,在该县一小店内查获高朴家人常永所雇仆人张元和同行马德亮,查搜所带行李,只有常永信二封,并无物件。随即,对二犯进行审讯。张元供:"我本是肃州人,以前一直在肃州公馆内当伙夫。今年五月二十八日,有德老爷来到肃州,我在公馆内伺候德老爷,他要我找一个随路服侍他进京的人,我找不到,他就让我随他走,于六月初九到了京城。我因在路上中暑,到京后在他家住了几日,直到八月十八日又随德老爷返回肃州。

那天正巧高大人家人张二（其实就是常永）在肃州公馆内碰到德老爷，他要德老爷帮他找一个进京送信的人，因我刚从京城回来，路熟，就把我指派给张二。他给我安家银子十五两，书信二封，替我雇了包程骡子，叫我急速进京送信，叫他哥哥同我一块赶到渭南县与他相会，他又将跟来的马德亮同我作伴进京，共给盘费银四十两。我们就于八月二十三日起程，行至直隶望都县内，见天色太晚住下，刚睡下不久，就有人盘问马德亮是从哪里来的，他回答说是口外高大人家张姓打发我们来的。到二更天，县太爷就亲自来盘查锁押了。"他并不知道常永带的大车上拿的是什么东西，但据审讯，张元供称："常永现在陕西良天坡赵乡约（即赵钧瑞）家，有大车两辆，箱子四只。"周元理认为，常永既然是回京城，为何滞留陕西渭南不动。而且，在查看常永的信时，给他哥哥的信中，要他来人到渭南办理接收，恐是沿途有所风闻。常永现携物品不少，行动缓慢。因此，需飞饬陕西巡抚毕沅速拿常永。

　　在九月二十五日，常永在陕西省西界长武县地方即被拿获。此时，陕西巡抚毕沅以为这回他算首先立功赎罪。其实，他此时一方面从思想上对这件事情的重要性认识不够，另一方面他并不知道常永已作好了如何应付突发事变的准备。所以，在拿获常永时，只搜到零星玉器和衣物，并无大块玉料，经过反复审讯，常永拒不承认他携带玉石。正在这时，拿获张元、马德亮的奏报传来，但只有张元供的大车两辆，箱子四只。马德亮的口供还没有拿到。毕沅再审讯常永时，常永只是供道：他家主人高朴有玉石一千斛，今年四月十九日交给他，让他带到关内。他一直先行，赵钧瑞在后一边走一边售卖。因为赵在后边，他并不知道赵卖了多少银子,还有多少玉石。常永还诡称,赵钧瑞自已也携带玉石,但有多少他不知道。毕沅问:"你捎信让你哥哥常贵来渭南是要干什么?"常永供道:"让我哥哥来是欲将已卖玉石所得银两先令常贵送京,我留在后边继续将没有出手的玉石沿途售卖。"毕沅又问:"你前日为什么要信口欺瞒?"常永称,因这是他主子交待给他的事,而且当时并无对证,想借机隐瞒实情。毕沅认为,常永供赵钧瑞在后同玉车行走,是否实有高朴嘱带玉石一千斤?或赵自己带的玉石也系高朴嘱带而替他隐匿?必须将赵钧瑞拿获始能使案情一清二白。所以,他飞饬各州县,沿路堵截玉车,玉车沉重缓行,不难即行拿获。不久陕西临潼县禀报,拿获赵乡约雇人送回之行李车四辆,据搜查,只有一些衣物和皮张之类,并无玉石材料。据赶车人马万金供称,赵钧瑞因账目未清,到肃州去了,令他们先送行李回家,他随后就赶到。又对赶车人严加审讯,只称赵主人在后行走,若有玉石亦必自行带归。此时,派往渭南赵家的人马传信来,禀报赵钧瑞尚未到家,搜查其家只有衣服什物,并无玉石材料。赵钧瑞的父亲称,其子去新疆做买卖十八九年未归,今年八月捎口信,说是八九月间回家,但一直未见。毕沅将上述结果禀奏皇上,称等拿获赵钧瑞,再确定高朴交给他们玉石的确切数目和已贩卖的数量。

乾隆帝在看到毕沅的奏折时,已看到马德亮的供词,知道常永携带高朴交给他的玉石三千余斤,家人等的玉石一千余斤,大车六辆,对沿途可能发生的事情已有所准备。所以,对毕沅办事极为不满,传谕到:"毕沅既将常永拿获,即应向其严切跟讯,则所带玉石车辆自无能掩饰,即马德亮所供在渭南存留之玉亦必和盘托出。乃毕沅率凭常永谎供,竟深信其别无携带,不复穷

关隘重重，利为路石

追,此乃外省草率颟顸恶习为甚,毕沅平日办事尚知认真,何至如此？毕沅查获常永后,常永供并无携带玉石和藏匿等,全属谎供。"乾隆帝认为,毕沅当时虽未接到马德亮的口供,但常永乃高朴专派回京之人,毕沅自应向其切实严讯,并严查在渭南的住所和所带物件。其实,常永的口供本身就有很多漏洞,如认真严讯,其谎言不攻自破。这是毕沅草率颟顸,实大不是。若毕沅若不再实心办理,其获罪更重矣。这真是自以为抢了个头功,实际却摔了个大跟头。毕沅后来在接到这份圣旨后,回禀道:"详悉指示,如梦方醒,抚衷自问,无地自容。"这也难怪,因为常永在肃州时已充分策划好如何隐瞒实情,如何保留下部分玉石金银,如何逃避惩罚以减轻罪责。

常永与赵钧瑞是在乾隆四十三年四月十九日自叶尔羌起程的,共带车六辆运载玉石,先到肃州（今甘肃兰州）一带贩卖。在肃州逗留期间,他们卖了一些玉石,卖掉的这些玉石主要是他们瞒着高朴私自携带的和叶尔羌协理大臣淑宝让他们带的,他们想沿途卖掉这些玉石,一来减轻旅途劳顿,二来先把自己的玉石变卖成钱,高大人的沿途过关就更好办了一些。他们的原计划是在肃州就把所有的玉石都贩卖出去,然后,携银子回京城。但在肃州一带,玉石价太便宜,而正在这时纳苏图回京城赶上他们,告诉他们,高朴大人要他们每斤玉石要卖到二十两银子才能出手。无奈,便准备继续向内地赶来,沿途再想方设法贩卖玉石。常永是在乾隆四十三年八月二十二日自肃州起程,但就在那天他得知官府缉拿携玉之人,又闻乌什参赞大臣永贵六百里速骑驶往京城。常永毕竟是高朴的贴身家人,他当然最了解自己的主人,高朴对他也是极为信任,知其头脑灵活,办事放心。

所以,常永见是永贵发出的六百里速骑,担心恐是主人事情败露,他原打算在陕西渭南县天良坡等他哥哥常贵来,由常贵把玉石带到江南贩卖,他把已卖得的银两先行拿走,离开渭南,按进京路线从陕西入山西。但事情的变化打乱了他的行动计划。

　　常永在肃州时,由于肃州玉石价太低,便打算起程南下寻找买家。动身那天,一个与常永相识的关卡哨探突然来到住处,见了常永,说现在上边来了命令,严查携带玉石的人,如有发现绝不放过。常永问他是为什么,他说原因并不知道,只是下死命令严查,谁敢疏忽严惩不贷。常永见此情景,先从包内取出纹银八百两,然后问他现在如何办?哨探讲明天五更天时,他来送他们出去。但出去以后的事,他就不管了。常永想,此事必和自家主人有关系,那么,呆在肃州只能等着官府发现,不如先逃出去再说。但他在肃州贩玉名声在外,即使逃了出去,也必被官府拿获。那么,逃也是被拿获,呆着也是被拿获,不如想办法把玉石藏起来一部分,而且让官府觉得他并没有直接参与贩卖玉石。常永为什么想方设法要藏一些玉石呢?因为,他这次从叶尔羌贩运的玉石有四千多斤,其中有高朴的一千斤,赵钧瑞的一千斤,沈泰的三百斤,侍卫纳苏图的五百斤,淑宝的五百斤,他自己的五百斤,走时高朴又给了他五百斤玉石,作为给他的赏钱。他觉得只要这一趟成功,他就发了大财了。所以,一路上他的头脑几乎全都是白花花的银子。如果按每斤玉石卖银十五两算(这是当时肃州的价),他自己的一千斤玉石就能得银一万五千两。所以,常永满以为这万两银子他是得定了。没想到事情败露的这么快,眼见到手的银子就要泡汤,常永感到他不能束手就擒,他要想办法把快到手的钱挣些回来,就是坐几年牢也是值得的。

于是,他想出了一个脱身之计。

在第二天五更,他们出了肃州后,常永让赵钧瑞带一千斤玉石,押两辆大车走在后边,他带三千余斤玉石,押四辆大车先走,两队人要拉开近一天的距离。他向赵钧瑞说这是为了保住一头,而他携带大头走在前边。当常永他们已经进入陕西渭南境内时,赵钧瑞的人马才到了陕甘交界处,这样一方面使两处玉石互不相干,一旦一处出事,另一处可乘机尽快脱身;一方面常永自己打算在进入渭南天良坡以后,如果盘查太严,他准备把玉石就地藏匿,遣他哥哥常贵再来取货。然后,他就可以轻装起程,赶回京城。即使有人盘查,他也一口咬定与贩卖玉石无关。俗话说小事上聪明的人,大事上必然糊涂,常永就属于这种人。他把这些细节小事都算计好了,惟独没有算到他主人的事情一旦揭发出来,其势就如决堤一般,一着出错,全盘皆输。他大概也根本没有想到皇上会龙颜大怒,把高朴就地正法,家产全部抄没,如此迅速地对有关涉案人员进行严密的追查,像常永、沈泰、李福这样的家人,虽从地位上看只是个仆人,但他们与主人关系密切,主人的一切事情和活动他们都参与,特别是跟着像高朴这样的主人,他们更是狗仗人势,助纣为虐,在敛财和欺压百姓上,他们比自己的主人是有过之而无不及。高朴一案查到后来,皇上得知高朴在从京城到新疆的路上,每到一个驿站,就指使这几个仆人想方设法从驿站榨取银两,对不从者找借口带走骡马。他们从每站讹得银子多的有六七十两,少的四两或六两,只这一路就讹得银子一千五百余两,以至沿途各驿站都知高朴厉害,尤恐兹扰。在保定境内的一个驿站,高朴肆意欺压服务人员,因为没有给他准备清酱,便叫家人鞭打驿站役差,引起当地县令的不满。也是高朴遇到一个敢犯上的小官,此事后来反映到皇上那里,皇上大怒,谕令:"以后凡是住在驿站馆内人员,如有向驿站肆要钱财、欺扰差役的官员,一律严办。"在清朝,为加强对漠北和新疆的统治,清政府在蒙古地区和新疆建立了一整套庞大的、高效率的信息传递网络——驿站,它主要为快速传递中央政府的各种命令服务,同时为过往官员提供住宿和交通工具。清代驿站对清朝政府在上述地区的统治起到了非常重要的作用,而且,为维持各驿站的费用,清政府将承担驿站任务的有关旗、县的税赋全免,可谓是统治者下决心办好的一件大事。所以乾隆帝得知高朴欺扰驿站差役后非常动怒,这是题外话,但我们也可从此看到高朴去叶尔羌,就好像放出笼子的恶魔,一开始他就为非作歹。

再说常永先稳住赵钧瑞,他催促人马加紧赶路。在离渭南不远的一个关口,叫土门子的地方,值班马号的衙役姓萧,看出他们携带的是玉石,先是厉色要马上扣押,常永见状,心想过了这关,离渭南就不远了,只要能打通他是舍得银子的。于是,赶紧拿出银子一千两,递到衙役面前,此时不同以往,他平日的威风也减了大半。这个萧姓衙役一看这么多钱,心想我放他这一关,就得这么多银子,回头就是不干回家也够用一阵子了。他哪知道掉脑袋也就是这一念之差,见钱眼开,不想后果,这和高朴得的是一样的病。他抬手放过了常永一行。事后,乾隆帝在谕旨中专门提到这个萧姓衙役要严办,以警他人;将失察之知府吴鼎新、知县林德基革职,并把责任追到各督抚平日不严整束纪,各关卡松懈,严令整顿,这是后事。

常永又利用金钱过了一关后,他感到前边再有设关,他就走不成了。来到一个小庄子上,他吩咐把玉石卸下车来,分成十几个包装好,然后雇了十几个骡驮,把玉石驮上,由小路赶往渭南天良坡,把衣物皮张等装在车上,顺大路继续走。常永一行先大车三天到达渭南马守宝家,马守宝是他们这趟雇的人,此人与赵钧瑞是旧识,同时还雇用了马万金、马万龙两兄弟。马守宝家所在地叫糜子滩,他在这个地方开了一个小旅店。糜子滩与天良坡只隔着黄河。常永到达后,原想过了前边黄河,就到了天良坡了。但据马守宝讲,这几日黄河上盘查的非常严,想把这几千斤玉石运过河去,可不是一件易事。常永只好吩咐先把玉石卸到院子里,上面用草掩盖上,但他感到去天良坡可能不行了,把玉石就这样放在这里也是十分危险的,因为糜子滩这个地方来往人员还是很多。第二天一早,他骑马出去四周看看,发现距糜子滩三十里远,有一个地方叫打捞池,人家稀少,有一片水滩,地势起伏不平,但土质松软,适于藏匿。他想:先把这几千斤玉石埋在打捞池,然后派马万金去迎赵钧瑞,告诉赵钧瑞不能来天良坡了,把玉石随机藏匿,他与马万龙从大路再继续前行,留马守宝看着。他开始越来越觉得事情不妙。今天看来,这些地名也十分有趣,似乎暗示常永是无论如何也到不了天良坡的,"天良"岂是他这等奸猾小人所能达到?而"糜子滩"才是他最恰当的去处,"打捞池"似乎更是匿藏不住东西的地方,更何况是自有灵气的玉石。

回到马守宝家,他立即吩咐准备人手、工具,先随他去看地点,作记号,到天黑后,再分批掩埋藏匿。由于路远,又怕被人看见,所以每次只运五个驮子,把这五个驮子的玉石埋好,也就大半夜了。连续埋了三天,大约藏匿了两千余斤玉石,还有一千余斤没有藏。这时传来赵钧瑞被拿获的消息，常永见此情景，未等藏匿结束，就赶紧先行离开糜子滩。常永在长武县被拿获，此时他只带两辆大车，载一些衣物、皮张和零星玉器，当然查不到玉石。

前边我们提到乾隆帝对陕西巡抚毕沅的缉查工作极为不满，毕沅看到皇上对他的责问后，惶恐不安，但他这一紧张，倒使他抓获了另一个与高朴无关的贩玉团伙，也算他将功折罪。接到圣旨后，毕沅在他管辖范围内进行严格的搜查，在省城西安拿获私贩玉石之吴艺洲等七人，共获大小玉石一千三百六十七斤。经严审后，将人犯和玉石一并解送京城。乾隆帝谕道："从商人私贩私售玉石，可知贩卖玉石不止始于今日，毕沅查获即应将其家中及店内之玉尽数查出解京，并当切实严讯，若亦与高朴家人串通并当分别定罪，如无勾通情节亦应治其私贩之罪。岂有已获贼而不究之理。"当时，究查私自贩卖玉石的行动，几乎在全国都形成一种声势。我们从有关这次玉石案的历史档案中看到，当时乾隆帝下谕旨，严令追查私贩玉石的有：新疆参赞大臣、陕甘总督、陕西巡抚、直隶总督、山西巡抚、山东巡抚、两江总督、两淮盐政、苏州织造、江宁织造、河道总监、江苏巡抚等，这种全国性的行动，无论对其他私贩玉者，还是对扩大高朴盗卖玉石案的惩戒作用，都是影响极大的。

对常永的审讯，是一个反复而又艰难的过程，但他是高朴派遣回京的首要人犯，无论如何要首先让他交待清楚，才能攻克其他案犯。因为有乾隆谕旨责问毕沅，这位巡抚大人不敢怠慢，对常永重新提审。但常永依然只供高大人交给他玉石一千斤，入肃州境后，由赵钧瑞携带并沿途贩卖，赵钧瑞自己所带玉石及家

人们托带玉石也有一千斤,至于赵钧瑞卖了多少,因他前行并不知道。毕沅诘问:"前番你为何只承认带有一千斤玉石,到底你们携带了多少玉石?"常永当时以为,拿获赵钧瑞时,他车上肯定只有一千斤玉石,但卖了多少,查起来还需时间,他只想拖延下去,等主人那边知道消息后,一定会前来搭救他的。所以,他一边抵赖,一边想方设法拖延时间。

再说赵钧瑞是在甘肃固原州被拿获的,陕甘总督勒尔谨也同毕沅一样,没有马上严刑拷问,赵钧瑞也只是承认有高大人的一千斤玉石,因肃州玉价太低,只卖出少量,而且未拿到价银。勒尔谨只是感到其供数量与常永不符,但大体过程相合,并未有明显差漏。原来,赵钧瑞在路上与常永派来迎他的马万金相遇,知道事情不好。他嘱马万金原路返回,自己掉头又奔肃州方向去了,所以,当马万金在临潼被截获时,他们的大车上也只带有一些衣物和皮张等物,并无玉石材料。据马万金供,赵钧瑞因肃州欠账未结,留在肃州,随后就赶到。对马万金严讯,马只称,有玉石也由主人带着,不会交与他们。勒尔谨得报,随后沿路向肃州方向追去,并在固原州将赵钧瑞拿获。

就在这时,乾隆帝给勒尔谨的谕旨到了,因为乾隆帝已看到马德亮的口供,并收到毕沅有关审讯常永的情况奏折,所以,乾隆帝谕令:"全办未认真,实大不是。此案先经审讯马德亮,知常永带有大车六辆,内载高朴玉石三千斤,家人们玉石一千斤。据陕西巡抚毕沅奏在长武县拿获常永后,初尚狡赖,在得知马德亮等业已就获,赵钧瑞现在截拿,始供称有玉石一千斤交赵钧瑞,并由赵在后照料而行。这原属不实不信。传谕勒尔谨,应务使人赃俱获,方为认真办事。且常永、赵钧瑞在甘肃盘居日久,贩卖玉石,勒尔谨并未将其查拿,使其又入陕境。此不能只以据属员奏报词率,思欲忏悔了事。岂视高朴之明目张胆偷窃官玉谋利,作为平常之事,漠不关心。著勒尔谨速严查常永、赵钧瑞所带之玉实数,追获解京,如尚不尽力搜查,则是勒尔谨自速重戾。"

勒尔谨见旨后,自感其责深重,无可推卸。只有全力查讯,人赃俱获才能将功折罪。所以,复审赵钧瑞时,给赵双手上枷,严刑拷问,赵终于全招。从赵的口供中我们得知:赵钧瑞时年四十三岁,陕西渭南县回民,从乾隆十二年他就开始在肃州作靴子生意,主要把靴子贩到新疆地方。乾隆二十五年他赶着羊到库车卖,并在那里当了乡约。乾隆二十九年他在阿克苏开了一家杂物店,并在哈密等地贩卖棉花等。乾隆三十五年,他到了叶尔羌,得知那里有发卖变价的官玉,第一次他进了一千三百余斤玉石,平均价为五两一斤,到了肃州,每斤只卖了三两银子,这次他赔了本钱,还欠下别人四千多两银子,他只得躲到叶尔羌。乾隆三十九年,债主把他告到官府,他被押回肃州,众亲友帮他还了债,并帮他凑了三十九个骆驼,他驮了茶叶到叶尔羌,卖了茶叶后,在叶尔羌开了家饭馆,并买了两所房子。乾隆四十一年至四十二年,他陆续卖了些官玉,约有四千二百斤,都是一两或八钱买的,由他儿子起了官票,拿到肃州以每斤二两或三两出手。后来通过追查这条线索,从赵钧瑞儿子赵世保那里又获得大量玉石和贩玉所得银两。但一开始赵钧瑞还在掩盖他先前贩玉的罪行,以为只要与高朴无关,又以有官票为名,官府就不再追查此事。

在诘问与高朴相识的原因时,据供:"我因在乾隆三十五年借了当地回子买卖的头德尔拜七十二个元宝,实没有还他,去年高大人上任经过时,德尔拜告下了我。在高大人经过十三台时,我去阿克苏正好也路过十三台,十三台署内有脚户余庆将德尔拜告下我的事告诉了我。我要躲避,他说你避不得,我就决定迎出四十里接高大人,通了姓名,请了安,高大人赏我几天回阿克苏办货。后我于去年五月十九日回到叶尔羌,到高大人衙门去请安,高大人说你快些把德尔拜的账还了,不然,我就要办你了。我先还了德尔拜三十个元宝,剩下的我请求高大人宽限至今年正月,高大人允准后,就叫李福来找我要东西,我先给了黑色纯种羊皮一百张和灰色羊皮十张,后又分别送了两个玉刀把、一个青玉壶、两个玉酒盅、两个玉盘子。后来高大人又叫人来要珊瑚珠一整串,我说没有,只好送了六个元宝进去。到了去年十二月二十八日,高大人向我要整珊瑚顶子及大玉碗,我因没有玉碗,送了个碎拼的珊瑚顶子,高大人嫌不好,还了回来,说我没良心,要绑我,我就送了五十两金子进去,高大人收下。今年五月,我还清了德尔拜的欠银。三月,我收了一些官玉,准备回渭南,到高大人处起官票,高大人把我叫进去,说他有玉石一千五百斤交我带出去卖,还有纳侍卫的五百斤,常永的一千斤都交给我,让常永陪我去,十五两一斤就可以卖。我当时说,如是肃州卖还行,如去苏州我不能,当时高大人应允。加上我自己的官玉三百余斤,私玉四百余斤,共近四千余斤玉石。今年四月二十日起程。到了库车,我就把自己的三百余斤官玉卖了,于六月二十日到了肃州,这时,纳侍卫赶来,说高大人要每斤卖二十两银子,我和常永在肃州住了近两个月,卖不出去。常永要我同他一起上苏州,我说我不能去,他就与我商量能否先把玉石拉到我家里,他一面雇了张元、马德亮,包程到京送信,叫他哥哥来渭南把玉石贩到江南去卖。但那天突然事发,我们只好在八月二十二日离开肃州,常永让我携少量玉石在后慢行,他带大部分先行去渭南,并雇马万金、马万龙、马守宝赶车。在九月二十七日马万金赶来,告诉我常永怕过不了黄河,把玉石拉到糜子滩马守宝家,后又怕别人发现拉到打捞池埋了,叫我先别去,想法子躲避。我先让他们返回糜子滩,打算掉头再到肃州附近藏匿,就在固原州被拿了。"

在这里,赵钧瑞隐瞒了他偷藏三百二十多斤玉石的罪行。就在他觉得无法逃脱追截的途中,赵钧瑞想如果全部被抄没了,他这些年创下的产业就算全完了,他知道,一旦出事,他在叶尔羌、阿克苏、喀什噶尔的店铺及房产肯定保不住了,而且,如果渭南官府也已经去过,那他在老家的产业也将被抄没。赵钧瑞此时真是追悔莫及,悔不该与高朴打交道,悔不该把银子都投到走私玉石上,悔不该想一次就发大财。不过,人在发大财和见大利面前,一般都会赌上一把,很少有人能摆脱这个诱惑,而立身于其外的,更何况像赵钧瑞这样的投机商人。但商人的想法总是离不开利,就是在生死攸关的当口,赵钧瑞想的还是怎样保存点玉石,以待事情过去以后,好东山再起。所以,赵钧瑞在走到陕西边境华阴县一处乡间大道旁时,他见离路不远有一口深三丈七尺的水井,他想,何不乘此机会将一些玉石藏匿于内,过后再来取出。于是,他停下车,让赶车的其他人进村买些食物。等他们走后,赵钧瑞用两个口袋,分别装了大约三百余斤玉石,将车停在井旁,把玉石推入井中。事也蹊跷,这神不知、鬼不觉的事,不久就被人发现了。原来,这片田的主人叫李德,他在正月初十就想开地浇水,但发现今年的井水下降,不敷使用,便雇人下井,准备再往深挖一些,突见两个口袋,打开一看是玉石,他知道官府前一段追查玉石,便赶紧报告了官府。知县陆维坦亲自监督,将口袋从井中起出,把玉石全部倒出,计有大小玉石三十九块,重三百二十九斤,然后全部装箱运解京城。

又问:"你在叶尔羌二十多年,共贩卖了多少玉石?"供称:"叶尔羌地方自三十五年以后,买卖人往来才多了起来,偷贩玉石的才有。我于三十七年开始到高大人来前卖过六百余斤。自高大人来后,才敢将大块玉石贩出去,去年我贩了四千二百多斤官玉石,都是在肃州出手的。"这当然是谎供。

到此,赵钧瑞的案情基本审清。从赵的口供中我们发现,高朴到叶尔羌后为非作歹,敲诈勒索,诱使商人为其贩玉是实,而商人也想乘借高朴权势贩运大量大块玉石也是实,彼此都想利用对方发财。这其中,高朴的首恶作用是十分明显的,没有他的肆意妄行,叶尔羌私自贩玉的规模不会到这种地步。所以,乾隆帝毫不犹豫地斩了高朴。

在对常永进行复审的同时,去糜子滩马守宝家缉拿案犯的人已经拿获没有来得及埋藏的近一千斤玉石,马守宝经过严讯,也已供认还有两千斤玉石埋在打捞池,这时正在逐一起出所埋藏玉石,已经起获的有九百余斤。消息迅速传到毕沅那里,毕沅心里正万分着急,立即复审常永。问:"现你在糜子滩打捞池埋的玉石都起出来了,据供都是你埋的,你为何前日尚敢抵赖?你如何起意埋藏?究竟埋了多少?"并给他手脚全上了枷。常永在这种情况下,居然还供称:"从肃州出来后,我一直走在前头,到土门子时,马万金他们赶了上来,因土门子关卡太严,在过了土门子以后,他们因盘查紧难以行走,非要我带他们走不可,我不肯,他们就将一千来斤玉石带在我的车上。到了糜子滩,住在马守宝家,马守宝说,从此过黄河盘查很紧,不如先把玉石埋在他的店内交与他和马万金、马万龙看守,等赵钧瑞到了后,再交他设法带走,我就先走了。从此一路并不曾带玉石,至于在打捞池埋玉石,我也不知道,据说还有起出来的玉石,不知是后来哪个埋的。我实在不知道,我已经将糜子滩埋的玉石都供认了,这打捞池又有什么不可供出来的呢?况且我已经过了河,他们埋玉石在哪里我怎么会知道呢?求你们把赵钧瑞、马万金带来,当面说明白了。"

常永在审讯中始终想隐瞒事实,百般抵赖,如用今天的话说,态度恶劣,气焰嚣张。他一直坚信,用不了几天,只要他家主子一来,你们都得赔不是。从他身上我们也可以看出,高朴私下并没有把皇上放在心里,他是在京城官宦子弟圈子里长大的,平日听的和见的都是总督、巡抚、皇亲国戚,对皇上的威严似乎感觉不强烈,不过,他父亲的教训他应该有所领略,或许这件事反倒起了一种逆反作用,这不得而知,但其家人常永的狡赖却是让人难以理解的。在高朴玉石案中,也只有常永、赵钧瑞一直想方设法掩饰自己的罪行。

不久,糜子滩打捞池的玉石全部起出,共重三千三百二十四斤,其中,玉石子四十一块,大山玉四百四十一块。毕沅将常永、马守宝、马万金、马万龙隔别锁押,与起获的玉石一道,解往京城。而赵钧瑞由于先前与江南商人直接串通,案情进一步深化,他从叶尔羌买到玉石,然后交与他的儿子赵世保,赵世保又与商人卫良弼串通,将玉石贩往江南,获取暴利,官府顺着这条线继续深挖下去。

而打开这条线索的缺口,就是赵钧瑞的儿子。这个二十几岁的年轻人,在官府严厉审讯下,平日的潇洒利落变得无影无踪,恨不得把自己知道的都告诉官府,以求得官府的宽大,结果把他父亲也装进去了。其实,这些总督巡抚自己的乌纱都岌岌可危。赵世保把他父亲往江南贩玉的两个合伙人卫良弼、徐盛如供了出来,并交待:往江南贩玉四起,共约有四千余斤,得银十四万一千两,其他人也分得十万两左右。再究审赵钧瑞,赵称:这些银子都是乾隆四十一年二三月间,从叶尔羌雅德玛大人和阿作大人发卖的一万余斤官玉中购得的,并有他们发给的官票。官府要求核对官票与玉石数量是否相符,但赵世保说:"我父在叶尔羌收买官玉原都给票,每买玉石一块即给票子一张,上面注明斛数。去年我从新疆回来时,我父亲交给我二三百张,都交给雇用的赶车人手里,他们携带官票,以备卡伦验票放行。进关之后,票既无用,所以一般不留心收藏。今年从苏州回来时,就把用过的官票丢在行李里,但现在行李里还有没有也不清楚。"据查行李中官票还有六张,总计斛数是一百三十斤,与赵钧瑞所供玉石数不符。赵世保为了找出持有官票的证人,又把一同贩玉的山西平阳府商人牛四和另一山西人张连供出。

经查,赵钧瑞先与张连合伙,各出银三千两,买玉石三百余斤,由张连带到苏州,卖银一万八千两,除盘费四百两金以外,每人分得银八千八百两。这以后,见贩玉利大,张连又伙同卫良弼、赵钧瑞、朱绵王四人,共凑银二万一千两,买玉石一千四百斤,由卫良弼等三人带往苏州,共卖得银五万六千多两,赵钧瑞分得七千五百两,张连分得八百两,其余由卫良弼、朱绵王分得。

山西巡抚巴延三奉命缉拿张连,获后,经审讯才得知,张连只是被别人雇用的一个伙计,其主人叫李若楷。所有贩玉出资的幕后人都是李若楷,张连只是从他那里每月拿银四十两,张连与赵钧瑞等合伙贩玉石两次,他共得银一万六千三百两。官府将李若楷贩玉所获银两全部抄没入官,其所开一个货铺、一个当铺也被罚没。

卫良弼是个贩玉大户,他前后共与他人合伙贩玉石四次,总计得银近三万两。这也难怪这些人不顾危险,路途遥远前往江南贩玉石,因为利润太大了。赵钧瑞自己并没有去过苏州,但他是收购者,他派自己的一个叫徐子建的伙计,专门负责收购玉石和与上述商人联系。因此,除卫良弼外,其他商人并未见过赵钧瑞,他们也没有去过新疆,所以,赵钧瑞在一开始并没有供认他与这些商人联系贩卖玉石到江南。每次贩玉,他让徐子建出面,以玉石折为银价入股:第一次卫良弼出银七千两,朱绵王出银九千两,他以价值五千两的玉石入股,共卖银三万八百两,三人按三股均分,他得七千五百两;第二次卫良弼等二人,各出银五千两,徐子建以玉作本,共卖得银三万六千两,每人平均分银一万二千两;第三次是朱绵王等七人凑银一万六千七百两,徐子建以玉作本为一万八千两,到苏州贩卖后,除本外,徐子建得银一万六千两,其余七人平均得银三千五百两;第四次就是与卫良弼等三人合伙贩玉,每人平均得银一万两。赵钧瑞前后总计得银四万五千余两。赵钧瑞是贩玉主犯无疑,他低价进玉,拿到苏州再高价卖出,往往最少是原价的一倍,多至三倍不等。他依靠在新疆经商二十几年的经验,摸准了发财的路子,如果高朴盗卖玉石案不被揭发出来,赵钧瑞一定会发大财。然而,所谓"多行不义必自毙"，赵钧瑞看准了发财的路子，但没有看到贩玉的危险，或者说他并不知道玉的"脾性"，从来想靠贩玉发大财的人几乎都是失败的。倒不是说玉不可以买卖，但玉不可以倒卖，玉靠自己的真实本质获得价值，好玉与次玉之间的价格，有时相差不止千倍，真正的卖玉人往往把最上等的好玉，以真实价值卖给收藏人，甚至送给真正"读懂"这块玉的人。这不知是为什么，但的确如此。

从以上商人那里，官府罚没的银子总计超过十五万两。但官府对商人的惩治主要是罚没财产，对卫良弼、朱绵王、牛四、李若楷、张连杖一百，徒三年。"赵世保虽系赵钧瑞之子，业经罪坐其父。赵世保到案后，亦将合伙贩玉分银各情详悉供明，但初有躲避之心，合应重杖八十，遣回原籍。商人中只有赵钧瑞和张銮以交结大臣，串通牟利，即在内地其罪也属不轻，况在回疆重地，胆敢向高朴行贿，营求毫无顾念，尤属法纪，幸尔尽早发觉，如日久必酿成事端，实系二犯情罪重大，亦不可不即正典刑，以伸国法，张銮、赵钧瑞俱拟处绞。"高朴家人中，只有常永、李福被斩。

关于常永、赵钧瑞回京一路的追拿审讯基本告结，接下来是对李福、张銮南下苏州一路的截捕。此路更为曲折复杂。

玉终为玉，石就是石

人们常说"善有善报,恶有恶报",我们发现这的确不仅仅是善良人们的一个愿望,像高朴一案中那些一时快活的人,到头来都落了个"为别人作嫁衣裳"的结果。所谓"玉终是玉,石就是石",恐怕这是谁也无法改变的,即使像高朴之类,得一时光泽,但时间自然会把它们磨掉,露出石头的本色来。

我们通过前面的叙述可以看出,在清代,对像高朴这样违法乱纪官员的惩罚是十分严厉的,包括对案中所涉其他犯罪分子的缉拿和制裁也是非常有力和严厉的。其实,古往今来,在人类逐渐走向更高文明的过程中,人类的社会组织和道德规范也就越来越健全和完善。我们暂且抛开社会制度和阶级利益不谈,任何一个社会结构的稳定和发展,都需要维持和保证社会基本规范和人伦道德,当然,这个基本规范和人伦道德在不同的社会发展水平下,其内容是不同的,但它总的客观发展趋势是向着更高的精神文明和社会理性靠近,而不是背离这个发展原则,向野蛮退化。

再说高朴家人李福和商人张銮、熊廉携带大量玉石走州过府,能够到达苏州,凭的就是高朴的关系和职位,因此,查拿李福一行,关键就是克服这个关系网。从高朴自己来说,他一开始也是把贩卖玉石的重点放在李福这一路上,只要这一路成功,他就发大财了。常永那一路携带他的玉石只有一千余斤,一部分还是为了人情和拿到京城家中使用。而李福这一路不同,李福所携玉石都是高朴命人仔细挑选的上等货色,其价不菲;再李福携带的这三千斤玉石,是高朴打着运往苏州制成玉器,为皇上"七十万寿"作贡品的旗号,其用心良苦,所以,对这一路的关注格外不同。

乾隆帝是从查抄高朴在京家产时,得知高朴托纳苏图捎回的家信两封,内有李福、熊廉等去苏州办事,年底回京的信息。在得知高朴家人李福伙同商人前往江南贩卖玉石后,乾隆四十三年九月二十日,乾隆帝就给江苏巡抚杨魁、两江总督高晋、苏州织造舒文下谕旨,令其严密查拿。这是在接到永贵奏折后第四天。九月二十一日,乾隆帝又给上述督抚下旨:"高朴既与卖玉商人串通一路,所差之李福到内地办事,大约非苏州即江宁。高朴在家信中称,所有的东西俱令李福、常永带回家中,想必此二人携物沉重,并非轻装难觅踪迹,著令派妥干员严密查拿,一经拿获，就将其隔别解京，以防串供。"高晋接旨后，心中甚为慌乱，因为李福到苏州后曾来过江宁府他这里，关键是李福在前两天乘船北上离开苏州时，他曾为其开出护牌一个。此事非同小可。从档案记载来看，没有提到高晋是否知道李福是来苏州贩玉的，只提到李福向高晋说，是高朴派他来苏州为皇上办贡。所以，高晋一开始还想以此蒙混过关。他在给皇上的奏折中是这样说的："今春高朴差家人路过江宁，寄家信一次，不过问候之意。奴才屡次公出在外，其家人几时赴苏，曾否回京，奴才处亦无信息。今高朴既在叶尔羌私采玉石，运回内地，其办贡家人必自知情或即交其在苏售卖亦未可定。李福如已起程，即速查拿，查明根由，即速解京。高朴如此皆奴才平日不能教导所致，而家门有此玩法之人，奴才愧恨悚惧，无地自容，惟有将奴才交部一并治罪，奴才心才稍安。"

乾隆帝看到高晋的奏折后，大为不满，九月三十日专给高晋下旨责问道："高晋办此一事，实为大谬。回疆办事大臣无进贡之事，他等因养廉银特优厚，积有盈余，将回部玉碗或横都斯坦玉器购买数件呈进，朕亦为收存。若和田之玉必为回部大臣特请，但无赴苏州制造事。数十年来总是如此，人所共闻共见，今高晋岂得诿为不知。若因庚子岁朕七旬万岁，思欲预备贡品，是为期尚早，且高朴侍郎亦非应行进贡之人。况朕曾降旨，七旬万寿，内外大臣不得进贡，亦为高晋所深知，高朴有何贡之可办。高晋闻高朴家人之言，即应计度及此向其家人详细严诘，并将所携物件逐一搜查，见有玉石等物，即行询明，据实奏来，朕必嘉其公正。若高晋彼时举发，高朴或尚不至狼籍不堪，若此且几酿事端。即高晋为其侄高朴计，早发以杜其滋，何至今日之溃败决裂而不可挽救乎？高晋与高朴虽系堂叔侄，高朴之贪渎负恩原与高晋无涉，朕亦不肯以高朴而累及高晋，及高晋明知高朴差人赴苏，不为诘究，听其自往，谓非徇私容隐其谁信之？高晋此事获戾甚大。"

高晋论资历不如高朴的祖父高斌，但高晋的亲妹妹是皇贵妃，自然与皇上更近一层。在高朴事发时，高晋是两江总督、文华殿大学士兼吏部尚书。由于年事已高，其职主要由另一位两江总督兼江南河道总督萨载负责，但高晋依然在其位上。就在高朴事发第二年，即1779年，高晋就亡故了，终年七十二岁。所以，在高朴这件事情上，乾隆帝虽然严厉责问高晋，但在实际处理上依然是十分宽容的。此事后，高晋不再署理两江事宜，戴罪督办未完的河南黄河河道治理工程。高晋在回皇上的责问中，仍然隐瞒了发给李福护牌一事，只是讲高朴目无法纪，"实为闻所未闻，高朴不但国法难容，亦奴才受主隆恩，此等孽种家门也不能容。上训示奴才，如梦方醒，自知错谬，实深愧悔。高朴如此贪婪不法，行同市侩，奴才前此却不能察觉，扪心自问，获戾重大，无以自解。奴才即如此昏庸，如此负恩，殊惭职守，即属虚縻庸碌。奴才前议罚银三万两不足以抵奴才之罪。查两江总督每年养廉银一万八千两，以后奴才每年只支八千两节省用度，以一万两交造办处充公"。这是乾隆帝一开始对高晋的追究。如果事已就此，也就算结束了，但在拿获李福后，李福供出高晋曾给护牌一事，又掀起轩然大波。

江南方面回禀发现李福、张銮可靠行迹是在九月二十五日，在扬州拿获与李福等一同贩玉之江南商人童少成，据供："今年三月，张銮与口外高大人家人李福、办事人熊廉带来玉石甚多，李福等在苏州寄居张銮家贩卖玉石。闻已卖得银十余万两,尚有玉石藏于张銮家,准备制成玉器再出售。李福与熊廉已于九月十一日由苏起程北上,乘坐大太平船一只,尖头船一只,十七日才过扬州关,闻熊廉此时患病,在船上调养。李福所带货物甚多,想由水路乘长船进京,但现船到何处,的确不知。"

得此口供后,江苏巡抚杨魁立即亲督府司去苏州张銮家缉拿案犯。九月二十九日,张銮在苏州家中被拿,随后,对张銮进行严审。据张銮供:"我是山西右玉县捐道职衔。上年八月与高朴合伙,今其家人李福自叶尔羌起身至本年三月到苏州。李福带来玉石九十块,我自带玉石五十一块,并有高朴处办事人熊廉一同行走,沿途盘费均由我出。到苏州后,将李福所带玉石九十块中的六十二块出手,议价银十二万六千六百两,已收现银五万九千一百两,未收银李福名下三万五千九百两,我名下三万一千六百两。李福余下的二十八块玉石,除用四块自作玉器外,尚有二十四块存于我家中,准备与我所剩玉石一并做成玉器出卖。九月初十,李福已带现银二万一千六百两,汇票一万一千七百余两,金子合银四千七百余两,货物值银二千数百两,及大小玉器十余件,离开苏州,起程返京。同船有山西人任孝齐,带有红木家具。熊廉分给我四千两银子。我家现存玉器十二件,大小玉石三十九块,重八百一十三斤,零星碎玉二百四十九斤。还有碧玉一块,已发给玉匠制作玉器的玉石有九十二块,并有欠银字据合银一万一千一百四十五两。其中,欠鄂对七千八百八十一两,欠果普尔六百一十二两,欠阿布都库尔霍卓四百五十九两,还有欠别人的一千六百五十一两。"

汇总这些情报后,两江总督萨载、江苏巡抚杨魁、两淮盐督寅着，齐力向淮江方向追查。淮关是南北往来的水路交通要道，寅着接旨后，每日亲自往关上督查。九月三十日，开放晚关，家人来报，见太平船一只、尖头船一只离关停泊，寅着当即亲诣盘诘，太平船内即系高朴家人李福，并李福所雇之人方八、李三元及山西人任孝齐，尖头船内系高朴办事之人熊廉及家人郭兴，一并拿获。飞饬两江总督萨载，萨载连夜奔驰，第二天会同审讯，并搜查船内所载物件。

在审讯李福之前，他们先将犯人分别关押，然后搜查所带物品，共查得大小玉器八十四件，杂色银二万四千八百两，金二百五十两，金镯一对，绫罗绸缎四十余箱。经查对李福所带账本记载，共卖玉石得银十二万八千八百六十两，但李福所带银仅二万四千余两，加上汇票四张共银一千一百七十九两，期票一张银三万五千五百七十一两，一共是八万余两银子，与记载不符。随对李福进行审讯，据李供："家主陆续积下玉石二千八百余斤，计九十块，存在叶尔羌城外庄子上，想带到江南贩卖。适有山西人张銮在叶尔羌贩卖玉石，在去年十月与主人相识，家主托他销售，议明卖出银两七股分派，家主得五股，张銮得二股。同行的还有熊廉，他平常在家主处管理笔墨事件，家主托他同来照料，答应分于他四千两银子。我们于十月十一日一同起程，到了山西汾州，熊廉就分路进京。今年三月到苏州后，小的与张銮又重新把玉石称了一下，因苏州秤比口外秤轻，盈余四百余斤，总计玉石实有三千二百六十九斤。小的与张銮私下商量，盈余数他们分了。张銮经手陆续卖出玉石六十二块，得银十二万八千八百六十两，高朴五股得银七万五千八百两，张銮两股得银三万二百八十二两。剩余玉石除用去四块加工成玉器外，还有二十四块重五百四十七斤，因玉色平常，一时卖不出去。这部分玉石按一斤卖四两银子，折银二千一百九十两，放在张銮家，由他慢慢出手。三万五千五百七十一两期票是张銮欠家主的，约至四十四年二月底张銮到京付清。汇票四张共银一万一千七百九十两，到京中声闻银号兑付。给熊廉银四千两，立有收据。又买金子四十九两用银九百三十八两。雇船用银二百八十两。另有元宝三个作银一百六十五两。"

"小的在这次贩玉中得银一万三千八十二两，买金子二百两用去银三千八百两，买玉器十二件用去银三千六百两，现尚有银三千两，元宝十六个。那个方八是二十两银子典的，李三元是在苏州用二十四两买得，俱有白契。箱内有玉如意两件、桃洗一件是同船任孝齐带到京城卖的。"

再审问李福带玉石来南方售卖，在过扬州及江宁时，亦必停留销售，而高朴父亲曾是两淮盐政，商人俱是旧熟，两江总督高晋与高朴是堂叔侄，江宁织造基厚是高朴的同祖兄弟，李福到扬、宁焉有不去之理？李福供称："小的是在浦口下船到江宁的，并未路过扬州，家主亦无给扬州商人书信物件。小的到江宁后将船停在城外，高朴有请安帖子给总督，并顺带了表玉碗一个、黑羊皮套统一件、回布四疋、催生石佛头一付。总督大人问小的来干什么，小的回答是高朴大人差来苏州买数件玉器，并买些绸缎。总督大人随给玉器四小匣和宁绸二疋，叫小的带给我家主人。现东西都在箱内。总督说他现在不得空闲，就不写信了。家主并未给织造府写信，在见过总督大人后，我们就往苏州去了，并未在江宁销售玉石，如果卖过，账本上焉有不记载之理。回来时我们也没有在扬州停泊，这些都是可以查明白的。"问其

玉终为玉，石就是石

为什么有两本不同的账本？李福供道，一本是他自己实用的，一本是他要隐瞒分得的一股银数，所以另选送给高朴看的。

高朴办事人熊廉，原是驻防镇江的汉军，乾隆二十七年出旗为民，后入大兴县民籍，平日教习清书。乾隆三十六年高朴让他作记录、写折子，为此高朴替他捐纳了一个监生，在四库馆充当誊录。四十一年冬高朴将他带到叶尔羌办事，又借给他银子三百六十两，加捐州同职衔。据熊廉供称："今年八月，我要回京，高大人说他现在积下些玉石，要带往苏州变卖，叫我与李福同走。我当时再三劝阻，高朴只是不听，并说你去走走，将来有利息送你四千两银子，就于十月十一日同李福、张銮在叶尔羌起身。我因要进京探望老母，路上曾借过张銮五百五十两银子，在汾州府与李、张二人分手。我是本年六月二十九日出京，八月初八到镇江，十二日到苏州找到李福、张銮。他们说玉石已经卖了，李福两次给我平色杂银三千四百五十两，加上先前我借张銮的五百五十两，共四千两。我置办衣物等用去一千余两，现剩二千二百三十五两，都在箱子内。"

任孝齐是张銮的同乡，山西右玉县人，在杀虎口监督衙门充当书吏。四十一年，随张銮出来做买卖，这次他得银七百两，都在箱子内，还买下戏镜屏灯、三件玉器，都在船上。

在对李福等案犯的初审中并没有遇到太大困难，所带玉石数量、所卖银两、涉及人员也都交待了。就是寅着在拿捕李福等后，搜查出两江总督府所发护牌一个，江宁织造舒文替李福所带船及货报关上税的税票。当时，寅着与赶到淮关的江苏巡抚杨魁商量，觉得如果将此事究出，总督大人和舒文必获重戾，决定先将此事按下不究，然后把案犯、赃物及口供委派干员一并解往京城。但到了京城后，军机处在复审李福时，对李福进行了严刑侦讯，严厉追究他在苏州贩玉时，与高朴的两个亲戚高晋、舒文有什么关系，是否参与了贩卖活动，是否得到了好处，这是按乾隆帝谕旨要查清这个问题。李福这次对自己所犯罪行进行了彻底交待。

原来李福是高朴家世仆的后代，高家是皇帝的世代奴仆，李福家又是跟随高家几代的奴仆。李福从小就在高家府内长大，他与高朴年龄相仿，所以自幼跟着高朴，是一块长大的。这种奴仆在某种程度上形同家人，所以高朴对李福办事是信任有加。不过，我们从李福竟敢作两本账用来隐瞒实际卖玉石的收入，为自己也能得到一股银子来看，他也并不是对主子绝对忠实，这好像是主人与仆人之间的一条规律。乾隆四十一年十一月，高朴到叶尔羌上任，带管家沈泰、仆人常永和李福，李福被作为贴身仆人使用，做什么见不得人的事都由李福出马。到叶尔羌后，沈泰负责与回民办采玉之事，常永负责府内回话及一般琐事，而李福则跟随主人。所以，李福对高朴做的事知道得十分清楚。据他供，高朴一到叶尔羌就与贝勒鄂对很相好，彼此都合适，时常聚会聊天。高朴对鄂对说后年他要给皇上进贡，另外如果要换班回京也要进贡的，贝勒大人能否为他找些玉石？鄂对说，这很容易，但要搞到好的大块的就不那么容易了。高朴问为什么？鄂对讲，采挖玉石的人手和次数有限，我们只能少量地偷采一些。如果奏请皇上恩准采挖，我们就可以乘机公开派去工夫进山采挖玉石。高朴说，他可以奏请皇上恩准，但此事需找一个当地可靠的伯克办理。鄂对讲，可用伊什罕伯克阿布都库尔霍卓，到时高大人你不用操心。这一阴谋就这样达成了。

"五月恩准开采后,到去年八月,鄂对就对高朴说,他为高大人准备好了九十块上好玉石,计重三千斤,都存在城外庄子里,不便拿到衙门里来。鄂对还推荐张銮为高朴贩卖玉石,因为张銮向在叶尔羌做生意,与鄂对交好,很会看玉器成色,是一个内行。高朴在五月也认识了张銮,认为让他办这件事很合适。高朴让张銮把玉石带到内地售卖,嘱张銮为他做几件玉器,并让小的跟着一块走,把卖得的银子和做好的玉器带到京城家中。"

李福是于去年十月十一日自叶尔羌起程,经过了阿克苏、哈尔沙尔、库车、辟展、哈密,然后过嘉峪关到肃州,又从肃州经过甘州、凉州,因张銮说从山西路好走,就从口外一路走到了山西汾州府地方,然后从山西入河南,经过临淮浦口到了江宁。在嘉峪关前,遇到关口,李福就说是高大人家人同师爷进京带的随身行李,没有什么东西,就一路放过,也不查看。到了肃州就换了骆驼,张銮与各关相熟,以买卖人为名,一路到了浦口。从浦口到苏州,一路都是水路,经过的关口张銮常走,与各关人员都熟识,他出了些小费给巡查,就放过来了。所以,一路不曾查出携带玉石。去的时候因带有玉石,不便声张,以张銮的名义走动。离开苏州时,玉石已没有,所以挂了高朴的官旗。在江宁李福去了总督衙门见了高晋。当时高晋的确不知道李福来江南干什么,只是问了一声,李福答道是到苏州办些贡物,然后就到了苏州,住在张銮家中。李福在苏州既不认识玉商,也不懂玉色,所以所有玉石都是经张銮卖出的。没有卖出去的玉石,由张銮作价为银,立下期票;卖出去的玉石,将总数按高朴五股,张銮两股分;多出的四百斤玉石,卖得银一万余两分到李福的名下。

在诘讯李福是否向总督大人高晋和织造大人舒文提到来苏

州办什么时,供道:"总督和织造大人没有过问小的事情,只是小的起身时,高朴大人嘱小的从苏州起程时到总督大人那里要一张护牌,以便回来好走。小的将这话回了总督大人,总督大人就给了小的一张用印的护牌,叫小的路上不要生事,若有带来的东西到关口照例报税。牌子上写的什么因小的不识字,不知道。"问其走时有没有去舒大人处,李福供道:"从苏州起身路过江宁关口时,小的拿了帖子和护牌去过织造衙门,舒大人传出话来说,船户自带的货是要上税的,你家主人的东西你开个单子,我替他上税吧。小的就把所带绸缎等物开单送进去,就过了关了。小的过扬州关也是拿了护牌和税票过的。到了淮关就被拿获了,小的那张护牌是寅大人查拿去了。后来总督萨大人也问过此事,小的原样告诉了他。"乾隆帝在得知此事的原委后,接连下旨,严厉责问高晋、舒文、萨载、杨魁和两淮盐督寅着,一时风声鹤唳,人心惶惶。

乾隆帝在十月十六日给上述督抚官员的谕旨中说道:"官官相护,恶习固结不解,殊为可恨。李福过淮关时,高朴之事业经发觉,寅着既将李福等拿获,即当将其持有护牌情节据实奏闻。乃寅着竟敢将高晋所给护牌收去,意欲消弭,实属徇情胆大。至萨载尚属晓事之人,既经李福供明寅着收去他护牌一事,即应向寅着取讨,或据以奏告,乃竟敢匿不上闻,只顾袒护同官,不复知有国法。初不料萨载竟至于此,且萨载岂不虑及李福到京,业经军机大臣审问,必然和盘托出,军机大臣自必据实供具奏,岂敢似伊等徇私忘公,代为隐匿乎?萨载、寅着此事实属昧良负恩,非寻常袒护可比。"

对高晋两次自责中,未提他擅自发给李福护牌一事,乾隆帝更是怒不可遏。他在谕旨中说道:"似此给护牌,外省常有之事,朕并未苛查。但若高朴以大臣而敢于明目张胆,偷盗官玉,与奸商合伙投卖。如这等事情尚相容隐,那么谋叛也是可以的。朕之所以恨你等以至此,是因为高晋身为大学士,受朕厚恩,既给予李福护牌,朕屡次传谕询问时,即应据实陈奏,乃竟敢隐瞒欺罔,其心实不可问。况高晋在李福到署时,询知高朴差其往苏州办贡,并不加深究盘查,又不立时具奏,实系知情容隐,其获罪已属不小。即将护牌一并奏出,于罪即无可加,且伊两次自行议罪之奏,朕俱经批允,又岂肯因此将伊革职,拿交刑部治罪乎?高晋宁不自计,既给李福护牌,断无不破之理。外省恶习,或竟代为护庇。但李福解京后,一经军机大臣严讯,必得实供,一得实供,必然具奏。朕命军机大臣问事,岂敢看高晋情面,于朕面前稍有欺饰。若军机大臣亦如萨载等之偏袒同官,朕又有何人可用?为君不更难乎?高晋久任封疆简略,务宠荣已极,且朕平日之所以依升高晋,因其公正自持,尚得大臣之体。即伊昨奏,每年只领养廉银八千两,朕亦准其留以自赡。朕之苑恩体恤可谓至矣。乃护牌一事前此胆敢涉欺,今仍不免于败露,高晋闻之能不惭愧无地乎,且问心亦何以自安乎。著高晋即行明白回奏。"

在军机大臣审明李福之前,乾隆帝曾两次下旨,责问江宁织造舒文。就在十月三日的一个上谕中,乾隆帝说道:"高朴家人在苏州近半年,携带物品价银数十万两,肆行售卖,公然明目张胆,毫无顾忌,已众所共知。况李福于九月中乘坐大船,装载箱子四十余个,高挂高朴兵部右堂旗号,过由舒文管理的扬关,船只过关时岂有不查验货上税,听其速樯北上之理,或系免税径行放过,二者必居其一。于此舒文乃敢徇情故纵,其罪实无可谅。前因其在任,办事尚属认真,加恩授武备院卿。乃于此等大案敢徇私欺隐,若此深负朕恩,实属天良丧尽,自问应得何罪。著革职,令其白身在苏州织造上效力行走,并令其自行议罪。若再不知愧悔,获罪更重。"舒文在接到这道圣旨后,并未真心自责,而是强调:"李福雇太平船一只前来讨关,奴才委令家人等科税查放,有箱四十余个,上税七十九两。唯高朴远在回疆,不应是办贡之人,即应查明来历,据实禀奏,而非完税即放行。愿缴养廉银两万两,分三年缴完。"乾隆帝看到舒文的自行议罪奏折后,十分不满,十月二十日和二十一日分别由内阁和内务府给舒文下旨道:"舒文自行议罪一折,仍敢大胆欺饰,推诿不知,实属下愚不移,可恨之至。舒文与李福、张銮私卖玉石一事,断难诿为毫无见闻。屡经传谕严饬,乃尚敢饰词巧辩,不肯据实陈奏,已属丧心病狂。李福已供,自苏州起程时,亲到织造衙门,舒文告以'你主所带东西,你开单来,我替你家主上税',甚为确实。舒文既代高朴上税,更难掩饰。乃因尚未接阅李福供词,仍敢支离狡赖,有心欺罔,实为胆大可恶,非人类所为。看来无福承受朕恩矣。著再传旨,自严行申饬,切实自行议罪。"在接到这道圣旨后,舒文自知掩盖不住自己为高朴家人李福所带货物上税的罪责,而且前番几次自行议罪中试图掩饰,触怒龙恩,赶紧上奏。这次舒文的的确确是愧恨莫及,悚难名状,他自知身家性命皆由皇上操纵,所以在上次自责奏折中,在缴纳养廉银两万两的基础上,又缴纳养廉银两万两。

在高朴玉石案处理后,舒文也因此失去了皇上的信任,虽然他在织造上任多年,为皇上办了不少事情,但他对高朴一事的严重性估计不够,以为像以往一样,可以掩饰过去。没想到皇上震怒,他后悔也来不及了。舒文是高朴案子中第一个被革职的官员,虽然织造职务低于总督、巡抚,但织造官员是皇上自家委派的亲信,是替皇帝聚钱办事的衙门,更是一个人人向往的肥缺。所以,舒文失去此等恩宠,可见乾隆帝对他在高朴一案中所犯的过失实难原谅。当然,与对高晋的处理相比,皇上还是偏袒高晋。高晋给李福北上官船发给护牌,就好像给他们开了一张特别通行证一样,其罪比舒文有过之而无不及,但高晋在自我议罪中,并没有具体谈及自己犯过失的过程,而是尽力自我谴责,声明如何忠心耿耿。舒文总是想解释,把自己推于其外,这种态度对皇帝来说当然是不能接受的。况且,他毕竟只是一个织造,所以,失宠是必然的了。

除高晋、舒文受到皇上重责外,两江总督萨载也在自行议罪中自缴养廉银一万两。对江苏巡抚杨魁,皇上责备道:"杨魁系汉军世仆,由县令用至巡抚,乃敢昧良若此,自当自揣当得何罪。"后来萨载、杨魁虽然得到宽免,但此事对他们升官仕途的影响还是非常大的。

但对放李福等过关的县一级官员,结局就不是这么好了。督抚们还可以自行议罪,而督抚们再查办他们时,可就不是自行议罪,而是以"替罪羊"被革职论处,以此来减轻他们先前犯下的渎职罪。这样被革职交部议罪的县令有十三人,知州、知府四人。以督属不严,失以查察之罪来处理这些"小"官,的确有些不公,高朴家人李福沿途是以兵部左侍郎的旗号行走的,他们怎敢对这样的人马进行盘查,特别是李福北上,既有官船押运,上盡高朴兵部右堂官旗,更有两江总督发给的护牌,沿途督关、县令哪个不知高大人的来头和背景。所以,最终说来,封建专制制度本身就有克服不了的腐败根源,正如发芽用的豆子,发芽是豆子本身固有的属性,能不能发芽只是看给它的条件如何,温度、湿度一具备,它就必然会长芽的。

李福的结局是被斩。有关他的案情,基本到此为止。接下来是对张銮的侦讯和财产罚没。

张銮是山西右玉县人,他从乾隆三十一年开始在归化城做生意,三十五年开始贩些绸缎等到叶尔羌做买卖。那时,叶尔羌有官玉出卖,他以每斤五两银子,共卖了一百二十斤,到阿克苏每斤就卖得了十一两。以后他拿挣得的银子买了骆驼到叶尔羌进行粮食贩运。三十八年,他认识了果普尔,他又从果普尔那里买私玉一百九十斤,每斤二两银子,到肃州每斤卖得八两。他拿这些银子又去苏州买些绸缎,发往肃州,得银六千多两。他把肃州剩下的货拿到叶尔羌,全部卖给了鄂对,但鄂对没有给他价银。据李福供:"高朴到叶尔羌上任后,鄂对要张銮去见高大人,他一直没有去。去年五月,高朴要玉如意的样子,小的从前认识的回子果普尔正好到高朴衙门作通事,他来问小的要样子,正好小的有从苏州带来的玉如意的样子,果普尔拿去,送给高朴。高朴看了后,问是谁带来的?果普尔就把张銮的名字说了出来,高朴就要见张銮,并让他带些绸缎等物。头一次高朴买了些绸缎,并没有给钱,后来还有好几次,高朴都没有给钱。去年七月,高朴对张銮说,他现在有三十两金子,想再凑十两送回京去,你能替我找来么?张銮只好把从苏州带回的十两金子送上。隔了十几天,高朴又叫小的来和张銮要一百两金子,并要在三天之内拿来。张銮因在叶尔羌的金子凑不够,就先拿出八十两,交小的送进去了。后来高朴对张銮说,买你那些绸缎所办金子,我没有银子还你,如今有回子们给我的玉石,我准备叫李福带到内地去卖,你可以同他一起去。玉石共有二千八百斤,其中给你八百斤,折算前账,一路的路费也要由你出。张銮应允了。"

在起程之前,高朴带张銮去城外看玉石,说:"你为什么不也带些玉石到苏州发财呢?"张銮说他一时没处搞到玉石,高朴说:"我叫果普尔带你去找鄂对搞些玉石。"果普尔带张銮见了鄂对,鄂对说:"玉石是有,但我欠你一万一千两银子,你拿走这些玉,就算抵我欠你的账吧。"张銮应允了。鄂对一共给了张銮五十一场合主石,重达一千二百斤。他们离开叶尔羌时,一共带了十一辆车,在口外各关,他们都说是高朴带回家不用的东西及家人们捎回京城的行李,都不盘问。到了肃州换了骆驼,他们用的是兵部右堂的灯笼,因关外僻静好走,一路走到山西汾州。因熊廉要进京赶四库馆的议叙,就从汾州分手,李福和张銮一直到浦口,张銮看着东西,李福到总督府处送信物。他们到了镇江口,找了旧时熟悉的玉行包万顺,船工出主意,要雇小船分载玉石,走浙江的四安小路,可以绕回浒墅关。李福一行就这样在四月九日到达了苏州。

张銮原在乾隆四十一年在苏州买卖绸缎时,在苏州娶了一位小妾,就在苏州专诸巷里有一住所,所以,他们到苏州后,就把玉石拉到张銮的住所内。平日苏州玉行的商人,只要张銮一从叶尔羌回来,都知带有玉石,因此他们一到消息就传了出去。除了苏州包万顺一家之外,还有另外三家玉行都来买了,张銮的亲戚也来买了一些。除了给高朴的现银、汇票、期票共七万五千七百两,这是两千斤玉石的银价,还有张銮应得的三万二百八十两。多称出了四百斤玉石,李福要了,张銮得银一万一千七百九十两。张銮的银子和玉器及剩下的玉石,在九月二十六日都被巡抚杨魁抄没了。

应该说,张銮是一个很有胆量和心计的商人,他原本在归化城三义号做一个小伙计,去新疆做过几次绸缎买卖。乾隆三十八年,他来叶尔羌运送绸缎,在叶尔羌遇到一个回人伯克,家中藏有九百斤玉石,想偷偷出卖。张銮当时只是一个伙计,但他私自决定将所带绸缎全部折银,买下这九百斤玉石,并想方设法运到苏州贩卖,共得纯利两万三千多两。他还了欠三义号的银子一万五千两,拿剩下的银子开始经营自己的买卖。其实,他主要还是私贩玉石,附带作一些绸缎买卖。贩玉所得的暴利,使张銮在苏州玉行有了些名气。因此,他也置办了不少家产。但这次发财最大,但也赔的最重,甚至连自己的性命也赔进去了。

在苏州,查抄张銮及几家玉行所获甚丰,而且都是做工精细、品质优良的上好玉器。其主要名录如下:

玉吉庆如意一枝	青玉玉如意一枝
玉九福玉如意一枝	玉龙福如意一枝
玉八仙如意一枝	玉万年如意一枝
玉苍龙如意一枝	玉海晏河清如意二枝
玉百事如意一枝	玉洋莲如意一枝
玉松柏如意一枝	玉龙福如意一枝
玉梅寿如意一枝	玉方瓶一件
玉瓶料一件	玉五龙瓶一件
玉合锦瓶一件	玉宝月瓶一件
玉四海瓶一件	玉出级方瓶一件

玉苍龙瓶一件　　　　玉大方瓶一件
玉三龙瓶一件　　　　玉龙凤瓶二件
玉苍龙万寿瓶一件　　玉天球瓶一件
玉山子三件　　　　　玉进寿山子一件
玉达摩山子一件　　　玉观音一件
玉寿星一件　　　　　玉天禄一件
玉三瑞一件　　　　　玉荷叶一件
玉小荷花童子一件　　玉小福桃一件
玉小桃子二件　　　　玉小石榴一件
玉小百合一件　　　　玉梅花洗一件
玉小锦鸡一件　　　　玉小贵鱼一件
玉苍龙佩一件　　　　玉小凤一件
玉双凫一件　　　　　玉荷花鸳鸯一件
玉双仙鹤一件　　　　玉梅花簪一件
玉三龙洗一件　　　　玉龙方觥一件
玉青鹭献寿一件　　　玉小马一件
玉宝象一件　　　　　玉小象一件
玉双狮子一件　　　　玉牛麟一件
玉三羊一件　　　　　玉太平有象一件
玉牛一件　　　　　　玉拱璧一件
玉五谷丰灯一件　　　玉斋戒牌四件
玉小壬子块一件　　　玉小印色盒一件
玉笔二件　　　　　　玉苍龙镇纸一件
玉蝠虎镇纸二件　　　玉楼舡一件
玉九灵洗一件　　　　玉小勒子一件

玉剑柄一件　　　　　　玉小鞭柄一件
玉小刀柄一件　　　　　玉小扇柄一件
玉小刀三件　　　　　　玉镯三件
玉小琴枕子七件　　　　玉小带头一副计三件
玉带板扣四件　　　　　玉带环一副计三件
玉带钩一件　　　　　　玉小带钩四件
玉带钩大小六件　　　　玉小带钩一件
玉小带头一件　　　　　玉鼻烟壶四件
玉招文带一件　　　　　玉臂搁一件
玉小鼻烟壶一件　　　　玉耳圈一对
玉小耳息筒一件　　　　玉料六块共重一二七斤
末做成玉八件　　　　　玉三多如意一枝
残碎玉角不计块共重
四百二十斤　　　　　　玉喜鹊梅月一件
玉松竹梅瓶一件　　　　玉五龙拱璧一件
玉佛手盅一件　　　　　玉鸣凤山，子一件
玉鹦鹉蟠桃一件　　　　玉洋花如意一件
玉佛手一件　　　　　　玉百事如意一枝
玉如意一枝　　　　　　玉大圆洗子一件
玉只螭大瓶一件　　　　玉荷叶洗子一件
玉海棠洗子一件　　　　玉灵芝鹿一件
玉腰圆洗子一件　　　　玉凤彝一件
玉荷花鹅一件　　　　　玉九子图山子一件
玉双佛手一件　　　　　玉万福如意一枝
玉龙头如意一枝　　　　玉宝合瓶一件

玉宝日瓶一件　　　　　玉灵芝洗一件
玉富贵鱼一件　　　　　玉鸳鸯一件
玉三阳一件　　　　　　玉洋花如意一件
玉福寿如意一件　　　　玉三多如意一枝
玉五福如意一枝　　　　玉万寿如意一枝
玉万福如意一枝　　　　玉三龙海棠盉一件
玉蕉叶汉文瓶一件　　　洋花玉如意一件
玉瑞凫一件　　　　　　玉双龙瓶一件
玉云福一件　　　　　　玉规矩方大瓶一件
玉双环钧花瓶一件　　　玉双麻姑献寿一件
玉太平有象瓶一件　　　玉五龙海滨洗一件
玉锦绣江山一件　　　　玉宝鸭一件

另有玉料六十六块，近一千斤，玉料玉子三十五块，重三百余斤，残碎玉角二百八十余斤。未作成玉器八件。除玉器、玉石外，还有其他物品如下：

青铜方瓶一个　　　　　铜瓶一个
红铜方瓶一个　　　　　铜甘露盘一个
铜兽盘一个　　　　　　铜洗子一个
铜鼎三件　　　　　　　小白碎纹花缸一个
白碎纹瓷瓶一个　　　　青色碎纹瓷宝月瓶一个
蓝色瓷瓶一个　　　　　红瓷瓶一个
青色碎纹瓷荷花叶洗一个　白小瓷洗一个

从对整个南下贩玉这一路的追拿结果来看，除李福、熊廉一行北上船只被扣，船上所带银两、玉器、绸缎及其他物品被收缴外，问题集中在李福在苏州贩玉期间，与总督高晋和江宁织造舒文的交通上。由这件事引发了乾隆帝对李福一路所过关口卡伦的追查。拿获留在苏州继续贩玉的张銮，问题集中在对张銮财产的查抄上。其案情和审讯本身并不复杂，但对张銮玉器的查抄结果也是令人震惊的。我们猜想，恐怕故宫里的不少玉器，都是从这次清代最大的玉石案中查抄出来送进宫的。

到此为止，高朴玉石案从案发到追查和处理的整个过程基本结束了。此案之所以成为清朝贪污案中的一个大案，一是因为该案涉及银钱财物数额巨大，二是因为事关边疆重地，影响极大。我们先来看第一个方面。

查出玉石数量：永贵在叶尔羌城内查出盗采的密尔岱山玉石七万八千五百二十八斤，后来又在密尔岱山坡处查到高朴令人偷采后埋下的玉石八块，共重三万六百余斤，其中有一块玉石，砍去粗皮，净重三千余斤，为密尔岱山之罕见玉石。就此两项玉石就达十万多斤。此外，借高朴一案，又在叶尔羌查拿私玉二万余斤。叶尔羌地区就获玉十二万八千八百三十七斤。陕甘等省查获玉石：勒尔谨从打捞池查获玉石三千三百三十七斤，杨魁查获张銮等玉石一千六百二十斤，毕沅查获吴艺洲等玉石三千六百七十二斤，顺天府查出玉石九百六十三斤，毕沅后又查获赵世保等玉石二千斤，勒尔谨后又查获朱孝齐等玉石三千一百余斤，总计一万五千余斤玉石。这其中不包括收缴罚没的玉器，光玉石就达十四万三千八百余斤。如果按每斤十五两银子的低价算，总计折银二百多万两。

缴获的银子数量：从内务府奏报的高朴案内收缴银量总计有十三万九千二百九十七两。收缴议罪养廉银：高晋三万两

(两年交清),舒文四万两(分三年交清),杨魁三万两(先缴二万两)。此项银两全部交召庙工程处预备热河弥福寺之应用。至于罚没的玉器,其价更不可估。有些珍奇玉器都是无价之宝。

从第二个方面来看,乾隆帝得知高朴的贪赃枉法事情后,深恐回众积怨日深,招致类似乌什之变。为了缓和矛盾,稳定局面,决定速办此案,严罚高朴,以服回众之心。所以,先将高朴和阿布都库尔霍卓就地正法,后又将二人尸体弃于野外。同时谕令各省督抚查拿高朴派出的贩玉之人,抄没高朴在京城的家产。其他查办、治罪的有:帮助高朴贩玉的家人沈泰、李福、常永,商人张鎏、赵钧瑞,办事司员达三泰、通事果普尔,全部处以死刑。达三泰的通事索丕被判斩监候,秋后处决。屡次为高朴从密尔岱山私送玉石的孙福被发往伊犁为奴,侍卫纳苏图为高朴携带银两,予以革职,判为斩监候,秋后处决。叶尔羌办事大臣亦被革职。总办回疆事务大臣绰克托被黜职议罪,后虽被恩补吏部侍郎,但仍革职留任,八年无过方可开复。前任叶尔羌阿奇木伯克鄂对虽已故世,仍被抄家,并革除其子所袭贝勒,勒令将其所欠商人款项收缴入官。

此外,乾隆帝还谕令内阁"将失察玉石过境之地方文武官员查明,交部严加议处"。从甘肃嘉峪关起,肃州、凉州、陕西、山西、河南、安徽、江苏、浙江等省、督、府、州、县给予革职,革职留任,罚俸的有一大批人。如陕甘总督勒尔谨、陕西巡抚毕沅、山西巡抚巴延三、江苏巡抚杨魁、凉州知府吴鼎新、武威县知县林德基、甘凉道道员王曾翼等。像高晋、舒文、寅着这样的督臣屡次受责、革职、罚俸更是对各级官员的一个震慑。

高朴玉石案后,乾隆帝为杜绝滋弊,整肃吏治,曾下旨:"永禁开采密尔岱山玉石，凡拿获私贩玉石者，其玉石无论多少，一律尽数解京，不得变价折卖；凡以官价购买官玉，又转手倒卖者，处以十倍罚没；加强对产玉地各卡伦的管理；永禁各伯克代为购买贡品；不许呈进整块或大块玉石。"这些措施对打击贪官污吏，禁止玉石走私，无疑起到了一定的积极作用。

我们通过高朴玉石案可以发现，此案中官员上下串通，形成一个网络和保护层，因此，这个案子从更大的范围和更高的官僚阶层中，反映了清代贪污案中严重存在的官官相护的现象，深刻揭示了乾隆朝后期，官风腐败、贿赂公行、吏治每况愈下的现实。乾隆帝为了阻止这一趋势，不得不严惩大贪大恶，不得不首先从皇亲国戚开刀。就从这一点出发，我们也可以看出乾隆帝励精图治、整理吏治的勇气和决心。

但是，一方面由于封建专制制度固有的弊病，封建君主自己是不可能超越历史的局限对它进行革命的；另一方面，乾隆帝在惩治那些贪官污吏时也往往最后法外开恩，特别是关联到一些督抚大员时，又不得不为他们开脱，这就使制度、法令最终流于形式。其实，这同样是与封建制度下，皇权即是法、即是国家有关。